CHRISTIAN BOURGOIS ÉDITEUR
8, rue Garancière - Paris VIe

DU MÊME AUTEUR
DANS LA MÊME SÉRIE

L'Abominable homme de Säffle, nº 1827
L'Assassin de l'agent de police, nº 1876
La Chambre close, nº 1865
Roseanna, nº 1716
L'Homme au balcon, nº 1717
L'Homme qui partit en fumée, nº 1747
Les Terroristes, nº 1890
La Voiture de pompiers disparue, nº 1746
Vingt-deux, v'là des frites, nº 1759

LE POLICIER QUI RIT

Les enquêtes de l'inspecteur Beck

PAR

Maj SJÖWALL et Per WAHLÖÖ

Traduit de l'anglais
par Michel DEUTSCH

10 18

Série « Grands Détectives »
dirigée par Jean-Claude Zylberstein

L'édition originale a été publiée en Suède
en 1968 sous le titre:
Den Skrattande Polisen
par AB. P. A. Norstedt & Söners Forlag, Stockholm.
La première édition française a paru en 1970
aux éditions Planète sous le titre:
le Massacre de l'autobus.

ISBN-2-264-00700-1

1

C'était le 13 novembre. Ce soir-là, il pleuvait à verse sur Stockholm. Martin Beck et Kollberg étaient plongés dans une partie d'échecs. Ils étaient chez ce dernier qui habitait un appartement de la banlieue sud, pas bien loin de la station de métro Skärmarbrink. Les derniers jours avaient été plutôt calmes et les deux hommes n'étaient pas de service.

Martin Beck jouait très mal aux échecs mais cela ne le décourageait pas. Kollberg avait une petite fille de deux mois à peine et, aujourd'hui, il lui fallait faire office de baby sitter. Beck, de son côté, n'avait aucune envie de rentrer chez lui à moins d'une nécessité absolue. Le temps était abominable. Des nappes d'eau dégringolaient des toits, crépitaient sur les fenêtres, et les rues étaient presque vides. Les rares passants qui y déambulaient avaient sans contredit des raisons impérieuses pour être dehors par une nuit pareille.

Devant l'ambassade américaine et dans les voies qui y conduisaient, quatre cent douze policiers affrontaient un nombre double de manifestants. Les premiers étaient équipés de grenades lacrymogènes, de pistolets, de fouets, de matraques, de voitures, de motos, d'émetteurs à ondes courtes, de mégaphones, de chiens policiers, de chevaux hystériques, et les seconds d'une lettre et de pancartes détrempées. Il eût été exagéré de considérer cette foule comme un groupe homogène car elle rassemblait toutes les catégories d'individus imaginables depuis des collégiennes en jeans et duffel-coat et des étudiants politisés, sérieux comme des papes, jusqu'aux agitateurs et aux trublions professionnels. Il y avait même une femme peintre au moins de quatre-vingt-cinq ans coiffée d'un béret qui brandissait un parapluie de soie bleue. Il avait fallu un puissant mobile commun pour pousser toutes ces personnes à braver la pluie et tout ce que l'avenir immédiat était susceptible de leur réserver. Quant aux forces de l'ordre, elles étaient loin de réunir l'élite de la corporation. On avait rameuté tous les hommes disponibles de tous les commissariats de la ville mais ceux qui avaient un médecin dans la manche ou qui connaissaient l'art et la manière de tirer au flanc s'étaient débrouillés pour couper à cette déplaisante corvée. Restaient seulement ceux qui savaient ce qu'ils faisaient et qui aimaient ça — et ceux que l'on tenait pour des bravaches et qui étaient beaucoup trop jeunes, beaucoup trop inexpérimentés pour essayer de se tirer des pattes. D'ailleurs, ceux-ci n'avaient pas la moindre idée de ce qu'ils faisaient et ne savaient pas davantage pour quoi ils étaient là.

Les chevaux se cabraient en mordant leur mors, les policiers tripotaient leurs étuis à revolver et chargeaient inlassablement à la matraque. Une petite fille brandissait un écriteau portant cette mémorable objurgation : FAITES VOTRE DEVOIR! BAISEZ ET FABRIQUEZ DE NOUVEAUX POLICIERS. Trois agents qui faisaient dans les quatre-vingt-cinq kilos se ruèrent sur elle, mirent sa pancarte en pièces et l'entraînèrent dans le panier à salade. Là, ils lui tordirent les bras et lui pelotèrent les seins. Elle avait eu treize ans le jour même et était encore plate comme une limande.

En tout, plus de cinquante personnes furent appréhendées. Beaucoup d'entre elles étaient couvertes de sang. Il y avait dans le tas un certain nombre de célébrités qui n'auraient pas hésité à se plaindre aux journaux ou à protester à la radio ou à la télévision. En les reconnaissant, les gradés de service dans les différents commissariats avaient froid dans le dos et ils les relâchaient aussitôt avec des sourires d'excuse et des courbettes maladroites. Les autres étaient moins bien traités pendant l'interrogatoire d'usage. Un policier monté avait reçu une bouteille vide sur le crâne : il fallait bien que quelqu'un la lui ait lancée.

L'opération était dirigée par un officier supérieur qui était passé par une école militaire. Il était considéré comme un expert du maintien de l'ordre et le chaos qu'il avait réussi à créer lui était un sujet de satisfaction.

Là-bas, dans l'appartement de Skärmarbrink, Kollberg rangea les pièces dans la boîte de bois et le couvercle à glissière se referma avec un bruit sec. Sa femme était rentrée de faire ses courses. Elle était aussitôt allé se coucher.

— Vous ne vous y mettrez jamais! soupira-t-il.

— Il paraît qu'il faut un sens particulier, répondit Martin Beck d'une voix lugubre. Je suppose que ça doit s'appeler le sens de l'échec.

L'inspecteur changea de conversation :

— Je parie qu'il doit y avoir un drôle de chabanais du côté de Strandvägen.

— Comme vous dites! Mais pourquoi tout ce ramdam?

— Ils devaient remettre une lettre à l'ambassadeur. Une lettre! Je vous demande un peu... Pourquoi ne l'ont-ils pas envoyée par la poste?

— Cela n'aurait pas fait autant de bruit.

— Effectivement. Mais quand même! C'est d'une telle stupidité qu'on en a honte.

— Oui, approuva Martin Beck.

Il avait mis son manteau et son chapeau. Il était prêt à partir. Kollberg se leva vivement.

— Je descends avec vous.

— Pour quoi faire?

— Oh! Histoire de me dégourdir un peu les jambes.

— Par ce temps?

— J'aime la pluie, rétorqua Kollberg en enfilant un imperméable de popeline bleu marine.

— Vous ne trouvez pas suffisant que l'un de nous deux risque d'attraper un rhume?

Martin Beck et Kollberg faisaient partie de la brigade criminelle. Pour le moment, ils n'avaient rien de spécial à faire et pouvaient s'estimer libres de disposer de leur temps comme bon leur semblait sans que leur conscience les chatouillât outre mesure.

Il n'y avait pas un seul policier dans les rues. C'était en vain que, devant la gare centrale, une vieille dame attendait qu'un agent s'approche d'elle, la salue et, le sourire aux lèvres, la fasse traverser. L'individu qui venait de lancer une brique dans une vitrine n'avait pas à s'inquiéter : aucun hululement de sirène ne viendrait brusquement interrompre ses activités.

La police était occupée.

Une semaine auparavant, le préfet avait publiquement déclaré qu'elle serait contrainte de négliger une grande partie de ses missions pour protéger l'ambassadeur des États-Unis des lettres et autres expressions du mécontentement des gens qui n'aimaient ni Lyndon Johnson ni la guerre du Vietnam.

L'inspecteur Lennart Kollberg n'aimait pas Lyndon Johnson, il n'aimait pas non plus la guerre du Vietnam mais il aimait marcher sous la pluie.

A 23 heures, il pleuvait toujours et on pouvait considérer que la manifestation était dispersée.

A la même heure, huit meurtres et une tentative d'assassinat eurent lieu à Stockholm.

2

Quel temps, songea-t-il avec écœurement en regardant par la fenêtre. Novembre, l'obscurité, la pluie, le froid. L'hiver approchait. Bientôt, ce serait la neige.

Pour le moment, le spectacle de la ville n'avait rien de particulièrement attrayant. Surtout pas cette rue aux arbres squelettiques, bordée d'immeubles minables. Une sinistre esplanade, mal conçue dès le départ, qui ne menait, qui n'avait jamais mené nulle part, lugubre référence à Dieu sait quel grandiose projet d'urbaniste resté en panne. Pas de vitrines illuminées, pas un chat sur les trottoirs. Rien que de gros arbres dénudés et des réverbères dont les flaques de cambouis et les toits luisants des voitures reflétaient l'éclat froid.

Il avait pataugé si longtemps sous la pluie que ses cheveux et le bas de son pantalon étaient imbibés. L'humidité lui collait aux jambes et des filets d'eau glacée lui coulaient dans le cou, ruisselaient le long de son dos.

Il défit les deux derniers boutons de son imperméable, glissa sa main droite sous sa veste et caressa la crosse de son revolver. Elle aussi était froide et gluante.

A ce contact, l'homme à l'imper de popeline bleue frissonna involontairement. Il s'efforça de penser à autre chose. Au balcon de l'hôtel d'Antraitz où il avait passé ses vacances quelques mois plus tôt, par exemple. A la chaleur lourde et torride, au miroitement du soleil sur le quai, aux bateaux de pêche, à l'azur profond du ciel sans limite tendu au-dessus de la montagne de l'autre côté de la baie. Puis il se dit que, probablement, il pleuvait là-bas aussi à cette époque de l'année et qu'il n'y avait pas de chauffage central dans les maisons. Rien que des cheminées.

Maintenant, c'était une autre rue. Bientôt, il lui faudrait à nouveau marcher sous la pluie.

Il entendit un pas dans l'escalier, derrière lui, et devina que c'était la personne qui était montée douze stations avant, à la hauteur des magasins Ahléns, dans le centre. Klarabergsgatan.

La pluie, pensa-t-il. Je n'aime pas la pluie. En fait, je l'ai en horreur. Je me demande si j'aurai de l'avancement. D'abord, qu'est-ce que je fabrique ici? Pourquoi ne suis-je pas à la maison, au lit avec...

Et ce fut sa dernière pensée.

L'autobus était rouge et jaune crème avec un toit gris. Un autobus à impériale. Un Leyland Atlantean construit en Angleterre mais avec le volant à gauche : depuis deux mois, on roulait à droite en Suède. Il faisait le service de la ligne 47, ce soir-là, Bellmansro-Karlberg et retour. Pour l'instant, il se dirigeait vers le terminus de Norra Stationsgatan qui était situé à quelques mètres des limites de la ville, juste entre Stockholm et Sölna. Sölna est un faubourg de la capitale mais jouit de l'autonomie administrative bien que la ligne de démarcation séparant les deux municipalités ne soit discernable que sous forme d'un pointillé sur les cartes.

C'était un gros autobus : douze mètres de long sur cinq de large. Il pesait plus de quinze tonnes. Ses phares étaient allumés et, tandis qu'il remontait Karlbergsvägen déserte entre une double rangée d'arbres squelettiques, une impression de chaleur et de confort semblait émaner de ses fenêtres embuées. Il tourna à droite pour s'engager dans Norrbackagatan et commença de descendre la longue rue en pente conduisant à Norra Stationsgatan. Le bruit du moteur décrut. La pluie tambourinait sur le toit et les vitres du véhicule qui avançait lourdement, implacablement en faisant gicler des gerbes d'eau à chaque tour des roues.

En bas de la rue, il lui fallait effectuer un virage de 30 degrés. Trois cents mètres plus loin, c'était le terminus. A ce moment, une seule personne observait le bus : un cambrioleur tapi contre la façade d'une maison de Norrbackagatan à quelque cent cinquante mètres de là, qui se préparait à fracasser une vitrine. S'il l'observait, c'est parce qu'il attendait qu'il eût disparu pour avoir le champ libre.

Le bus ralentit pour prendre le virage. Son clignotant gauche s'alluma et il amorça sa manœuvre, puis disparut à la vue du voleur qui leva le bras et fit voler la devanture en éclats. La pluie tombait plus dru que jamais.

Mais le cambrioleur ne vit pas que l'autobus n'acheva pas sa manœuvre. L'espace d'un instant, il parut s'immobiliser au moment de tourner, puis il traversa la chaussée, monta sur le trottoir et défonça la clôture métallique séparant Norra Stationsgatan du dépôt de triage à l'aspect lugubre.

Alors, il s'immobilisa.

Le moteur se tut. Mais les phares étaient toujours allumés et l'éclairage intérieur continuait de fonctionner. Dans la nuit froide, les fenêtres embuées luisaient, évocatrices de tiédeur.

La pluie fouettait le toit de l'autobus rouge.

Il était 23 h 3. C'était le 13 novembre 1967.

A Stockholm.

3

Kristiansson et Kvant appartenaient à la police municipale de Sölna. Au cours d'une carrière fort peu mouvementée, les deux agents avaient arrêté des milliers d'ivrognes, des dizaines et des dizaines de voleurs. Une fois, quelques mois auparavant, ils avaient probablement sauvé la vie d'une fillette de six ans sur le point de se faire agresser et assassiner par un satyre qui défrayait la chronique. Ç'avait été un coup de chance mais ils avaient l'intention de s'enorgueillir longtemps de cet exploit [1].

Ce soir-là, leur tableau de chasse était nul. Ils avaient seulement avalé chacun un verre de bière et, comme la chose était interdite par le règlement, mieux valait la passer sous silence.

Juste avant 22 h 30, ils reçurent un appel radio et se rendirent à l'adresse indiquée, Kapellgatan, dans le faubourg de Huvudsta, où quelqu'un avait remarqué une personne qui gisait inanimée devant le perron de sa maison. Le trajet leur prit dix minutes.

Effectivement, un être humain était allongé devant la porte, un homme vêtu d'un pantalon élimé et d'un minable pardessus poivre et sel, chaussé de souliers éculés. Une dame d'un certain âge — pantoufles et robe de chambre — attendait dans le vestibule éclairé. C'était manifestement elle qui avait donné l'alerte. Les policiers la virent gesticuler derrière la porte vitrée qu'elle se résolut enfin à entrebâiller de quelques centimètres. Glissant le bras à travers l'ouverture, elle désigna d'un geste énergique la silhouette inerte.

— Qu'est-ce que c'est que ça, encore? demanda Kristiansson.

Kvant se pencha et renifla.

— Complètement givré, laissa-t-il tomber avec un dégoût sincère. Donne-moi un coup de main, Kalle.

— Attends une seconde.

1. Voir *Elles n'iront plus au bois*. Mêmes auteurs, même éditeur.

— Hein?

— Est-ce que vous connaissez cet homme, madame? s'enquit Kristiansson sur un ton tout juste poli.

— Je dois avouer que oui.

— Où habite-t-il?

La femme indiqua une porte donnant sur le vestibule.

— Là. Il s'est endormi au moment où il essayait d'ouvrir.

Kristiansson se gratta le crâne.

— En effet, il a encore les clés à la main. Est-ce qu'il vit seul?

— Qui pourrait bien habiter avec un pareil énergumène?

— Qu'est-ce que tu veux faire? demanda Kvant, la mine soupçonneuse.

Sans répondre, Kristiansson s'empara des clés qu'étreignait l'homme inconscient, puis il le remit sur ses pieds avec une adresse dénotant une longue pratique, poussa la porte du genou et le hala à l'intérieur de l'appartement. La femme s'était effacée et Kvant était resté sur le perron. Tous deux observaient la scène avec une muette réprobation. Kristiansson fit jouer la serrure, alluma et débarrassa l'homme de son pardessus trempé. L'ivrogne tituba, s'écroula sur le lit et balbutia :

— Merci, mam'selle.

Puis, il se tourna sur le flanc et se rendormit. Kristiansson posa les clés sur une chaise paillée à côté du lit, éteignit, referma la porte et regagna la voiture.

— Bonne nuit, madame, fit-il en partant.

La femme le dévisagea, les lèvres serrées, secoua la tête et disparut.

Si Kristiansson avait agi de la sorte, ce n'était pas par charité chrétienne : c'était par paresse.

Personne ne le savait mieux que Kvant. A l'époque où tous deux étaient simples agents à pied à Malmö, il avait souvent vu Kristiansson faire un brin de conduite aux pochards, voire les aider à traverser les ponts pour les conduire au commissariat le plus proche.

C'était Kvant qui pilotait. Il mit le moteur en marche et dit d'une voix aigre :

— C'est souvent que Siv me reproche d'être flemmard. Eh bien, si elle te voyait...

Siv, la femme de Kvant, était son sujet de conversation favori — et fréquemment le seul.

— A quoi bon se fatiguer pour rien? répondit philosophiquement Kristiansson.

Les deux hommes se ressemblaient physiquement. L'un et l'autre mesuraient 1 m 83, étaient blonds, larges d'épaules et avaient les yeux bleus. Mais ils étaient d'un caractère très différent et ne voyaient pas toujours les choses de la même façon.

Kvant était incorruptible. Quand il était témoin de quelque chose, il ne transigeait pas. Cela dit, il s'efforçait d'en voir le moins possible. Dans ce domaine, il était orfèvre.

Il roulait lentement, muré dans un silence maussade. Il suivait un trajet tarabiscoté. Quittant Huvudsta, il passa devant l'académie de police, traversa une série de jardins municipaux, longea le musée ferroviaire, le laboratoire national de bactériologie, l'institut pour aveugles, zigzagua à travers le vaste complexe universitaire et émergea finalement dans Tomtebodavägen.

C'était un itinéraire astucieusement étudié : dans ces coins-là, on était à peu près sûr de ne rencontrer personne. Ils ne croisèrent pas une seule voiture et ne virent que deux êtres vivants. Un chat. Puis un autre chat. Quand ils arrivèrent au bout de Tomtebodavägen, Kvant immobilisa son véhicule à un mètre de la frontière de Stockholm et, laissant tourner son moteur au ralenti, il réfléchit à la façon dont ils termineraient leur ronde.

Je me demande si tu auras le culot de faire demi-tour et de repasser par le même chemin, songea Kristiansson. A haute voix, il demanda à son collègue :

— Est-ce que tu peux me prêter dix couronnes?

Kvant fit oui de la tête, sortit son portefeuille de sa poche intérieure et tendit un billet à son camarade sans se donner la peine de le regarder. En même temps, il prit une décision. S'il pénétrait à l'intérieur des limites de la capitale et suivait Norra Stationsgatan pendant cinq cents mètres en direction du nord-est, il ne resterait pas plus de deux minutes dans Stockholm. Alors, il n'aurait qu'à emprunter Eugeniavägen, à traverser la cité hospitalière, à franchir le parc Haga, à longer le cimetière nord pour arriver au quartier général de la police. A ce moment, la ronde serait terminée et ils n'auraient eu qu'un risque infinitésimal de rencontrer quelqu'un en chemin.

La voiture pénétra dans Stockholm et prit à gauche. Elle s'engagea dans Norra Stationsgatan.

Kristiansson fourra les dix couronnes dans sa poche et bâilla. Puis il tourna la tête et contempla le paysage noyé de pluie.

— Par là, qui court, y'a un type.

Kristiansson et Kvant étaient originaires de la lointaine province méridionale de Scanie et leur sémantique laissait beaucoup à désirer.

— Même qu'il a un chien, poursuivit Kristiansson. Et qu'il nous fait signe.

— C'est pas mon bœuf, rétorqua Kvant.

L'homme au chien — un chien ridiculement petit que son maître remorquait littéralement de flaque en flaque — se précipita sur la chaussée et se planta juste devant l'auto. Kvant jura et freina à mort.

Il baissa la vitre et gronda :

— Qu'est-ce que c'est que ces façons de traverser?

— Il y a... Il y a un autobus là-bas, répondit l'autre d'une voix haletante en tendant le bras.

— Eh alors? fit Kvant d'une voix bourrue. En voilà une manière de traiter cette pauvre bête!

— Il y a un accident.

— Bon, on va voir, laissa tomber le policier avec irritation. Dégagez. Et ne recommencez pas, ajouta-t-il en redémarrant.

Kristiansson scrutait les nappes de pluie. Il eut un soupir de résignation.

— Oui. Il y a un bus en rade. Un à impériale.

— Ses phares sont allumés. Et la porte est ouverte. Allez, Kalle, descends voir.

Kvant s'arrêta perpendiculairement au véhicule. Kristiansson ouvrit la portière, rectifia machinalement l'angle de son baudrier et grommela : « Qu'est-ce qui se passe encore ? » Comme son coéquipier, il avait des bottes et une veste de cuir aux boutons étincelants; une matraque et un pistolet pendaient à son ceinturon.

Kvant n'avait pas quitté le volant. Il observait Kristiansson qui se dirigeait d'un pas nonchalant vers la porte béante de l'autobus. Il le vit empoigner la rampe et se hisser paresseusement à l'intérieur du véhicule. Et puis, subitement, Kristiansson tressaillit, se baissa et porta vivement sa main droite à la hauteur de son étui à revolver.

La réaction de Kvant fut immédiate. Il ne lui fallut qu'une seconde pour allumer les lampes rouges, le phare et le clignotant orange de la voiture de patrouille. Quand il se précipita sous la pluie battante, Kristiansson était toujours dans la même position, le corps plié en deux. Kvant avait quand même eu le temps de sortir et d'armer son Walther 7,65. Il avait même jeté un coup d'œil à sa montre.

Il était exactement 23 h 13.

4

Le premier officier de police à arriver à Norra Stationsgatan fut Gunvald Larsson.

Il était à son bureau du commissariat central de Kungsholmen en train de feuilleter un rapport assommant et verbeux avec une intense distraction en se demandant pour la nième fois pourquoi diable tous ces gens ne rentraient pas chez eux. « Ces gens » englobaient dans son esprit le préfet de police, un commissaire adjoint ainsi que plusieurs superintendants et inspecteurs qui, maintenant que les manifestations de rue étaient terminées, galopaient allégrement dans les escaliers et les couloirs. Dès que tout ce petit monde estimerait que la journée était finie et que chacun regagnerait ses pénates, Larsson en ferait autant. Le plus vite possible.

Le téléphone sonna. Il maugréa et décrocha.

— Allô. Larsson à l'appareil.

— Ici le central radio. Une voiture de patrouille de Sölna a trouvé un autobus rempli de cadavres Norra Stationsgatan.

Gunvald Larsson jeta un coup d'œil à la pendule électrique murale. Il était 23 h 18.

— Comment une voiture patrouilleuse de la police de Sölna a-t-elle pu trouver un autobus rempli de cadavres à Stockholm?

L'inspecteur Gunvald Larsson dépendait de la brigade criminelle de Stockholm. Sa rigidité d'esprit ne le rendait pas particulièrement populaire auprès de ses collègues. Mais c'était un homme qui ne perdait pas son temps. C'est pourquoi il fut le premier sur les lieux.

Il arrêta sa voiture, releva son col et sortit sous la pluie.

Un autobus rouge à impériale était en travers du trottoir. La calandre avait défoncé une haute clôture de fil de fer. A côté se trouvait une Plymouth noire aux garde-boue blancs avec le mot POLICE écrit en lettres capitales sur les flancs. Les clignotants d'alerte marchaient et le projecteur éclairait deux agents en tenue, l'arme au poing. Ils étaient d'une étrange pâleur. L'un d'eux, qui avait vomi sur sa veste de cuir, s'essuyait d'un air embarrassé à l'aide d'un mouchoir trempé.

— Qu'est-ce qui vous arrive? demanda Gunvald Larsson.

— Il y a... Il y a plein de morts là-dedans, répondit l'un des agents.

— Oui, approuva le collègue. C'est vrai. Plein de morts. Et plein de cartouches.

— Et un homme qui présente encore des signes de vie.

— Et un policier.

— Un policier? répéta Larsson.

— Oui. Un inspecteur.

— On l'a reconnu. Un de la Criminelle du bureau de Västberga.

— Mais on ne sait pas son nom. Il a un imper bleu. Et il est mort.

Les deux agents parlaient en même temps. Ils étaient indécis mais calmes. C'était loin d'être des mauviettes mais, à côté de Gunvald Larsson, ils ne paraissaient pas particulièrement impressionnants. Larsson mesurait plus de 1 m 92 et pesait facilement ses cent kilos. Il avait l'encolure d'un boxeur poids lourd et ses mains velues étaient de gigantesques battoirs. Ses cheveux blonds, coiffés en arrière, ruisselaient déjà.

Le hurlement de multiples sirènes creva le rideau de pluie. Les voitures semblaient converger de toutes les directions. Gunvald Larsson se gratta l'oreille et demanda:

— On est à Sölna?

— Juste à la limite de la ville, répondit Kvant, pas fou.

Larsson décocha un regard aussi bleu qu'inexpressif aux deux agents avant de se diriger vers l'autobus.

— C'est... c'est une vraie boucherie, l'avertit Kristiansson.

Sans toucher à la carrosserie, Larsson glissa la tête par la porte ouverte.

— Comme vous dites, fit-il avec placidité.

5

Martin Beck s'immobilisa devant le seuil de son appartement de Bagarmossen, ôta son imperméable qu'il secoua sur le palier avant de l'accrocher et de refermer la porte.

Le vestibule était obscur mais il n'alluma pas. Un rai de lumière filtrait sous la porte de la chambre de sa fille et il entendait de la musique — la radio ou un disque. Il frappa et entra.

Ingrid avait seize ans. Ces derniers temps, elle avait mûri et son père s'entendait mieux avec elle que par le passé. C'était une fille calme, à l'esprit positif, fort intelligente et il aimait bavarder avec elle. Elle en était à la fin de sa scolarité et, bien qu'elle n'eût jamais été une bûcheuse comme on disait dans la jeunesse de Martin Beck, les études ne présentaient pas de difficultés pour elle.

Elle lisait au lit. L'électrophone posé sur la table de chevet marchait. Ce n'était pas de la pop'music qu'elle écoutait mais quelque chose de classique — du Beethoven, probablement.

— Bonsoir. Tu ne dors pas encore?

Martin Beck se tut, quasiment paralysé par la stupidité de ses paroles. Fugitivement, il songea à toutes les banalités qui avaient été proférées entre ces quatre murs depuis dix ans.

Ingrid abandonna sa lecture et arrêta l'électrophone.

— Salut, papa. Qu'est-ce que tu disais?

Il secoua la tête.

— Dieu du ciel! Mais ton pantalon est à tordre! Il pleut si fort?

— Des hallebardes! Maman et Rolf dorment?

— Je crois. Maman a flanqué Rolf au lit tout de suite après dîner. Elle prétend qu'il est enrhumé.

Martin Beck s'assit sur le lit.

— Et il ne l'est pas?

— C'est-à-dire que, personnellement, j'ai trouvé qu'il avait l'air en forme. Mais il n'a pas fait d'histoires pour aller se coucher. Sans doute dans l'espoir de sécher l'école demain.

— En tout cas, toi, tu travailles dur, me semble-t-il. Qu'est-ce que tu es en train d'étudier?

— Mon français. On a un examen. Tu veux m'interroger?

— Ça ne servirait pas à grand-chose. Le français n'est pas mon fort. Maintenant, il vaudrait mieux que tu dormes.

Il se leva et la jeune fille se glissa docilement sous le couvre-pieds. Martin Beck la borda. Au moment où il refermait la porte, elle murmura :

— Demain, touche du bois, papa.

— Bonne nuit.

Beck alla dans la cuisine sans prendre la peine d'allumer. Il resta un moment planté devant la vitre. La pluie paraissait tomber moins dru mais cela ne voulait rien dire car la fenêtre était abritée du vent. Il se demandait comment avait tourné la manifestation devant l'ambassade américaine et comment la presse qualifierait le comportement des forces de l'ordre le lendemain matin : maladroit et imbécile? ou brutal et provocateur? N'importe comment, les commentaires seraient défavorables. Parce qu'il était — et que, si loin qu'il se le rappelât, il avait toujours été — un fonctionnaire loyal, Martin Beck reconnaissait seulement dans son for intérieur que les critiques dont la police faisait l'objet étaient souvent justifiées, même si elles étaient quelque peu entachées de partialité. Un soir, quelques semaines auparavant, Ingrid lui avait dit que beaucoup de ses camarades de classe militaient politiquement, qu'ils participaient aux meetings et aux manifestations et que la plupart d'entre eux avaient une sainte horreur des policiers. Quand elle était petite, avait-elle ajouté, elle se vantait de ce que son père en fût un mais, maintenant, elle préférait le taire. Non qu'elle eût honte de lui : seulement, il lui arrivait parfois d'être entraînée dans des discussions où, d'office, elle était censée parler au nom de la police dans son ensemble. C'était ridicule, bien sûr, mais c'était comme ça.

Dans la salle de séjour, Martin Beck colla l'oreille à la porte de la chambre de sa femme. Il entendit un léger ronflement. Avec beaucoup de précautions, il ouvrit le divan transformable, alluma et tira les rideaux. Ce divan, il y avait peu de temps qu'il l'avait acheté. Il avait alors émigré de la chambre conjugale, prétextant qu'il ne voulait pas réveiller son épouse lorsqu'il rentrait trop tard. Mme Beck avait protesté; Martin, avait-elle souligné, travaillait parfois toute la nuit et il lui fallait par conséquent dormir dans la journée — et elle n'avait pas envie qu'il transforme le salon en capharnaüm, ce à quoi son mari avait répondu que, dans ce cas-là, ce serait dans la chambre à coucher qu'il ferait le bazar, promis juré. D'ailleurs, elle n'y entrait pas souvent dans la journée. Il y avait maintenant un mois qu'il dormait dans la salle de séjour et il s'en félicitait.

Sa femme se prénommait Inga.

Au fil des ans, leurs rapports étaient allés en empirant et faire chambre à part était un soulagement pour lui. Cela lui donnait de temps en temps mauvaise conscience, mais au bout de dix-sept ans de mariage, il n'y avait plus grand-chose à faire et il y avait belle lurette qu'il avait renoncé à s'interroger sur leurs responsabilités réciproques.

Martin Beck réprima une quinte de toux, ôta son pantalon humide qu'il suspendit au dossier d'une chaise à côté du radiateur. Il s'assit sur le divan pour retirer ses chaussettes. Une pensée lui traversa l'esprit : peut-être que les déambulations nocturnes de Kollberg sous la pluie étaient dues au fait que son mariage était également en train de sombrer dans l'ennui et la routine.

Déjà? Il n'y avait pourtant que dix-huit mois qu'il était marié.

Martin Beck chassa cette idée avant même d'avoir enlevé sa première chaussette. Lennart et Gun étaient heureux ensemble, cela ne faisait aucun doute. Et puis quoi? Ce n'étaient pas ses oignons!

Il se leva et, tout nu, alla se planter devant la bibliothèque. Il examina longuement les titres avant de choisir un livre, un ouvrage écrit par un vieux diplomate anglais, sir Eugene Millington-Drake, relatant l'affaire du *Graf Spee* et la bataille de La Plata, qu'il avait acheté d'occasion un an auparavant et n'avait pas encore eu le temps de lire. Il se glissa sous les draps, toussa comme un coupable, ouvrit le bouquin... et s'aperçut qu'il n'avait pas de cigarettes. Voilà encore un des avantages du divan : maintenant, il pouvait fumer au lit sans que cela fasse d'histoires.

Il se releva, alla pêcher un paquet de Floridas humide et tout aplati dans la poche de son imperméable, disposa les cigarettes sur la table de chevet pour qu'elles sèchent et en prit une qui paraissait susceptible de s'allumer. Il l'avait à la bouche et avait déjà une jambe dans son lit quand le téléphone sonna.

L'appareil se trouvait dans le vestibule. Il y avait six mois que Martin Beck avait demandé qu'on installât une prise supplémentaire dans la salle de séjour mais, compte tenu de la promptitude des services téléphoniques, il aurait sans doute de la chance si elle était posée l'année prochaine.

Il se précipita et décrocha avant la seconde sonnerie.

— Beck à l'appareil.

— Le superintendant Beck?

Il n'identifia pas la voix de son interlocuteur.

— Lui-même.

— Ici le central radio. On a retrouvé plusieurs passagers tués par balles dans un autobus de la ligne 47, près du terminus de Norra Stationsgatan. Vous êtes prié de vous rendre immédiatement sur place.

La première pensée de Martin Beck fut qu'il s'agissait d'une mauvaise plaisanterie ou que quelqu'un qui lui en voulait avait monté un canular dans le but de l'obliger à sortir sous la pluie rien que pour l'embêter.

— Qui vous a chargé de me transmettre ce message?

— Hansson, de la 5e. Le superintendant Hammar a déjà été prévenu.

— Combien de morts?

— On ne le sait pas encore exactement. Au moins six.

— On a arrêté quelqu'un?

— Pas à ma connaissance.

Je prendrai Kollberg au passage, songea Martin Beck. Pourvu que je trouve un taxi!

— Bon. J'arrive tout de suite.

— Oh... M. le superintendant...

— Oui?

— L'une des victimes... Il semble que ce soit quelqu'un de chez vous.

Les doigts de Martin Beck se crispèrent sur le récepteur.

— Qui ça?

— Je l'ignore. On ne m'a pas dit son nom.

Martin Beck raccrocha. Il appuya son front contre le mur. Lennart! C'est sûrement lui. Mais qu'est-ce qu'il fabriquait dehors par ce temps? Qu'est-ce qu'il foutait à bord d'un 47? Non! Non, pas Kollberg! C'était sûrement une erreur.

Il souleva à nouveau le récepteur et composa le numéro de son subordonné. La sonnerie retentit à l'autre bout de la ligne. Une fois. Deux fois. Trois fois. Quatre fois. Cinq fois.

— Kollberg...

La voix ensommeillée était celle de Gun. Beck s'efforça de parler sur un ton calme et naturel.

— Bonsoir. Lennart est là?

Il eut l'impression d'entendre grincer le sommier quand Gun s'assit dans son lit. Mais une éternité s'écoula avant qu'elle répondît.

— Non. En tout cas, il n'est pas couché. Je croyais qu'il était avec vous. Ou plutôt que vous étiez chez nous.

— Il est descendu avec moi. Pour se promener. Vous êtes certaine qu'il n'est pas à la maison?

— Il est peut-être à la cuisine. Attendez, je vais voir.

Quelques siècles s'égrénèrent encore. Puis :

— Non, Martin, il n'est pas là.

Maintenant, il y avait de l'inquiétude dans la voix de Gun.

— Où peut-il être allé par un temps pareil? reprit-elle.

— Je suppose qu'il est simplement sorti prendre un peu l'air. J'arrive à l'instant. Par conséquent, il n'y a pas longtemps qu'il s'est absenté. Ne vous faites pas de bile.

— Vous voulez que je lui dise de vous rappeler quand il rentrera?

Elle semblait rassurée.

— Non, c'est sans importance. Dormez bien. Au revoir.

Martin Beck reposa le récepteur sur la fourche. Brusquement, il avait si froid qu'il claquait des dents. Il décrocha pour la troisième fois et resta immobile, l'appareil à la main, se disant qu'il fallait qu'il appelle quelqu'un pour savoir exactement ce qui s'était passé. En définitive, il décida que le mieux était de se rendre là-bas le plus vite possible. Il téléphona à la station de taxis la plus proche qui répondit aussitôt.

Il y avait vingt-trois ans que Martin Beck était dans la police. Durant ces vingt-trois années, plusieurs de ses collègues avaient été tués en service commandé. Chaque fois, cela l'avait durement secoué et, tout au fond de son cerveau, il avait conscience que le métier devenait de plus en plus dangereux et que, le prochain coup, ce serait peut-être son tour. Mais Kollberg était plus qu'un simple collègue. Avec le temps, les deux hommes étaient professionnellement devenus de plus en plus tributaires l'un de l'autre. Ils se complétaient à merveille et chacun avait appris à deviner les pensées et les sentiments de l'autre sans avoir besoin de mots pour cela. Dix-huit mois auparavant, Kollberg s'était marié et s'était installé à Skärmarbrink ce qui les avait rapprochés géographiquement, et ils avaient pris l'habitude de se voir pendant leurs loisirs. Tout récemment encore, dans un moment de découragement assez peu fréquent chez lui, Lennart avait dit à Martin Beck : « Si vous n'étiez pas là, Dieu seul sait si je resterais dans la police. »

C'était à cela que songeait Beck en enfilant son imperméable trempé et en dévalant l'escalier pour s'engouffrer dans le taxi qui attendait devant l'immeuble.

6

Malgré la pluie et l'heure tardive, un groupe de badauds s'était amalgamé derrière les cordes qui barraient Karlbergsvägen. C'est avec curiosité qu'ils observèrent Martin Beck quand il descendit du taxi. Un jeune agent en pèlerine noire s'élança pour l'empêcher de passer mais un autre le tira en arrière et salua le nouveau venu.

Un petit bonhomme vêtu d'un trench-coat clair et coiffé d'une casquette barra la route à Beck.

— Mes condoléances, M. le superintendant. Je viens juste d'apprendre qu'un de vos...

Le regard que lui décocha le policier lui fit ravaler le reste de sa phrase. Ce type à la casquette, Beck ne le connaissait que trop. Et le personnage l'écœurait. C'était un journaliste à la pige qui se prétendait reporter criminel. Sa spécialité était l'assassinat et ses comptes rendus étaient un tissu de détails à sensation, répugnants et généralement mensongers. En fait, seule la lie des hebdomadaires publiait ses papiers.

Le folliculaire s'esquiva et Martin Beck enjamba la corde. Il en avait remarqué une autre un peu plus loin, tendue en travers de la rue en direction de Torsplan. La zone ainsi isolée grouillait de voitures noir et blanc et de silhouettes enrobées dans des imperméables luisants qu'il était impossible d'identifier. Autour de l'autobus, le sol était transformé en bourbier.

L'intérieur du véhicule était éclairé et les phares fonctionnaient mais ils avaient du mal à percer l'épais rideau de pluie. L'ambulance était immobile derrière l'autobus, le capot pointé vers Karlbergsvägen. L'auto des experts était également là. De l'autre côté de la clôture défoncée, des techniciens s'affairaient à installer des projecteurs. Tous ces détails étaient la preuve qu'un événement très inhabituel s'était produit.

Martin Beck jeta un coup d'œil sur les immeubles sordides de l'autre côté de la rue. Plusieurs fenêtres étaient allumées; on apercevait des formes humaines et des figures brouillées collées derrière les vitres que striait la pluie. Une femme, les jambes nues dans ses bottes, un imperméable passé par-dessus sa chemise de nuit, sortit d'une maison. Elle traversa la moitié de la rue avant d'être arrêtée par un agent qui la prit par le bras et lui fit rebrousser chemin. Il avançait à longues enjambées et elle était presque obligée de courir derrière lui; sa chemise de nuit trempée s'entortillait autour de ses jambes.

Martin Beck ne voyait pas les portes de l'autobus mais il distinguait des silhouettes à l'intérieur — probablement les techniciens de l'institut médico-légal qui étaient déjà à l'œuvre. Il n'apercevait aucun de ses collègues de la criminelle. Ceux-ci se trouvaient sans doute de l'autre côté du bus.

Il ralentit involontairement le pas. A l'idée du spectacle qui allait s'offrir à lui, il serra les poings dans ses poches et fit un crochet pour contourner l'ambulance. La lumière venant des portes latérales ouvertes de l'autobus éclairait Hammar qui avait été son patron pendant de nombreuses années et était maintenant superintendant chef. Hammar parlait avec quelqu'un qui se trouvait dans le bus. Il s'interrompit et fit face à Beck.

— Ah! Vous voilà! Je commençais à me demander s'ils n'avaient pas oublié de vous téléphoner.

Sans répondre, Beck se pencha et regarda à l'intérieur du véhicule.

Il sentit son estomac se contracter. C'était encore pire que ce à quoi il s'était attendu.

La lumière froide et crue détourait chaque détail avec la précision d'une gravure. L'autobus paraissait rempli de corps disloqués et inertes, ensanglantés.

Il aurait bien voulu faire demi-tour pour échapper à cette vision mais son expression ne révélait rien de ce qu'il éprouvait. Au contraire, il se contraignit à enregistrer tous les détails. Les gens du laboratoire travaillaient méthodiquement et en silence. L'un d'eux leva les yeux vers Martin Beck et secoua lentement la tête.

Le policier examina les cadavres les uns après les autres. Il n'en reconnaissait aucun. Pas dans l'état où ils se trouvaient, en tout cas.

— Celui-là, là-bas, dit-il soudain. Est-ce qu'il...

Il se tourna et n'acheva pas sa phrase.

Derrière Hammar, un homme avait surgi de l'obscurité, tête nue, les cheveux collés sur le front. C'était Kollberg.

Martin Beck le contempla fixement.

— Salut, dit Lennart. Je commençais à me demander ce qui vous était arrivé. Je me préparais à leur dire de vous rappeler.

Il s'arrêta devant Martin Beck et lui lança un regard scrutateur. Puis il jeta un rapide coup d'œil — un coup d'œil écœuré — autour de lui et enchaîna :

— Vous avez besoin d'une tasse de café. Je vais vous chercher ça.

Beck acquiesça, suivant des yeux l'inspecteur qui s'esquivait et dont les semelles faisaient un bruit chuintant. Il s'approcha de la porte avant, Hammar sur les talons.

Le chauffeur était écroulé sur son volant. Il avait visiblement reçu une balle dans la tête. Martin Beck s'étonna vaguement de ne pas avoir la nausée en regardant ce qui avait été le visage de l'homme.

— Que diable faisait-il ici? murmura Hammar d'une voix monocorde tout en regardant la pluie tomber. Qu'est-ce qu'il faisait dans ce bus?

C'est alors que Beck comprit de qui parlait le collègue qui lui avait téléphoné.

A côté de la fenêtre, derrière l'escalier conduisant à l'impériale, était assis Ake Stenström, inspecteur affecté à la brigade criminelle, l'un des plus jeunes subordonnés de Martin Beck.

« Assis » n'était peut-être pas le mot qui convenait. Son imperméable de popeline bleue était imbibé de sang et Stenström était affaissé sur son siège, l'épaule droite appuyée sur le dos de sa voisine. Celle-ci était pliée en deux.

Il était mort. Comme cette jeune femme. Comme les six autres personnes qui se trouvaient dans le bus.

Il étreignait son pistolet administratif dans la main droite.

7

La pluie dura toute la nuit et bien que, selon le calendrier, le soleil se levât à 7 h 20, il n'était pas loin de 9 h quand il fut assez fort pour percer les nuages et répandre sur Stockholm un jour incertain et nébuleux.

L'autobus rouge était toujours en travers du trottoir de Norra Stationsgatan dans la position où il s'était arrêté dix heures plus tôt.

Mais c'était le seul élément qui n'avait pas changé. A présent, une cinquantaine d'hommes allaient et venaient à l'intérieur de la zone interdite et, derrière les cordes, la foule des curieux ne cessait de grossir. Beaucoup n'avaient pas bougé de là depuis minuit. Ils avaient vu des policiers, des secouristes, toutes les catégories possibles de véhicules d'urgence aux sirènes hurlantes. Ç'avait été la nuit des sirènes. Sans interruption, des autos avaient remonté et redescendu les rues engluées de pluie, sans raison apparente.

Personne ne savait au juste de quoi il s'agissait mais un petit mot transmis de bouche à oreille s'était rapidement propagé en cercles concentriques à travers la foule, dans le quartier, dans toute la ville, un petit mot qui avait fini par acquérir une réalité concrète qui se répétait d'un bout à l'autre du pays. Qui avait à l'heure qu'il était franchi les frontières.

Hécatombe.

Hécatombe à Stockholm.

Hécatombe dans un autobus de Stockholm.

C'était au moins une chose que tout le monde savait.

Et l'on n'en savait guère plus à Kungsholmsgatan, le quartier général de la police. On ne savait même pas très bien qui était chargé de mener l'enquête. La confusion était totale. Les téléphones sonnaient sans discontinuer, des gens entraient et sortaient, les planchers étaient souillés et ceux qui les salissaient étaient irascibles, poissés de transpiration et de pluie.

— Qui s'occupe d'établir la liste des victimes? s'enquit Martin Beck.

— Je crois bien que c'est Rönn, répondit Kollberg sans se retourner.

Il était en train de fixer un plan au mur à l'aide de papier collant. Le carton, qui mesurait trois mètres de long sur plus de cinquante centimètres de large, était difficile à manier.

— Est-ce que quelqu'un peut me donner un coup de main? demanda-t-il.

— J'arrive, fit calmement Melander qui ôta sa pipe de sa bouche et se leva.

L'air grave, Fredrik Melander était grand et mince. Il avait l'esprit méthodique. Agé de quarante-cinq ans, il était affecté à la brigade criminelle. Il y avait de nombreuses années que Kollberg travaillait avec lui... Kollberg avait oublié combien. Mais Melander, pour sa part, ne l'avait pas oublié. Il avait la réputation de ne jamais rien oublier.

Deux téléphones sonnèrent en même temps.

— Allô. Superintendant Beck. Qui? Non, il n'est pas là. Je dois lui dire de rappeler? Ah! Je vois.

Beck raccrocha et prit l'autre appareil. Un homme aux cheveux presque blancs et qui devait avoir une cinquantaine d'années ouvrit la porte et s'immobilisa d'un air incertain sur le seuil.

— Tiens, Ek! Qu'est-ce que vous voulez? lui demanda Martin Beck en approchant le récepteur de son oreille.

— C'est au sujet de l'autobus...

— Quand je rentrerai? s'exclama Beck au téléphone. Je n'en ai pas la moindre idée.

— Merde! s'écria Kollberg : le papier adhésif s'était entortillé autour de ses doigts boudinés.

— Du calme, murmura Melander.

Martin Beck se tourna de nouveau vers l'homme aux cheveux blancs.

— Et alors? Qu'est-ce qu'il y a à propos de ce bus?

Ek referma la porte et consulta ses notes.

— Il a été construit en Angleterre par la société Leyland. C'est le modèle appelé Atlantean mais sa désignation officielle est H35. Il est prévu pour soixante-quinze places assises. Ce qu'il y a de bizarre...

La porte s'ouvrit encore et Gunvald Larsson contempla avec incrédulité le désordre qui régnait dans son bureau. Son léger imperméable était à tordre tout comme son pantalon et ses cheveux blonds. Ses chaussures étaient boueuses.

— Qu'est-ce que c'est que ce bordel? grommela-t-il.

— Qu'a-t-il de bizarre, cet autobus? demanda Melander.

— Eh bien, le H35 n'est pas utilisé sur la ligne 47.

— Tiens?

— Enfin, en règle générale. En principe, la compagnie se sert pour cette ligne de bus allemands fabriqués chez

Büssing. Ils sont aussi à impériale. Celui-là était une exception.

— Voilà un indice intéressant, laissa tomber Gunvald Larsson. Le fou massacreur ne tue que les passagers des autobus anglais. C'est cela que vous voulez dire?

Ek adressa un regard résigné à Larsson qui se secoua et reprit :

— A propos, qu'est-ce que cette bande de gorilles fabrique dans l'entrée? Qui sont ces gens-là?

— Des journalistes, répondit Ek. Il faudrait que quelqu'un aille leur parler.

— Pas moi! s'empressa de dire Kollberg.

— Est-ce que Hammar, le préfet, le procureur ou une huile quelconque ne va pas publier un communiqué? voulut savoir Larsson.

— Le communiqué n'est probablement pas encore rédigé, répliqua Martin Beck. Ek a raison. Il faudrait que quelqu'un aille leur parler.

— Pas moi, répéta Kollberg.

Soudain, il se retourna avec un air presque triomphant comme s'il venait d'avoir une idée de génie. « Gunvald! C'est vous qui êtes arrivé là-bas le premier. Vous pouvez tenir une conférence de presse. »

Larsson balaya la pièce du regard, et, du dos de sa main poilue, il repoussa la mèche de cheveux détrempée collée sur son front. Martin Beck gardait la bouche close.

— Bon! soupira Gunvald Larsson. Qu'on les réunisse quelque part et j'irai leur causer. Mais il y a quelque chose que je voudrais savoir avant.

— Quoi? demanda Martin Beck.

— Est-ce que quelqu'un a prévenu la mère de Stenström?

Silence de mort. On aurait dit que la question avait paralysé la langue de tout le monde, y compris Larsson.

Ek examina les visages qui l'entouraient les uns après les autres.

Enfin Melander murmura :

— Oui. On l'a avertie.

— Parfait, dit Gunvald Larsson — et la porte se referma bruyamment derrière lui.

— Parfait, répéta Martin Beck comme s'il se parlait à lui-même tout en pianotant sur son bureau.

— Vous croyez que c'est judicieux? demanda Kollberg.

— Quoi?

— De laisser Gunvald... Vous n'avez pas l'impression qu'on ne va pas se faire suffisamment enguirlander par la presse comme ça?

Martin Beck le regarda sans parler. Kollberg haussa les épaules.

— Bah! Quelle importance?

Melander se dirigea vers sa table, reprit sa pipe et l'alluma.

— Non, dit-il. Cela n'a strictement aucune importance.

Kollberg et lui avaient enfin réussi à fixer le dessin au mur. C'était un plan agrandi de l'étage inférieur de l'autobus. Plusieurs silhouettes y avaient été ajoutées. Elles étaient numérotées de 1 à 9.

— Qu'est-ce que Rönn fabrique avec cette liste? maugréa Martin Beck.

— Il y a encore autre chose en ce qui concerne ce bus..., commença Ek avec entêtement.

Les téléphones sonnèrent.

8

Le bureau où eut lieu cette première confrontation improvisée avec la presse convenait vraiment fort mal à la situation. Le mobilier se composait exclusivement d'une table, de quelques placards et de quatre chaises, et quand Larsson entra, l'atmosphère de la pièce était déjà alourdie par la fumée et l'odeur des pardessus mouillés.

Il s'immobilisa dès qu'il eut franchi le seuil, jeta un regard circulaire sur les journalistes et les photographes rassemblés et demanda d'une voix sans timbre :

— Eh bien, qu'est-ce que vous voulez savoir?

Ils se mirent à parler tous en même temps et l'inspecteur leva la main.

— Chacun son tour, s'il vous plaît. Vous, là-bas, à vous de commencer. Ensuite, on ira de gauche à droite.

La conférence de presse se déroula comme suit :

QUESTION : Quand le bus a-t-il été découvert?

RÉPONSE : Hier vers 23 h 10.

Q. : Qui l'a découvert?

R. : Un passant qui a arrêté une voiture de patrouille.

Q. : Combien y avait-il de personnes dans l'autobus?

R. : Huit.

Q. : Elles étaient toutes mortes?

R. : Oui.

Q. : Comment ont-elles été tuées?

R. : Il est encore trop tôt pour le savoir.

Q. : Leur mort a-t-elle été provoquée par des violences physiques?

R. : C'est probable.

Q. : Qu'entendez-vous par « c'est probable »?

R. : Exactement ce que je viens de dire.

Q. : Y avait-il des traces de fusillade?

R. : Oui.

Q. : Donc toutes ces personnes ont été abattues?

R. : Vraisemblablement.

Q. : Ainsi, il s'agit bien d'une tuerie collective?

R. : Oui.
Q. : Avez-vous trouvé l'arme du crime?
R. : Non.
Q. : La police a-t-elle procédé à des arrestations?
R. : Non.
Q. : Existe-t-il des indices tendant à accuser quelqu'un en particulier?
R. : Non.
Q. : Tous ces meurtres ont-ils été commis par un seul et même individu?
R. : Je n'en sais rien.
Q. : Y a-t-il une indication permettant de penser que plus d'un meurtrier soit responsable de la mort de ces huit victimes?
R. : Non.
Q. : Comment un individu agissant seul a-t-il pu massacrer huit personnes dans un autobus avant que quelqu'un ait eu le temps de résister?
R. : Je n'en sais rien.
Q. : Les coups de feu ont-ils été tirés par quelqu'un qui se trouvait dans le bus ou par quelqu'un qui était à l'extérieur?
R. : Ils n'ont pas été tirés de l'extérieur.
Q. : Comment le savez-vous?
R. : Les vitres qui ont été endommagées ont été fracassées par des projectiles tirés de l'intérieur.
Q. : Quel genre d'arme le tueur a-t-il employé?
R. : Je ne sais pas.
Q. : Il a sûrement dû se servir d'une mitrailleuse ou d'une mitraillette?
R. : Pas de commentaires.
Q. : Au moment du massacre, l'autobus était-il à l'arrêt ou en marche?
R. : Je ne sais pas.

Q. : La position dans laquelle il a été trouvé ne permet-elle pas de penser que l'on a ouvert le feu alors qu'il était en marche et que le véhicule est alors monté sur le trottoir?

R. : Effectivement.

Q. : Les chiens ont-ils relevé une piste?

R. : Il pleuvait.

Q. : C'était un autobus à impériale, n'est-ce pas?

R. : Oui.

Q. : Où les corps ont-ils été retrouvés? En haut ou en bas?

R. : En bas.

Q. : Tous les huit?

R. : Oui.

Q. : Les victimes ont-elles été identifiées?

R. : Non.

Q. : Aucune?

R. : Si.

Q. : Qui? Le chauffeur?

R. : Non. Un policier.

Q. : Un policier? Pouvez-vous nous dire son nom?

R. : Oui. L'inspecteur Ake Stenström.

Q. : Stenström? Le Stenström de la Criminelle?

R. : Oui.

Deux journalistes firent mine de se ruer vers la porte mais Gunvald Larsson leva à nouveau la main.

— Pas d'allées et venues, je vous prie. Y a-t-il encore des questions?

Q. : L'inspecteur Stenström était-il l'un des passagers de l'autobus?

R. : En tout cas, ce n'était pas lui qui le conduisait.

Q. : Pensez-vous que c'était simplement par hasard qu'il était là?

R. : Je ne sais pas.

Q. : C'est une question personnelle que je vais vous poser. Estimez-vous que si l'une des victimes appartenait à la brigade criminelle, ce soit là une pure coïncidence?
R. : Je n'ai pas à répondre à des questions personnelles.
Q. : L'inspecteur Stenström était-il chargé d'une enquête particulière quand l'événement a eu lieu?
R. : Je n'en sais rien.
Q. : Était-il de service hier soir?
R. : Non.
Q. : Donc sa présence dans l'autobus était certainement accidentelle. Pouvez-vous nous donner le nom d'autres victimes?
R. : Non.
Q. : C'est la première fois qu'un assassinat collectif a lieu à Stockholm. Néanmoins, on a enregistré plusieurs massacres analogues à l'étranger au cours des dernières années. Estimez-vous que cet acte démentiel a été inspiré par certains événements qui ont eu lieu aux États-Unis, par exemple?
R. : Je ne sais pas.
Q. : La police croit-elle que le criminel est un fou désirant attirer l'attention sur lui par un forfait sensationnel?
R. : C'est une théorie.
Q. : Oui mais cela ne répond pas à ma question. La police organise-t-elle ses recherches en fonction de cette théorie?
R. : Aucun indice, aucune présomption ne sont négligés.
Q. : Combien y a-t-il de femmes parmi les victimes?
R. : Deux.
Q. : Donc, les six autres sont des hommes?
R. : Oui.
Q. : Y compris le conducteur et l'inspecteur Stenström?
R. : Oui.
Q. : Encore une minute. Nous avons appris que l'un

des voyageurs n'était pas mort et qu'une ambulance l'a emmené avant que la police n'ait eu le temps d'établir un cordon sanitaire.

R. : Ah oui?

Q. : Est-ce la vérité?

R. : Question suivante?

Q. : Il semble que vous ayez été le premier policier à arriver sur le théâtre du crime?

R. : En effet.

Q. : Quelle heure était-il?

R. : 23 h 25.

Q. : A quoi ressemblait l'intérieur de l'autobus?

R. : Je ne vous suis pas.

Q. : Pouvez-vous dire que c'était le spectacle le plus affreux qu'il vous ait été donné de voir au cours de votre vie?

Gunvald Larsson dévisagea d'un air inexpressif celui qui avait posé cette dernière question, un très jeune homme pourvu de lunettes rondes à monture d'acier et doté d'une barbe rousse quelque peu négligée.

— Non, je ne peux pas.

La réponse causa une certaine émotion. Une journaliste fronça le sourcil et demanda d'une voix faible et sur un ton incrédule :

— Qu'entendez-vous par là?

— Exactement ce que j'ai dit.

Avant d'entrer dans la police, Larsson avait servi dans la marine nationale. En août 1943, il avait participé au renflouement du sous-marin *Ulven* qui avait sauté sur une mine et était resté trois mois par le fond. Quelques-uns des trente-trois membres de l'équipage avaient fait leurs classes avec lui. Après la guerre, il avait eu à s'occuper de l'extradition des collaborateurs baltes détenus au camp de Ränneslätt. Il avait aussi assisté à l'arrivée de déportés rapatriés de camps de concentration allemands. Surtout des femmes dont beaucoup n'avaient pas survécu.

Cependant, il ne voyait aucune raison de s'expliquer devant cette assemblée de jeunes gens et il se contenta de demander laconiquement :

— Y a-t-il d'autres questions?

— La police a-t-elle interrogé des témoins?

— Non.

— En d'autres termes, un massacre a été commis en plein cœur de Stockholm. Huit personnes ont été assassinées et c'est tout ce que la police a à dire?

— Oui.

Et la conférence de presse s'acheva sur ce oui.

9

Un certain temps s'écoula avant que l'on remarquât que Rönn était entré dans le bureau avec sa liste. Beck, Kollberg, Melander et Larsson étaient penchés sur une table jonchée de photos de la scène du crime quand sa voix s'éleva soudain :

— La liste est prête.

Rönn était né et avait été élevé à Arjeplog et, bien qu'il habitât Stockholm depuis plus de vingt ans, il avait conservé son accent des provinces du Nord.

Il posa sa liste sur le coin de la table, tira une chaise et s'assit.

— En voilà des façons de faire peur aux gens, maugréa Kollberg.

Il régnait un tel silence dans la pièce que la voix de Rönn l'avait fait sursauter.

— Eh bien, voyons cela, fit Larsson avec impatience en s'emparant du feuillet.

Après l'avoir étudié quelques instants, il le tendit à Rönn.

— J'ai rarement vu un pareil gribouillage. Ce n'est pas possible! Vous êtes capable de vous relire? Vous n'avez pas fait taper ça à la machine?

— Si, les copies seront prêtes dans une minute.

— Bon, dit Kollberg. On vous écoute.

Rönn mit ses lunettes, s'éclaircit la gorge et jeta un coup d'œil à ses notes.

— Quatre des huit victimes demeuraient à proximité du terminus du 47, commença-t-il. Le survivant également.

— Prenez-les les unes après les autres, si possible, lui enjoignit Martin Beck.

— Bien. D'abord, le chauffeur. Il a reçu deux balles derrière la tête et une dans la nuque. Il a dû être tué sur le coup.

Beck n'eut pas besoin de regarder la photographie que Rönn avait extraite de la pile de clichés entassés sur la table. Il ne se rappelait que trop bien l'aspect du conducteur.

— Il s'appelait Gustav Bengtsson. Quarante-cinq ans, marié, deux enfants, domicilié 5 Inedalsgatan. La famille a été prévenue. C'était son dernier voyage de la journée. Après avoir débarqué les passagers, il aurait dû ramener son autobus au dépôt de Hornsberg à Lindhagensgatan. La recette n'a pas été touchée et il avait 120 couronnes dans son portefeuille.

Rönn examina ses collègues par-dessus ses verres avant de poursuivre :

— Ce sont les seuls renseignements que nous possédons sur lui pour le moment.

— Continuez, fit Melander.

— Je vais les prendre dans l'ordre où ils figurent sur le diagramme. Le suivant est Ake Stenström. Cinq balles dans le dos. L'une d'elles, tirée latéralement et qui a pénétré l'épaule droite, est peut-être un ricochet. Il avait vingt-neuf ans et habitait...

Gunvald Larsson l'interrompit :

— Ça, vous pouvez laisser tomber. Nous le savons.

— Pas moi.

— Continuez, répéta Melander.

Rönn se racla la gorge.

— Il habitait un appartement à Tjärhovsgatan avec sa fiancée...

Nouvelle interruption de Larsson :

— Ils n'étaient pas fiancés. Je lui ai encore posé la question il n'y a pas longtemps.

Martin Beck lança un coup d'œil irrité à Larsson et, du menton, fit signe à Rönn d'enchaîner.

— Il habitait avec Asa Torell, vingt-quatre ans, employée dans une agence de voyages.

Il décocha un regard furtif en direction de Larsson. « Ils vivaient dans le péché. Je ne sais pas si elle a été avertie. »

Melander ôta sa pipe de sa bouche pour dire :

— Elle l'a été.

Aucun des cinq hommes qui faisaient cercle autour de la table ne regardait les photos représentant le corps mutilé de Stenström. Ils les avaient déjà vues et préféraient ne pas recommencer.

— Il tenait son pistolet de service dans la main droite. Le cran de sûreté était débloqué mais l'arme n'a pas été utilisée. On a retrouvé sur lui un portefeuille contenant 37 couronnes, une carte d'identité, un instantané d'Asa Torell, une lettre de sa mère et quelques factures. Plus son permis de conduire, un carnet, des stylos et un trousseau de clés. Le laboratoire nous renverra tout cela quand il n'en aura plus besoin. Je peux continuer?

— Je vous en prie, répondit Kollberg.

— La fille assise à côté de Stenström s'appelait Britt Danielsson, vingt-huit ans, célibataire, infirmière diplômée. Elle travaillait à l'hôpital Sabbatsberg.

— Je me demande s'ils étaient ensemble, murmura Larsson. Peut-être qu'il prenait un peu de bon temps en douce.

Rönn lui adressa un regard réprobateur.

— Il y aura intérêt à vérifier, dit Kollberg.

— Elle partageait une chambre, 87 Karlbergsvägen, avec une autre infirmière de Sabbatsberg. Selon cette dernière, une dénommée Monika Granholm, Britt Danielsson rentrait directement chez elle après avoir fini sa journée. Elle a été atteinte d'une balle dans la tempe. C'est la seule à n'avoir reçu qu'un seul projectile. Il y avait trente-huit articles différents dans son sac. Vous voulez que je vous les énumère?

— Fichtre pas! s'écria Gunvald Larsson.

— Le numéro 4 de la liste et du diagramme se nomme Alfons Schwerin. C'est le survivant. Il gisait sur le dos entre les deux rangées de sièges à l'arrière. Vous savez déjà de quoi il souffre. Il a été touché au ventre et une balle s'est logée dans la région du cœur. Il vit seul. Son adresse est 117 Norra Stationsgatan. Il a quarante-trois ans et est employé aux Ponts et Chaussées. A propos, comment va-t-il?

— Il est toujours dans le coma, répondit Martin Beck. Les médecins prétendent qu'il y a une toute petite chance pour qu'il reprenne conscience mais, même dans ce cas, ils ne savent pas s'il sera capable de parler ou même de se rappeler quoi que ce soit.

— On ne peut pas parler avec une balle dans le ventre? s'étonna Larsson.

— Le choc, laissa tomber Martin Beck.

Il repoussa sa chaise et s'étira. Puis il alluma une cigarette et alla se planter devant le diagramme.

— Et celui-là, dans le coin? Le numéro 5?

Du doigt, il désignait l'angle arrière droit de l'autobus. Rönn consulta ses notes.

— Huit balles dans le corps. Dans la poitrine et dans le ventre. Mohammed Boussie, citoyen algérien, trente-six ans, pas de famille en Suède. Il vivait dans une sorte de pension de famille de Norra Stationsgatan. Apparemment, il revenait du Zig-Zag, le restaurant de Vasagatan où il travaillait. Rien de plus à dire sur lui pour l'instant.

— Dans les pays arabes, on a la détente rudement facile, dit Larsson.

— Votre connaissance en matière de politique est absolument déconcertante, répliqua Kollberg. Vous devriez demander votre transfert à la Sepo.

— Son nom exact est la section de sécurité de la police nationale.

Rönn se leva, sortit deux ou trois photos de la pile et les aligna sur la table.

— Ce type-là, nous n'avons pas réussi à l'identifier. Le numéro 6. Il était assis sur le siège extérieur, juste derrière les portes latérales et il a encaissé six balles. On a retrouvé dans ses poches un frottoir de boîte d'allumettes, un paquet de cigarettes Bill, un ticket de bus et 1 823 couronnes en espèces. C'est tout.

— Ça fait beaucoup d'argent, murmura pensivement Melander.

Penchés sur la table, ils examinaient les photos de l'inconnu. L'homme avait glissé sur la banquette. Ses bras étaient collés au dossier et sa jambe gauche bloquait le couloir. Le devant de son pardessus était ensanglanté. Il n'avait plus de visage.

— Sa propre mère ne le reconnaîtrait pas, dit Larsson.

Martin Beck avait fini d'étudier le plan fixé au mur.

— Après tout, je ne suis pas sûr qu'il n'y en avait pas deux.

Les autres le regardèrent.

— Deux quoi? demanda Gunvald Larsson.

— Deux tireurs. Regardez les passagers. Pas un seul n'a bougé de son siège. Sauf celui qui n'est pas mort. Et encore est-ce peut-être parce qu'il a basculé.

— Deux fous? fit Gunvald Larsson avec scepticisme. En même temps?

Kollberg s'approcha de Martin Beck.

— Vous insinuez que quelqu'un aurait dû avoir le temps de réagir s'il n'y avait eu qu'un seul tireur? Ouais, peut-être. Mais ils ont été purement et simplement fauchés. Cela s'est passé très vite et si l'on tient compte qu'ils étaient tous plus ou moins assoupis...

— Est-ce qu'on continue avec la liste? Nous aurons la réponse à cette question quand nous saurons s'il y a eu une arme ou deux.

— Bien sûr, murmura Martin Beck. Allez-y, Einar.

— Le numéro 7 est un contremaître. John Källström. Il était assis à côté du voyageur qui reste à identifier. Cinquante-deux ans, marié, domicilié 89 Karlbergsvägen. D'après sa femme, il revenait de son usine. Il faisait des heures supplémentaires. Rien d'insolite en ce qui le concerne.

— Sauf qu'il a reçu une giclée de plomb dans les tripes en rentrant du travail, objecta Gunvald Larsson.

— Près de la fenêtre, juste devant les portes latérales, nous avons Gösta Assarsson. Le numéro 8. Quarante-deux ans. La moitié de la tête emportée. Il demeurait 40 Tegnérgatan où se trouvait également son bureau, une société d'import-export qu'il dirigeait avec son frère. Sa femme ne savait pas qu'il était dans cet autobus. Selon ses dires, il aurait dû être à son club, à Narvavägen. Il avait une réunion.

— Ah, ah! s'exclama Larsson. Le monsieur faisait la bringue!

— En effet, certains indices permettent de le penser. Il avait une bouteille de whisky dans sa serviette. Du Johnnie Walker, étiquette noire.

— Bigre! dit Kollberg qui était un épicurien.

— De plus, poursuivit Rönn, il était abondamment pourvu en préservatifs. Il en avait sept dans sa poche. Plus un carnet de chèques et quelque 800 couronnes en espèces.

— Pourquoi sept? demanda Larsson.

Au même moment, Ek poussa la porte et glissa la tête à l'intérieur de la pièce.

— Hammar veut que tout le monde soit dans son bureau dans quinze minutes pour un briefing. C'est-à-dire à 11 heures moins le quart.

Sur ce, il se dématérialisa.

— Bien. Poursuivons, dit Martin Beck.

— Où en étions-nous?

— Au type aux sept capotes, répondit Larsson.

— Y a-t-il encore quelque chose à dire à son sujet? s'enquit Beck.

Rönn consulta ses gribouillages.

— Je ne pense pas.

Martin Beck s'assit au bureau de Larsson.

— Eh bien, continuez.

— A deux sièges d'Assarsson, nous avons le numéro 9. Mme Hildur Gohansson, soixante-huit ans, veuve, demeurant 119 Norra Stationsgatan. Une balle dans l'épaule et une autre dans le cou. Elle revenait de Västmannagatan où elle avait gardé sa petite-fille.

Rönn replia son papier et le mit dans sa poche.

— Et voilà. C'est tout.

Gunvald Larsson soupira et disposa les photos en neuf petits tas réguliers.

Melander posa sa pipe, grommela quelque chose d'indistinct et se rendit aux toilettes.

Kollberg se balança sur sa chaise et dit :

— Que ressort-il de tout cela? Qu'un soir tout à fait ordinaire, dans un autobus tout à fait ordinaire, neuf personnes tout à fait ordinaires se sont fait descendre à la mitraillette sans raison apparente. En dehors du bonhomme qui n'a pas été identifié, je ne vois rien d'anormal chez aucune de ces personnes.

— Si, rétorqua Martin Beck. Il y a quelque chose d'anormal en ce qui concerne l'une d'entre elles. Stenström. Qu'est-ce qu'il faisait dans ce bus?

Personne ne répondit.

Une heure plus tard, Hammar posa exactement la même question à Martin Beck. Il avait réuni l'équipe qui était à partir de maintenant exclusivement chargée de l'enquête sur le massacre de l'autobus. Elle était composée de dix-sept inspecteurs expérimentés de la brigade criminelle, qu'il coiffait en personne. Martin Beck et Kollberg dirigeaient également les investigations.

On avait examiné toutes les données, analysé la situation et défini la mission de chacun. Après la conférence, tout le monde s'était retiré à l'exception de Beck et de Kollberg.

— Qu'est-ce que Stenström faisait dans ce bus? demanda Hammar.

— Je ne sais pas, répondit Martin Beck.

— Apparemment, personne n'a l'air d'être au courant de l'affaire dont il s'occupait. L'un d'entre vous sait-il quelque chose à ce sujet?

Kollberg leva les bras au ciel et haussa les épaules.

— Je n'en ai pas la moindre idée. Sans doute une banale enquête de routine. Probablement sans aucune importance.

— Ces temps-ci, il y avait un creux, dit Martin Beck. Aussi avait-il pas mal de temps libre. Ce n'était que justice : avant, il s'était envoyé un nombre considérable d'heures supplémentaires.

Hammar pianota sur son bureau et fronça les sourcils d'un air songeur.

— Qui a prévenu sa fiancée?

— Melander, répondit Kollberg.

— Je pense que quelqu'un devrait avoir une conversation avec elle le plus rapidement possible. Elle ne doit sûrement rien ignorer de ses activités. (Une pause). A moins...

Hammar n'acheva pas sa phrase.

— Quoi? demanda Beck.

— A moins qu'il n'ait été en compagnie de l'infirmière? fit Kollberg. C'est ça que vous voulez dire?

Hammar garda le silence.

— Ou qu'il soit sorti pour une raison du même genre.

Hammar acquiesça.

— C'est un point à vérifier.

10

Deux hommes se tenaient sur le trottoir devant le siège central de la police. Deux hommes qui auraient donné gros pour être ailleurs. Ils étaient coiffés d'une casquette d'uniforme, portaient une veste de cuir aux boutons dorés; un baudrier leur barrait la poitrine, un pistolet et une matraque se balançaient à leur ceinturon. Ils se nommaient respectivement Kristiansson et Kvant.

Une dame d'un certain âge, élégamment habillée, s'approcha d'eux.

— Excusez-moi, leur demanda-t-elle, mais pouvez-vous me dire comment rejoindre Hjärnegatan?

— Je ne sais pas, madame, répondit Kvant. Adressez-vous à un agent. Il y en a un un peu plus loin.

La femme le contempla bouche bée.

— Nous non plus, nous ne sommes pas d'ici, s'empressa d'ajouter Kristiansson en guise d'explication.

La vieille dame continua de les suivre du regard tandis qu'ils gravissaient les marches.

— Pourquoi crois-tu qu'ils veulent nous voir? s'enquit Kristiansson non sans inquiétude.

— Pour recueillir notre témoignage, naturellement. C'est nous qui avons fait la découverte, non?

— Oui, c'est vrai, mais...

— Plus de « mais » maintenant, Kalle... entre dans l'ascenseur.

Au troisième étage, ils rencontrèrent Kollberg qui leur adressa distraitement un signe de tête lugubre, ouvrit une porte et lança :

— Les deux gars de Sölna sont là, Gunvald.

Une voix répondit :

— Dites-leur d'attendre.

— Attendez, fit Kollberg avant de disparaître.

Vingt minutes plus tard, Kvant se secoua et maugréa :

— Ils se fichent de nous, nom d'une pipe! En principe, on n'est pas de service et j'ai promis à Siv de surveiller les petits pendant qu'elle irait chez le docteur.

— Tu me l'as déjà dit, répliqua Kristiansson d'un air abattu.

— Il paraît qu'elle sent des trucs bizarres dans son...

— Oui, ça aussi, tu l'as déjà dit.

— A l'heure qu'il est, elle est sûrement folle de rage.

Cette bonne femme, je ne sais vraiment pas ce qu'elle a. Ça commence à être inquiétant. Est-ce que Kerstin enfle comme ça du postérieur, elle aussi?

Kristiansson ne répondit pas.

Kerstin était sa femme et il n'aimait pas parler d'elle. Kvant, pour sa part, ne semblait éprouver aucune gêne à parler de son épouse.

Cinq minutes plus tard, Gunvald Larsson ouvrit la porte de son bureau et ordonna sèchement :

— Entrez.

Kristiansson et Kvant s'assirent. L'inspecteur les étudia d'un œil critique.

— Asseyez-vous donc, ne vous gênez pas.

— C'est déjà fait, répondit niaisement Kristiansson.

Son coéquipier lui imposa silence d'un geste impatient : Kvant commençait à flairer des ennuis.

Au bout d'un moment, Larsson s'installa derrière son bureau, poussa un profond soupir et demanda aux deux hommes :

— Depuis combien de temps êtes-vous dans la police?

— Huit ans, répondit Kvant.

Larsson prit la feuille de papier posée devant lui et la parcourut.

— Vous savez lire?

— Oh oui! s'écria Kristiansson avant que Kvant n'eût eu le temps de l'arrêter.

— Eh bien, lisez.

Gunvald Larsson poussa la feuille jusqu'au bord du bureau.

— Est-ce que vous comprenez ce qui est écrit là-dessus ou est-ce qu'il faut que je vous l'explique?

Kristiansson secoua la tête.

— Je vous l'expliquerai avec joie. C'est un rapport préliminaire concernant l'état des lieux. Il en ressort que deux personnes chaussant du 43 ont laissé une bonne centaine d'empreintes de pieds d'un bout à l'autre de ce foutu autobus. En bas et sur l'impériale. Quelles peuvent être ces personnes, à votre avis?

Il n'y eut pas de réponse.

— Pour que mes explications soient plus claires, j'ajouterai que j'ai tout récemment eu une conversation avec un expert du laboratoire. Il m'a dit qu'on a l'impression qu'un troupeau d'hippopotames a galopé là-bas pendant des heures. Le technicien en question n'arrive pas à croire qu'un troupeau d'êtres humains composé de deux individus ait été capable d'effacer pratiquement toutes les traces en si peu de temps.

Kvant commençait à perdre son calme. Il dévisagea d'un œil granitique l'homme assis derrière le bureau.

— Or, il se trouve que les hippopotames et autres bestiaux ne se baladent généralement pas armés, poursuivit Larsson sur un ton doucereux. Il n'empêche que quelqu'un a tiré un coup de feu à l'intérieur du bus. Ce quelqu'un avait un Walther 7,65. Le coup de feu a été tiré au niveau de l'escalier avant et en l'air pour être précis. La balle a ricoché sur le plafond et on l'a retrouvée dans le capiton d'un des sièges de l'impériale. Qui a tiré ce coup de feu d'après vous?

— Nous, répondit Kristiansson. C'est-à-dire... moi.

— Tiens? Vraiment? Et sur quoi avez-vous tiré?

Kristiansson se gratta la nuque, l'air penaud.

— Sur rien.

Kvant intervint :

— C'était un coup de semonce.

— A l'intention de qui?

— On a pensé que le meurtrier était peut-être encore dans le bus, dit Kristiansson. Qu'il se cachait sur l'impériale.

— Et il y était?

— Non, avoua Kvant.

— Qu'est-ce que vous en savez? Qu'avez-vous fait après cette canonnade?

— On est monté jeter un coup d'œil, déclara Kristiansson.

— Il n'y avait personne, renchérit Kvant.

Gunvald Larsson les fusilla du regard. Après trente bonnes secondes de silence, il frappa son bureau de la paume et hurla :

— C'est ça! Vous êtes montés! Comment diable avez-vous pu être aussi cons?

Kvant rétorqua sur la défensive :

— On s'est séparés. Je suis monté par l'escalier du fond et Kalle par celui de devant.

— Comme ça, le type qui était en haut ne pouvait pas s'échapper, expliqua Kristiansson pour mettre de l'huile dans les rouages.

— Mais il n'y avait personne en haut, bon Dieu de bois! Vous avez seulement réussi à détruire toutes les empreintes qu'il y avait dans ce satané autobus! Pour ne pas parler de celles qui étaient à l'extérieur. Mais pourquoi avez-vous piétiné au milieu des corps? Pour foutre encore plus de sang partout?

— On voulait s'assurer qu'ils étaient tous morts.

Kristiansson verdit et déglutit péniblement.

— Non, Kalle, tu ne vas pas te remettre à vomir, fit Kvant sur un ton réprobateur.

La porte s'ouvrit et Martin Beck entra. A sa vue, Kristiansson se leva et Kvant imita son exemple avec un temps de retard.

Beck leur adressa un signe du menton et décocha un coup d'œil interrogateur à Larsson.

— C'est vous qui criez comme ça? Cela ne sert pas à grand-chose d'engueuler ces garçons.

— Si. C'est constructif.

— Constructif?

— Exactement. Ces deux abrutis...

Larsson s'interrompit pour réviser son vocabulaire.

— Ces deux collègues sont nos seuls témoins. Bon! Écoutez-moi, vous autres. A quelle heure êtes-vous arrivés sur les lieux?

Ce fut Kvant qui répondit :

— Il était 23 h 13. J'ai regardé mon chronomètre.

— A ce moment-là, j'étais ici, derrière ce bureau. J'ai reçu l'appel à 23 h 18. Tenons compte d'une bonne marge de temps. Disons qu'il vous a fallu trente secondes pour tripoter votre émetteur et qu'il a fallu quinze secondes au central radio pour me toucher. Il reste encore un trou de plus de quatre minutes. Qu'avez-vous fait pendant ces quatre minutes?

— Eh bien...

— Vous avez cavalé comme des rats empoisonnés, vous avez pataugé dans le sang et les bouts de cervelles, vous avez déplacé les corps et fait Dieu sait quoi encore. Pendant quatre minutes!

— Je ne vois vraiment pas en quoi cela est constructif..., commença Martin Beck.

Mais Larsson l'interrompit :

— Attendez une minute. En dehors du fait que ces deux crétins ont perdu quatre minutes à tout ravager, ils sont arrivés sur place à 23 h 13. Et pas spontanément : il a fallu l'intervention de celui qui avait découvert le bus. Est-ce vrai?

— Oui, répondit Kvant.

— Le vieux au chien, confirma Kristiansson.

— Exactement. Ils ont été alertés par une personne dont ils n'ont même pas pris la peine de relever l'identité et que nous n'aurions sans doute jamais retrouvée si elle n'avait eu l'amabilité de se présenter ici aujourd'hui.

Quand avez-vous aperçu pour la première fois ce monsieur avec son chien?

— Euh..., balbutia Kvant.

— Deux minutes environ avant d'arriver à l'autobus, dit Kristiansson qui contemplait la pointe de ses bottes.

— Exactement. Parce que, selon les déclarations de ce monsieur, ils ont perdu au moins une minute à l'incendier, assis dans leur voiture. A propos de son chien ou de je ne sais quoi. C'est vrai?

— Oui, reconnut Kristiansson.

— Quand vous avez reçu l'information, il était donc approximativement 23 h 10 ou 23 h 11. A quelle distance de l'autobus étiez-vous quand ce monsieur vous a arrêtés?

— Quelque chose comme trois cents mètres.

— C'est bien ça. Et comme il s'agissait d'un vieillard de soixante-dix ans qui traînait un chien malade...

— Malade? s'étonna Kvant.

— Exactement. Ce bougre de cabot a un déplacement vertébral et il est presque paralysé du train arrière.

— Je commence enfin à voir où vous voulez en venir, dit Martin Beck.

— Mmmm. Je lui ai fait refaire le trajet aujourd'hui. Avec son clebs. Trois fois de suite. Après, le chien a déclaré forfait.

— Mais c'est de la cruauté envers les animaux! s'écria Kvant avec indignation.

Martin Beck lui darda un regard à la fois surpris et intéressé.

— En tout cas, à eux deux, ils n'étaient pas capables de couvrir cette distance en moins de trois minutes, même avec la meilleure volonté du monde. Ce qui signifie que l'homme au chien a dû voir l'autobus immobile au plus tard à 23 h 7. Et nous savons de façon presque certaine que la tuerie a eu lieu trois à quatre minutes plus tôt.

— Comment le savez-vous? demandèrent Kristiansson et Kvant en chœur.

— Ce n'est pas votre affaire.

— La montre de l'inspecteur Stenström, dit Martin Beck. Une des balles qui l'a atteint lui a traversé la poitrine et a achevé sa course dans son poignet droit. Elle a cassé l'axe de sa montre, une Oméga Speedmaster qui, d'après les dires de l'expert, s'est instantanément bloquée. Elle indiquait 23 h 3 m. 37 s.

Gunvald Larsson décocha un regard furibard à Beck qui poursuivit d'une voix triste :

— Nous connaissions l'inspecteur Stenström. C'était un homme pointilleux en ce qui concerne le temps. Un chasseur de secondes comme disent les horlogers. Bref, sa montre donnait toujours l'heure exacte. Continuez, Gunvald.

— L'homme au chien remontait Norrbackagatan, venant de Karlbergsvägen. En fait, le bus l'a dépassé juste à l'intersection. Il lui a fallu à peu près cinq minutes pour remonter Norrbackagatan cahin-caha. Le véhicule a accompli le même trajet en quarante-cinq secondes environ. Le témoin n'a pas croisé âme qui vive. Quand il est arrivé au coin de la rue, il a vu le bus immobile de l'autre côté.

— Et alors? fit Kvant.

— Vous, bouclez-la.

Kvant fit un geste violent et ouvrit la bouche mais la referma après avoir jeté un coup d'œil à Martin Beck.

— Il ne s'est pas aperçu que les vitres étaient fracassées — ce que d'ailleurs, ces deux génies n'ont pas remarqué non plus après être montés à bord du bus. Mais il a vu que la porte avant était ouverte. Croyant à un accident, il est allé chercher du secours. Estimant avec juste raison qu'il aurait plus vite fait de rejoindre l'arrêt précédent plutôt que de rebrousser chemin — Norrbackagatan est en effet une rue qui monte —, il s'est précipité vers le sud-ouest. Dans Norra Stationsgatan.

— Pourquoi? s'enquit Martin Beck.

— Parce qu'il espérait qu'il y aurait un autre bus attendant au terminus. En fait, il n'y en avait pas. A la place, il a malheureusement trouvé une voiture de patrouille.

Le regard de faïence bleue de Larsson se vrilla sur Kristiansson et Kvant comme pour les pulvériser. « Une voiture de la police municipale de Sölna qui avait quitté son territoire et avait pénétré chez nous comme la vermine qui rampe quand on soulève une pierre. Bon... Combien de temps êtes-vous restés planqués en deçà des limites de Stockholm, moteur au ralenti?

— Trois minutes, répondit Kvant.

— Quatre ou cinq plutôt », rectifia Kristiansson.

Son collègue lui lança un coup d'œil incendiaire.

— Et vous n'avez vu personne venir de par-là?

— Non. Sauf le bonhomme au chien.

— Ce qui prouve que le tueur ne s'est enfui ni en direction du sud-ouest en suivant Norra Stationsgatan, ni en direction du sud par Norrbackagatan. Si l'on admet qu'il n'a pas escaladé la clôture du dépôt, il ne reste qu'une seule possibilité : il a pris Norra Stationsgatan dans l'autre sens.

— Comment savez-vous qu'il n'est pas entré dans le dépôt? s'enquit Kristiansson.

— Parce que c'est le seul endroit que vous n'avez pas entièrement salopé. Vous n'avez pas pensé à franchir la grille et à foutre aussi le bordel par là.

— D'accord, Gunvald, vos déductions sont irréfutables, dit Martin Beck. Bravo. Mais il vous a fallu comme d'habitude un temps invraisemblable pour en arriver au fait.

Ce commentaire eut pour effet de remonter le moral des deux agents qui échangèrent un regard où se lisait le soulagement et une muette connivence. Mais Gunvald Larsson reprit d'une voix tonitruante :

— Si vous aviez eu un grain de bon sens dans votre crâne épais, vous auriez sauté dans votre voiture, rattrapé et épinglé le meurtrier.

— A moins qu'on ne se soit fait saigner à notre tour, rétorqua Kristiansson qui était misanthrope.

— Quand je le pincerai, ce type, vous pouvez être sûrs que je vous ferai marcher devant moi à coups de pied dans les fesses! s'écria Larsson avec violence.

Kvant consulta la pendule murale à la dérobée.

— Est-ce qu'on peut partir, maintenant?

— Ouais. Vous pouvez aller au diable!

Quelques instants plus tard, Larsson, se détournant pour ne pas voir le regard de reproche de Martin Beck, soupira :

— Si seulement ils avaient réfléchi!

— Il y a des gens à qui il faut plus longtemps qu'à d'autres pour aller jusqu'au bout de leur raisonnement, dit Beck avec douceur. Ce n'est pas seulement vrai des policiers.

11

— Maintenant, il faut qu'on réfléchisse, lança Gunvald Larsson avec animation en refermant bruyamment la porte. Il y a conférence avec Hammar à trois heures pile ici. Dans dix minutes.

Martin Beck, le téléphone collé à l'oreille, lui jeta un regard mauvais tandis que Kollberg, levant le nez de ses papiers, murmurait sur un ton lugubre : « Comme si on ne le savait pas! Essayez donc de réfléchir le ventre vide, vous me direz si c'est facile! »

Sauter un repas était une des rares choses capables de mettre Kollberg à cran. Or, il en avait au moins trois de retard et était par conséquent d'une humeur particulièrement massacrante. D'autant qu'il lui suffisait de contempler la mine satisfaite de Gunvald Larsson pour deviner que ce dernier venait de manger un morceau, et c'était là une pensée qui n'était pas de nature à le réconforter.

— D'où venez-vous? lui demanda-t-il d'une voix soupçonneuse.

Larsson ne répondit pas. Kollberg le suivit des yeux tandis qu'il allait prendre place à son bureau.

Martin Beck raccrocha.

— Quelle mouche vous pique? grommela-t-il.

Il se leva, ramassa ses notes et s'approcha de Kollberg.

— C'était le labo. Ils ont compté soixante-huit douilles.

— Quel calibre?

— Du 9, comme nous le pensions. Bien entendu, soixante-sept de ces balles ont été tirées par la même arme.

— Et la soixante-huitième?

— Un Walther 7,65.

— La balle de Kristiansson qui s'est logée dans le toit de l'autobus?

— Oui.

— Autrement dit, il n'y avait sans doute qu'un seul fou, après tout, fit Larsson.

— Oui, répéta Martin Beck.

Il alla se planter devant le plan du bus collé au mur et dessina un X à l'intérieur de la plus grande des deux portes latérales.

— Effectivement, dit Kollberg. C'est sans doute là qu'il se tenait.

— Ce qui expliquerait...

— Quoi?

Beck ne répondit pas à la question de Larsson.

— Qu'est-ce que vous alliez dire? voulut savoir Kollberg. Qu'est-ce que cela expliquerait?

— Pourquoi Stenström n'a pas eu le temps de tirer.

Les deux autres le dévisagèrent avec étonnement.

— Hemm, laissa échapper Larsson.

— Oui, oui, vous avez raison tous les deux, dit Martin Beck sans conviction en se frottant l'arête du nez entre le pouce et l'index.

Au même moment, la porte s'ouvrit et Hammar entra, suivi d'Ek et d'un représentant du procureur.

— Reconstitution, annonça-t-il sans autre préambule. Bloquez les téléphones. Vous êtes prêts?

Martin Beck le considéra d'un air affligé. Stenström entrait de cette façon, à l'improviste et sans frapper. Presque toujours. C'était une habitude on ne peut plus agaçante.

— Ce sont les journaux du soir que vous avez là? demanda Gunvald Larsson.

— Oui, répondit Hammar. Une lecture extrêmement encourageante.

Il tendit un journal déployé tout en enveloppant les trois hommes d'un regard dépourvu d'aménité. Il y avait de grosses manchettes en caractères gras mais le texte contenait fort peu d'informations.

— Je cite, enchaîna Hammar. « *C'est le crime du siècle* », déclare Gunvald Larsson, le dur à cuire de la brigade criminelle, qui ajoute : « *De ma vie, je n'ai vu quelque chose d'aussi effroyable.* » Deux points d'exclamation.

Larsson plissa le front et fit mine de se soulever dans son fauteuil.

— Vous êtes en bonne compagnie. Le ministre de la Justice s'est surpassé, lui aussi. « *Il faut arrêter cette vague de désordre et enrayer la montée de la violence. La police a mobilisé toutes ses ressources humaines et matérielles pour appréhender le coupable sans délai.* »

Il balaya la pièce du regard.

— Les voici, ses ressources!

Martin Beck se moucha.

« — *Une centaine de limiers parmi les plus adroits que compte le pays sont d'ores et déjà en train de mener les investigations,* continua Hammar. *C'est la première fois dans les annales qu'autant de moyens ont été réunis en Suède pour traquer un criminel.* »

Kollberg soupira et se gratta le crâne.

— Politiciens! maugréa Hammar. Où est Melander? demanda-t-il en lançant les journaux sur le bureau.

— Il s'entretient avec les psychologues.

— Et Rönn?

— A l'hôpital.

— Toujours pas de nouvelles de ce côté?

Martin Beck secoua la tête.

— Il est encore sur le billard.

— Bon. Allons-y pour la reconstitution.

Kollberg compulsa ses papiers.

— Le bus a quitté Bennmansro aux environs de 22 h.

— Aux environs de 22 heures?

— Oui. L'horaire a été bousculé en raison de la manifestation de Strandvägen. Les autobus étaient bloqués par les embarras de circulation et par les cordons de police. Comme il y avait déjà des retards importants, les conducteurs ont reçu la consigne de ne pas tenir compte des horaires de départ et de faire demi-tour en fin de ligne.

— Comment ont-ils été avertis? Par radio?

— Oui. Le personnel de la ligne 47 a reçu ses instructions un peu après 21 heures sur la fréquence de la compagnie de transports en commun de Stockholm.

— Continuez.

— On peut présumer qu'il y avait un certain nombre

de passagers à bord de l'autobus qui nous intéresse sur cette partie du trajet. Mais, jusqu'à présent, nous n'avons retrouvé aucun de ces témoins.

— Ils se manifesteront quand ils auront lu ça, fit Hammar en tendant le doigt vers les journaux.

— La montre de Stenström s'est arrêtée à 23 h 03 m. 37 s., poursuivit Kollberg sur un ton monotone. Il y a tout lieu de penser que c'est l'heure exacte à laquelle les coups de feu ont été tirés.

— Les premiers ou les derniers?

— Les premiers, dit Martin Beck.

Il se tourna vers le plan et posa son index sur le X qu'il avait tracé.

— Nous supposons que le tueur se tenait à cet endroit précis. Dans l'espace situé entre les portes de sortie.

— Sur quoi se fonde cette hypothèse?

— Sur la trajectoire des projectiles et sur la position des douilles éjectées par rapport aux corps.

— Bien. Continuez.

— Nous présumons en outre qu'il y a eu trois rafales. La première vers l'avant et de gauche à droite qui a tué par conséquent tous les voyageurs qui se trouvaient devant — numéros 1, 2, 3, 8 et 9 sur le dessin. Le numéro 1 correspond au chauffeur, le numéro 2 à Stenström.

— Et ensuite?

— Le tueur s'est retourné, probablement vers la droite, et a tiré la seconde rafale sur les quatre personnes assises à l'arrière, toujours de gauche à droite. Il a tué les numéros 5, 6 et 7 et blessé le numéro 4, — c'est-à-dire Schwerin. Celui-ci était couché sur le dos dans le couloir central. Nous en avons déduit qu'il était installé sur un siège de gauche et qu'il avait eu le temps de se lever. En principe, il a dû être touché le dernier.

— Et la troisième giclée?

— Elle a été tirée vers l'avant, dit Martin Beck. Et de droite à gauche.

— L'arme était probablement une mitraillette?

— Oui, fit Kollberg. Très vraisemblablement. S'il s'agissait du modèle en usage dans l'armée...

Hammar l'interrompit :

— Un moment! Combien de temps tout cela a-t-il pris? Pour tirer vers l'avant, se tourner à droite, tirer vers l'arrière, pointer à nouveau l'instrument vers l'avant et vider le chargeur?

— Comme nous ne savons toujours pas quel type d'arme a été employé..., commença Kollberg.

Mais Larsson lui coupa la parole :

— A peu près dix secondes.

Hammar passa à la question suivante :

— Comment a-t-il quitté l'autobus?

— C'est votre rayon, dit Martin Beck à Ek en lui faisant signe du menton.

Ek passa ses doigts dans sa chevelure argentée, se racla la gorge et commença :

— La porte arrière n'était pas fermée et c'est selon toute probabilité par là que le tueur a décampé. Pour l'ouvrir, il a d'abord dû s'avancer dans le couloir jusqu'au siège du chauffeur, puis tendre le bras par-dessus ou par derrière lui afin d'actionner la commande.

Il ôta ses lunettes, en polit les verres à l'aide de son mouchoir et s'approcha du mur.

— J'ai deux schémas techniques. Vous les voyez ici. L'un montre intégralement le panneau de commande, le second le levier d'ouverture des portes avant. Sur le premier dessin, la commande du circuit porte le numéro 15 et le levier le numéro 18. Celui-ci se trouve à gauche du volant devant la fenêtre latérale, en dessous d'elle et obliquement par rapport à elle. Comme vous pouvez le voir sur le deuxième schéma, ce levier peut prendre cinq positions différentes.

— Qu'est-ce qu'on peut tirer de cette bouillie pour les chats? s'exclama Gunvald Larsson.

— Dans la position horizontale, ou position 1, les deux portes sont fermées, enchaîna imperturbablement Ek. Dans la position 2, un cran vers le haut, la porte arrière s'ouvre. En position 3, trois crans vers le haut, les deux portes sont ouvertes. Le levier peut également prendre deux positions vers le bas — la position 4 et la position 5. En position 4, la porte avant est ouverte et, en position 5, les deux sont ouvertes.

— Résumez-vous, lui enjoignit Hammar.

— En résumé, l'individu en question a dû quitter la place qu'il occupait par hypothèse devant les issues pour s'avancer vers le conducteur. Il s'est penché au-dessus de ce dernier, écroulé sur son volant, et a placé le levier en position 2 pour ouvrir la porte arrière — celle qui était béante quand la première voiture de police est arrivée.

Martin Beck prit aussitôt le relais :

— En fait, il existe des indices dénotant que les dernières balles ont été tirées alors que l'assassin avançait dans le couloir central. Elles ont été éjectées vers la gauche. Il semble que l'une d'elles ait touché Stenström.

— C'est purement et simplement la tactique de la guerre de tranchées! s'exclama Larsson.

— Voilà un commentaire fort pertinent, rétorqua sèchement Hammar. Gunvald ne comprend rien à rien! Tout cela démontre que le meurtrier était dans l'autobus comme chez lui et qu'il savait comment fonctionnait le tableau de commandes.

— Qu'il savait tout au moins comment manœuvrer les portes, rectifia Ek avec pédanterie.

Le silence retomba. Hammar fronçait les sourcils. Il reprit enfin la parole :

— Voulez-vous dire que quelqu'un s'est brusquement planté au milieu du bus, qu'il a tué tout le monde et a tranquillement fichu le camp? Sans que personne ait eu le temps de réagir? Sans que le chauffeur ait rien vu dans son rétroviseur?

— Non, fit Kollberg. Pas exactement.

— Alors, qu'est-ce que vous voulez dire... exactement?

Ce fut Martin Beck qui répondit :

— Que quelqu'un qui se trouvait sur l'impériale est descendu par l'escalier arrière avec une mitraillette tout armée.

— Quelqu'un qui était resté tout seul à l'étage supérieur, ajouta Kollberg. Quelqu'un qui a attendu sans se presser le moment favorable.

— Comment le conducteur sait-il qu'il y a des clients sur l'impériale? s'enquit Hammar.

Tout le monde se tourna vers Ek qui s'éclaircit à nouveau la gorge avant de répondre :

— L'escalier est équipé de cellules photo-électriques dont les impulsions sont recueillies par un compteur fixé au tableau de bord. Chaque fois qu'un passager monte, le compteur saute à l'unité suivante. Ainsi, le chauffeur sait en permanence combien il y a de voyageurs à l'étage.

— Et quand on a retrouvé le bus, le compteur était à zéro?

— Oui.

Hammar réfléchit quelques instants.

— Non, ça ne tient pas.

— Qu'est-ce qui ne tient pas? voulut savoir Martin Beck.

— Votre reconstitution.

— Pourquoi? demanda Kollberg.

— Cela semble beaucoup trop bien prémédité. Un déséquilibré qui massacre les gens en série ne prépare pas son affaire avec tant de minutie.

— Je ne sais pas, dit Larsson. Ce fou qui, en Amérique, est monté en haut d'une tour et a abattu une bonne trentaine de personnes l'autre été l'avait rudement bien préméditée, son affaire. Il avait même prévu des vivres.

— Oui. Mais il y avait une chose qu'il n'avait pas fait entrer en ligne de compte.

— Quoi donc?

Ce fut Martin Beck qui répondit :

— Comment il opérerait pour prendre la fuite.

12

Sept heures plus tard.

Il était 22 heures. Martin Beck et Kollberg étaient toujours à Kungsholmsgatan.

Dehors, il faisait noir. La pluie avait cessé.

Aucun fait nouveau n'était intervenu. Officiellement, l'enquête en était toujours au même point.

A l'hôpital Karolinska, le mourant était toujours mourant.

Au cours de l'après-midi, vingt témoins remplis de bonne volonté s'étaient spontanément présentés. Dix-neuf avaient fait la route dans un autre autobus. Le vingtième, une jeune fille de dix-huit ans, était montée à Nybroplan et était descendue trois arrêts plus loin, à Sergelstorg, pour prendre le métro. Plusieurs voyageurs en avaient fait autant, avait-elle déclaré, ce qui paraissait plausible. Elle identifia le chauffeur mais personne d'autre.

Kollberg faisait inlassablement les cent pas sans cesser de surveiller la porte comme s'il s'attendait que quelqu'un se précipite à l'improviste dans le bureau.

Martin Beck contemplait les croquis fixés au mur, les mains derrière le dos, en se balançant lentement d'avant en arrière, exaspérante habitude qu'il avait acquise autrefois quand il était affecté à la voie publique et dont il n'avait jamais réussi à se débarrasser.

Les deux hommes étaient en bras de chemise. Ils avaient accroché leur veste au dossier d'une chaise. La cravate de Kollberg gisait sur le bureau là où il l'avait lancée et, bien qu'il ne fît pas particulièrement chaud, son visage était moite de transpiration et il avait des cernes de sueur sous les aisselles. Martin Beck fut saisi d'une interminable quinte de toux. Quand elle s'arrêta, il se prit le menton dans la main et, l'air songeur, continua d'étudier les diagrammes.

Kollberg interrompit ses allées et venues, le dévisagea avec inquiétude et déclara :

— Vous avez une sale gueule.

— Et vous, vous ressemblez chaque jour un peu plus à Inga.

C'est alors que la porte s'ouvrit. Hammar entra.

— Où sont Larsson et Melander?

— Ils sont rentrés chez eux.

— Et Rönn?

— A l'hôpital.

— Oui, bien sûr. Toujours rien de neuf?

Kollberg secoua négativement la tête.

— Demain, vous roulerez à effectifs pleins.

— A effectifs pleins?

— Oui. Des renforts extérieurs.

Hammar ménagea une courte pause avant d'ajouter non sans ambiguïté : « On estime que c'est nécessaire. »

Martin Beck se moucha avec le plus grand soin.

— Qui? interrogea Kollberg.

— Un certain Mansson doit arriver de Malmö. Vous le connaissez?

— Je l'ai rencontré, répondit Beck sans la moindre trace d'enthousiasme.

— Moi aussi, fit Kollberg.

— Et on va tâcher en haut lieu de nous adjoindre Gunnar Ahlberg, de Motala.

— C'est un gars bien, laissa nonchalamment tomber Kollberg.

— Je n'en sais pas davantage. J'attends aussi quelqu'un... de Sundsvall, je crois bien. J'ignore qui.

— Je vois, dit Martin Beck.

— A moins que vous ne résolviez l'affaire avant, naturellement, ajouta Hammar d'une voix maussade.

— Naturellement, répéta Kollberg.

— Les faits semblent indiquer que...

Il s'interrompit pour envelopper Martin Beck d'un regard scrutateur.

— Qu'est-ce qui ne va pas, Beck?

— Je suis enrhumé.

Comme Hammar continuait d'avoir l'œil rivé sur Martin Beck, Kollberg tenta de détourner son attention :

— Tout ce que nous savons, c'est que quelqu'un a abattu neuf personnes dans un autobus, cette nuit. Et que, conformément à la tradition internationale et bien connue du massacre collectif à sensation, le coupable s'est enfui sans laisser la moindre trace et sans se faire prendre. Bien sûr, il se peut qu'il se soit suicidé mais nous n'en savons strictement rien. Nous avons deux indices solides : les balles et les cartouches qui, peut-être, nous permettront de remonter à l'arme du crime, et le blessé actuellement soigné à l'hôpital. S'il reprend conscience, il pourra nous dire qui a tiré. Comme il était au fond du bus, il doit avoir vu le meurtrier.

Hammar poussa un grognement.

— Ce n'est pas énorme, je vous l'accorde. Surtout si ce

Schwerin meurt ou s'il a perdu la mémoire. Ses blessures sont graves. Par ailleurs, nous ne savons rien du motif qui animait le criminel. Et nous n'avons pas de témoins intéressants.

— Il est possible que nous en trouvions. Quant au motif, ce n'est pas forcément un problème. Les meurtriers de cet acabit sont des psychopathes et leurs motivations sont souvent partie intégrante de leur profil pathologique.

— Ah! Melander travaille l'aspect scientifique de la question. Je pense qu'il va s'amener un de ces jours avec un mémoire.

Hammar leva les yeux sur la pendule.

— Notre meilleure chance...

— C'est l'enquête interne, acheva Kollberg.

— Exactement. Neuf fois sur dix, elle mène à l'assassin. Ne restez pas trop tard au bureau sans raison valable. Mieux vaut que vous soyez frais et dispos demain.

Hammar sortit. Après quelques instants de silence, Kollberg soupira et demanda à Martin Beck :

— Qu'est-ce qui vous tracasse?

Le superintendant ne répondit pas.

— Stenström?

Kollberg hocha la tête comme s'il poursuivait un dialogue intérieur et murmura philosophiquement :

— Quand je pense à ce que j'ai pu l'engueuler, ce môme! Et puis, il se fait descendre.

— Vous vous souvenez de Mansson?

— L'amateur de cure-dents? Bien sûr! Mobiliser tout le monde et n'importe qui comme ça, moi, je trouve ça dément. Ils seraient beaucoup mieux inspirés de nous laisser nous occuper de ça nous-mêmes, vous, Melander et moi.

— En tout cas, Ahlberg est un gars bien.

— Je ne dis pas le contraire mais combien d'enquêtes

pour meurtre a-t-il menées à Motala depuis dix ans?

— Une.

— Précisément. Et puis, je n'aime pas l'habitude qu'a Hammar de venir nous abreuver de clichés et de truismes. « Psychopathe », « Partie intégrante du profil pathologique », « Vous roulerez à effectifs pleins ». Tu parles!

Nouveau silence.

— Eh bien? fit Martin Beck.

— Eh bien quoi? demanda Kollberg.

— Qu'est-ce que Stenström faisait dans ce bus?

— Eh oui! Que diable fabriquait-il? La fille, peut-être... l'infirmière?

— Se serait-il rendu armé à un rendez-vous galant?

— Pourquoi pas? Pour faire de l'épate!

— Ce n'était pas son genre, vous le savez comme moi.

— N'empêche qu'il avait fréquemment son pistolet sur lui. Plus souvent que vous. Et encore plus souvent que moi.

— Oui... Quand il était en service.

— Je ne le fréquentais que lorsqu'il était en service, rétorqua sèchement Kollberg.

— Moi aussi. Pourtant, il a été le premier à tomber sous les balles dans cet autobus de malheur. Et il a quand même eu le temps de déboutonner son pardessus et de sortir son arme.

— Ce qui signifie que son pardessus était déjà déboutonné, murmura rêveusement Kollberg. Il y a encore une chose.

— Quoi?

— Un commentaire de Hammar pendant la reconstitution.

— Oui. Quand il a dit que ça ne collait pas. Qu'un déséquilibré qui assassine en série n'organise pas son affaire avec autant de soin.

— Croyez-vous qu'il avait raison?

— Oui, en principe.

— Qu'entendez-vous par là?

— Que l'auteur de cette boucherie n'est pas un déséquilibré mental. Ou, plutôt, que ce n'est pas par soif de publicité qu'il s'est livré à cette hécatombe.

Kollberg essuya son front ruisselant de sueur et contempla son mouchoir d'un air méditatif.

— M. Larsson dit...

— Gunvald?

— Qui voulez-vous que ce soit d'autre? Avant de rentrer chez lui pour s'asperger de désodorisant sous les bras, il a déclaré du haut de sa sagesse qu'il ne comprenait rien à rien. Qu'il ne comprenait pas, par exemple, pourquoi ce dément ne s'est pas supprimé ou n'est pas resté pour se faire arrêter.

— J'ai l'impression que vous sous-estimez Gunvald.

— Vraiment?

Kollberg haussa les épaules avec irritation. « Nous nageons en pleine absurdité. Nous avons affaire à un amateur de meurtres collectifs, cela ne fait pas l'ombre d'un doute. Et cet individu est fou. Est-ce que nous savons si, à l'heure qu'il est, il n'est pas assis devant sa télévision à savourer l'effet qu'il a produit? Si cela se trouve, il est bien possible qu'il se soit suicidé, d'ailleurs. Le fait que Stenström était armé ne signifie strictement rien puisque nous ne connaissons pas ses habitudes. Il est possible qu'il faisait la cour à l'infirmière. Ou qu'il allait voir une putain. Ou un copain. Peut-être qu'il s'était disputé avec sa petite amie, qu'il s'était fait engueuler par sa mère et qu'il était monté dans un bus pour bouder parce qu'il était trop tard pour aller au cinéma et qu'il ne savait pas quoi faire.

— N'importe comment, c'est un point que nous pourrons élucider.

— Oui. Demain. Mais il y a une chose que nous pouvons

faire immédiatement avant que l'idée n'en vienne à quelqu'un d'autre.

— Fouiller son bureau, dit Martin Beck.

— Votre puissance de déduction est quelque chose de remarquable.

Kollberg fourra sa cravate dans une poche de son pantalon et enfila sa veste.

Le vent était aigre et il y avait du brouillard. La gelée nocturne recouvrait comme un suaire les arbres, les rues, les toits. Kollberg voyait mal et lâchait des jurons d'une voix chagrine quand la voiture dérapait dans les virages. Pendant tout le trajet, les deux hommes n'ouvrirent qu'une seule fois la bouche :

— Est-ce que les assassins qui commettent des meurtres collectifs ont en général une hérédité chargée?

Martin Beck répondit :

— En général, oui. Mais pas toujours, loin de là.

Le siège du quartier général de la police de Stockholm-Sud, à Västberga, était silencieux et désert. Ils traversèrent le vestibule, montèrent l'escalier, manœuvrèrent le cadran numérique commandant l'ouverture des portes de verre du troisième étage et entrèrent dans le bureau de Stenström.

Kollberg marqua un temps d'hésitation avant de s'asseoir à la table de travail et d'essayer les tiroirs. Ils n'étaient pas fermés à clé.

La pièce, nette et bien rangée, était parfaitement impersonnelle. Il n'y avait même pas un portrait de la fiancée de Stenström. En revanche, deux photos du jeune inspecteur étaient posées sur le plumier. Martin Beck savait pourquoi. Pour la première fois depuis plusieurs années, Stenström avait eu la chance de n'être de service ni pour Noël ni pour le jour de l'an. Il avait déjà réservé sa place sur un avion pour les îles Canaries. Il s'était fait photographier parce qu'il lui fallait renouveler son passeport.

De la chance, songeait Martin Beck en regardant les photos. Elles étaient très récentes et meilleures que celles qui s'étalaient en première page des journaux du soir. Stenström ne faisait pas ses vingt-neuf ans. L'air sémillant, l'expression ouverte, des cheveux châtain foncé coiffés en arrière — et quelque peu indisciplinés comme d'habitude.

Au début, il avait été considéré comme un naïf doublé d'un médiocre par un grand nombre de ses collègues, y compris Kollberg dont les sarcasmes et l'attitude souvent condescendante lui étaient un supplice de tous les instants. Mais cela, c'était de l'histoire ancienne. Martin Beck se rappelait qu'un jour, comme ils discutaient tous les deux dans le bureau qu'ils partageaient alors à l'hôtel de police de Kristineberg, il avait demandé à Kollberg :

— Pourquoi n'arrêtez-vous pas de houspiller ce gosse?

— Pour casser la confiance en lui qu'il affecte. Pour lui fournir la possibilité de repartir du bon pied. Pour l'aider à devenir un jour un bon flic. Pour lui apprendre à frapper avant d'entrer.

Il n'était pas impossible que Kollberg ait eu raison. En tout cas, Stenström s'était amélioré au fil des années et bien qu'il n'eût jamais appris à frapper avant d'entrer, il était devenu un bon flic — un policier capable, travailleur et d'une honnête perspicacité. Extérieurement parlant, il avait été le faire-valoir du corps de police, en quelque sorte : il présentait bien, avait des manières avenantes, était en bonne forme physique et c'était un athlète accompli. On aurait presque pu l'utiliser pour les affiches de propagande ENGAGEZ-VOUS DANS LA POLICE, ce qui était loin d'être le cas de certains de ses collègues. De Kollberg, par exemple, avec son arrogance, son côté avachi et sa tendance à l'embonpoint. Du stoïque Melander dont l'apparence ne démentait en aucune façon l'axiome en vertu duquel les pires crampons faisaient souvent les meilleurs policiers. De cet archétype de médiocrité qu'était Rönn affublé de son nez rougeoyant. Ou de Gunvald Larsson dont la stature colossale et le regard fixe étaient capables de flanquer une peur bleue à n'importe qui et qui en était fier — ce qui était le plus grave.

Ou même de Martin Beck en personne qui ne cessait de renifler. La dernière fois qu'il s'était regardé dans une glace — la veille au soir —, il avait vu un individu sinistre, grand, doté d'une figure maigre, d'un front large, de mâchoires lourdes et de deux yeux gris bleu au regard morne.

De plus, Stenström avait eu certaines dispositions qui avaient été d'un grand secours à tout le monde.

Telles étaient les pensées de Martin Beck tandis qu'il contemplait les objets que Kollberg sortait méthodiquement des tiroirs et posait sur le bureau.

Mais, maintenant, c'était avec une froide lucidité que le superintendant faisait l'inventaire de ce qu'il savait sur l'homme appelé Ake Stenström. Le mouvement de passion auquel il avait failli céder tout à l'heure quand Hammar débitait ses truismes avait fondu. C'était fini et cela ne reviendrait jamais plus.

Du jour où Stenström avait accroché une fois pour toutes sa casquette au portemanteau et revendu son uniforme à un ancien camarade de l'école de police, il n'avait pas cessé de travailler sous les ordres de Martin Beck. D'abord à Kristineberg, alors le siège de la brigade criminelle quand elle dépendait encore de la police municipale et avait principalement pour mission de prêter son concours en cas d'urgence aux commissariats de province lorsqu'ils étaient débordés. Par la suite, en 1964-1965, la police avait été totalement nationalisée et les membres de la Criminelle avaient peu à peu émigré à Västberga.

Au cours des années, Kollberg avait été chargé de diverses missions, Melander avait demandé et obtenu son transfert mais Stenström était toujours resté. Il y avait plus de cinq ans que Beck le connaissait et ils avaient procédé ensemble à d'innombrables enquêtes. C'était au cours de cette période que le jeune inspecteur avait appris tout ce qu'il savait du travail pratique — et ce n'était pas rien. Et il avait mûri, il avait presque totalement surmonté son instabilité et sa timidité. Il avait quitté papa-maman et avait fini par s'installer avec une jeune femme avec laquelle, disait-il, il voulait faire sa vie. Son père était mort un peu plus tôt et sa mère était retournée à Västmanland.

Martin Beck devait donc savoir à peu près tout ce qu'il y avait à savoir sur le compte de Stenström. Pourtant, et c'était singulier, il ne savait pas grand-chose. Certes, il connaissait tous les facteurs importants et avait une idée générale, probablement bien fondée, du caractère du jeune inspecteur, de ses qualités et de ses défauts professionnels. Mais, en dehors de cela, il y avait bien peu de chose à ajouter.

Un gentil garçon. Ambitieux, persévérant, intelligent, avide d'apprendre mais qui, en revanche, était plutôt timide, encore un tantinet puéril. Qui n'avait aucun esprit et, somme toute, guère de sens de l'humour. Mais qui avait le sens de l'humour?

Peut-être avait-il un complexe?

A cause de Kollberg dont la spécialité était les citations littéraires et les sophismes compliqués. A cause de Gunvald Larsson qui, un jour, en quinze secondes, avait fait sauter d'un coup de pied une porte fermée à double tour et mis K.-O. un forcené armé d'une hache tandis que Stenström, deux mètres plus loin, se demandait ce qu'il convenait de faire. A cause de Melander dont le visage ne trahissait jamais les sentiments et qui n'oubliait jamais rien de ce qu'il avait vu, lu ou entendu.

Il y avait vraiment de quoi complexer n'importe qui.

Pourquoi sais-je si peu de chose? se demandait Martin Beck. Était-ce parce qu'il n'avait pas été suffisamment observateur? Ou parce qu'il n'y avait rien à savoir?

Il se massa le cuir chevelu du bout des doigts et considéra les objets que Kollberg avait étalés sur le bureau.

Il y avait une certaine pédanterie chez Stenström. Cette manie, par exemple, de vouloir que sa montre indiquât toujours l'heure précise à la seconde près. Ce trait de caractère transparaissait dans l'ordre méticuleux qui régnait sur son bureau et dans ses affaires.

Des papiers, des papiers et encore des papiers — doubles de rapports, notes, minutes de procès, directives ronéotypées, reproductions de textes juridiques disposés en liasses soigneusement ficelées.

Les objets les plus personnels étaient une boîte d'allumettes et un paquet de chewing-gum. Comme Stenström ne fumait pas et ne faisait pas un usage excessif de la gomme à mâcher, il était vraisemblable qu'il les gardait à l'intention des gens qu'il interrogeait ou, tout simplement, qui entraient chez lui pour faire un brin de causette.

Kollberg poussa un profond soupir.

— Si ç'avait été moi qui m'étais trouvé dans ce bus, Stenström et vous seriez en train de retourner mes tiroirs. Ça vous aurait donné autrement de tintouin et vous auriez peut-être découvert des choses qui auraient terni ma mémoire.

Martin Beck n'avait aucune peine à imaginer à quoi ressemblaient les tiroirs de Kollberg mais il s'abstint de tout commentaire.

— En tout cas, il n'y a rien ici qui puisse salir la mémoire de quiconque, conclut Kollberg.

Beck conserva le même mutisme. En silence, les deux hommes feuilletaient les documents rapidement et avec attention. Tous étaient immédiatement identifiables ou pouvaient être resitués dans leur contexte logique. Chaque note, chaque pièce était en rapport avec telle ou telle enquête que Stenström avait menée et qui n'avait aucun secret pour Beck et pour Kollberg.

Enfin, il ne resta plus qu'un seul objet : une enveloppe format commercial, cachetée et assez volumineuse.

— Qu'est-ce que vous pensez que cela peut être? demanda Kollberg.

— Ouvrez et regardez.

L'inspecteur examina l'enveloppe sur toutes les coutures. « Eh bien! il l'a fermée avec vraiment beaucoup de soin. Il n'y est pas allé de main morte avec le papier adhésif! »

Haussant les épaules, il prit le coupe-papier dans le plumier et fendit l'enveloppe d'un geste résolu.

— Tiens! Je ne savais pas que Stenström faisait de la photo.

Il jeta un coup d'œil sur les clichés et les aligna devant lui.

— Et l'idée ne me serait jamais venue qu'il avait des manies pareilles.

— C'est sa fiancée, fit Martin Beck d'une voix sans inflexion.

— D'accord mais quand même! Je n'aurais pas imaginé qu'il avait des goûts aussi spéciaux.

Martin Beck étudia consciencieusement les photos avec le sentiment de malaise qu'il éprouvait chaque fois qu'il était contraint de pénétrer plus ou moins dans la vie privée d'autrui. C'était une réaction spontanée et innée et vingt-trois ans de métier n'avaient pas réussi à l'en débarrasser.

Kollberg, quant à lui, n'avait pas ce genre de scrupules. De plus, c'était un sensuel.

— Mince! C'est un joli petit lot! s'exclama-t-il en connaisseur et avec beaucoup d'emphase.

Il poursuivit son examen avec intérêt.

— Elle sait aussi se tenir debout sur les mains. Je n'aurais jamais cru qu'elle était comme ça.

— Pourtant, vous l'avez déjà vue.

— Oui mais habillée. Cela change tout.

Kollberg avait raison mais Beck préféra ne pas insister davantage. Il se contenta de dire :

— Et vous la reverrez demain.

— Oui. C'est une perspective qui ne m'enthousiasme pas.

Il remit les photos dans l'enveloppe.

— Maintenant, on peut rentrer. Je vous dépose chez vous.

Ils éteignirent et sortirent.

Dans la voiture, Martin Beck demanda à son compagnon :

— A propos, comment se fait-il que vous étiez à Norra Stationsgatan hier soir? Quand j'ai téléphoné, Gun m'a répondu qu'elle ignorait où vous étiez passé. Or, vous êtes arrivé sur les lieux longtemps avant moi.

— C'est un pur hasard. Quand nous nous sommes quittés, je me suis dirigé vers le centre. Sur le pont de Skanstull, deux agents à bord d'une voiture de patrouille m'ont reconnu. Ils venaient de recevoir l'avis d'alerte par radio et ils m'ont amené directement. J'ai été l'un des premiers.

Il y eut un long silence que Kollberg finit par briser en s'exclamant d'une voix où perçait l'étonnement :

— A votre avis, qu'est-ce qu'il voulait faire de ces photos?

— Les regarder.

— Bien sûr. Mais tout de même...

13

Le mercredi matin, avant de sortir, Martin Beck appela Kollberg. La conversation fut brève et précise :

— Kollberg, j'écoute.

— Salut. C'est Martin. Je m'en vais.

— O. K.!

Quand la rame entra dans la station de Skärmarbrink, Kollberg attendait sur le quai. Les deux hommes avaient pris l'habitude de monter dans la dernière voiture et il leur arrivait souvent de faire la fin du trajet ensemble, même quand ce n'était pas prévu.

Ils descendirent à Medborgarplatsen et émergèrent à la lumière du jour dans Folkungagatan. Il était 9 h 20 et un soleil blême filtrait à travers les nuages gris. Relevant leurs cols pour affronter la bise glaciale, ils se mirent en marche.

A l'angle d'Ostgötagatan, Kollberg demanda :

— Vous avez des nouvelles du blessé? Schwerin?

— Oui, j'ai téléphoné à l'hôpital tout à l'heure. L'opération est une réussite dans la mesure où il est encore en vie. Mais il est toujours inconscient et les médecins réservent leur diagnostic. Ils attendent qu'il se réveille pour se prononcer.

— Est-ce qu'il se réveillera?

Martin Beck haussa les épaules.

— Ils n'en savent rien. Je l'espère de tout mon cœur.

— J'aimerais bien savoir combien de temps s'écoulera avant que les journalistes ne viennent fourrer leurs nez là-dedans.

— Ils m'ont promis de la boucler.

— Je ne dis pas mais vous les connaissez. Ils sont comme des sangsues.

Ils s'engagèrent dans Tjärhovsgatan et s'arrêtèrent devant le 18. Il y avait une liste des locataires dans l'entrée. Ils repérèrent le nom de TORELL mais, au deuxième étage, ils virent que la plaque fixée à la porte était surmontée d'une carte portant un autre nom écrit à l'encre de chine : AKE STENSTRÖM.

La jeune femme qui ouvrit était petite. Machinalement, Martin Beck évalua sa taille à 1 m 60.

— Entrez et défaites-vous, dit-elle en refermant.

Sa voix grave avait des sonorités rauques.

Asa Torell portait un pantalon noir moulant et un polo bleu. Aux pieds, elle avait de grosses chaussettes de ski grises beaucoup trop grandes pour elle et qui avaient vraisemblablement appartenu à Stenström. Des yeux noisette, des cheveux noirs coupés très court, un visage anguleux qui, s'il n'était ni beau ni gracieux, était pittoresque et ne manquait pas de piquant. C'était une fille fluette, aux épaules étroites, aux hanches minces. Elle avait des seins menus.

Elle attendit en silence tandis que Beck et Kollberg accrochaient leurs chapeaux à côté de la vieille casquette d'uniforme de Stenström et ôtaient leurs pardessus. Quand ils se furent débarrassés, elle les fit entrer dans le living.

Les deux fenêtres donnaient sur la rue et il régnait dans la pièce de forme asymétrique une atmosphère intime et confortable. Une gigantesque bibliothèque sculptée trônait contre un mur. Hormis celle-ci et un fauteuil en tapisserie, l'ameublement était flambant neuf. Les rideaux de lainage étaient exactement du même rouge éclatant que la natte qui recouvrait la majeure partie du plancher. Au fond s'ouvrait un minuscule couloir donnant dans la cuisine en face de laquelle une porte béante laissait entrevoir une chambre à coucher. Ces deux dernières pièces s'ouvraient sur la cour.

Asa Torell se nicha dans le vaste fauteuil, ses jambes ramenées sous elle. Beck et Kollberg s'assirent sur les chaises de safari qu'elle leur désigna. Le cendrier posé sur la table basse débordait de mégots.

— J'espère que vous comprenez combien nous sommes navrés d'avoir à vous importuner de la sorte, dit Martin Beck. Mais il était indispensable que nous ayons une entrevue avec vous le plus rapidement possible.

Elle ne répondit pas tout de suite. Elle prit la cigarette abandonnée au bord du cendrier et aspira profondément. Sa main tremblait de façon imperceptible et ses yeux étaient cernés.

— Je comprends, naturellement. Et j'aime autant que vous soyez venus. Je suis restée dans ce fauteuil depuis... depuis que j'ai su que... Je n'en ai pas bougé. J'essayais de réaliser que c'était vrai.

— N'y a-t-il personne qui puisse vous tenir compagnie, mademoiselle Torell? s'enquit Kollberg.

Elle secoua la tête.

— Non. D'ailleurs, je veux être seule.

— Vos parents?

Nouveau signe de dénégation.

— J'ai perdu ma mère l'an passé. Et il y a vingt ans que papa est mort.

Martin Beck se pencha en avant et lui adressa un regard scrutateur.

— Avez-vous dormi?

— Je ne sais pas. Les gens qui sont venus hier m'ont fait prendre deux pilules. Je suppose donc que j'ai dormi un bout de temps. Cela n'a pas d'importance. Je tiendrai le coup.

Elle éteignit sa cigarette et, les yeux baissés, murmura : « Il faut seulement que j'arrive à m'habituer au fait qu'il est mort. Cela peut prendre longtemps. »

Les deux policiers ne savaient pas comment commencer. Martin Beck prit soudain conscience que l'atmosphère de la pièce était alourdie par la fumée et qu'on étouffait. Le silence oppressant était pénible pour tout le monde. Finalement, Kollberg se gratta la gorge et demanda d'une voix grave :

— Mademoiselle Torell, voyez-vous un inconvénient à ce que nous vous posions une ou deux questions au sujet de Stenstr... au sujet de Ake?

Elle leva lentement les yeux sur lui. Brusquement, son regard s'illumina et elle sourit.

— Vous ne voulez sans doute pas que je vous donne vos titres — superintendant Beck et inspecteur Kollberg? Appelez-moi donc Asa parce que, moi, je vais vous appeler Martin et Lennart. C'est que, vous savez, je vous connais très bien tous les deux. Grâce à Ake, ajouta-t-elle en leur adressant un regard malicieux. Nous étions très proches l'un de l'autre. Cela faisait plusieurs années que nous vivions ensemble.

MM. Kollberg et Beck, entrepreneurs de pompes funèbres, songea Martin Beck. Il faut se secouer. Cette fille est parfaite.

— Nous aussi, nous avons entendu parler de vous, fit Kollberg sur un ton plus léger.

Asa se leva pour ouvrir la fenêtre, puis elle alla porter le cendrier dans la cuisine. Son sourire avait disparu et ses traits étaient impassibles. Elle revint avec un cendrier propre et s'installa à nouveau dans le fauteuil.

— Pouvez-vous me dire ce qui s'est passé exactement? On ne m'a pas raconté grand-chose, hier, et je n'ai pas l'intention de lire les journaux.

Beck alluma une Florida.

— Si vous voulez.

Tandis qu'il retraçait les événements pour autant qu'on

avait pu les reconstituer, elle l'écoutait sans bouger, sans le quitter un instant des yeux. Beck n'omit volontairement que quelques détails.

— Où Ake se rendait-il? demanda-t-elle quand il eut terminé. Pourquoi se trouvait-il dans ce bus?

Kollberg lança un regard en coulisse à Beck.

— Nous espérions précisément que vous seriez en mesure de nous l'apprendre.

— Je n'en ai pas la moindre idée.

— Savez-vous ce qu'il avait fait dans la journée?

Elle dévisagea Beck avec étonnement.

— Comment cela? Il était allé à son travail. Vous devriez sûrement savoir ce qu'il faisait.

Martin Beck hésita une seconde avant de répondre :

— La dernière fois que je l'ai vu vivant, c'était vendredi. Dans la matinée.

Elle se leva et se mit à arpenter la pièce. Soudain, elle fit volte-face.

— Mais il a travaillé samedi et lundi. Nous sommes descendus ensemble lundi matin. Vous ne l'avez pas vu ce jour-là?

Elle regardait Kollberg qui secoua la tête.

— Où vous a-t-il dit qu'il allait? A Västberga ou à Kungsholmsgatan?

Asa réfléchit quelques instants.

— Non, il ne m'a rien dit. Ce qui est probablement l'explication : son travail devait l'amener à des déplacements extérieurs.

— Vous a-t-il dit s'il était également de service dimanche? demanda Beck.

Elle acquiesça. « Oui. Mais pas toute la journée. Nous sommes partis ensemble dans la matinée. Je suis rentrée directement après avoir terminé, à une heure. Ake est rentré à son tour peu de temps après. Il avait fait les courses. Ce jour-là, il était libre. Nous avons passé la journée tous les deux. »

Elle se rassit dans le fauteuil, noua ses mains autour de ses genoux et se mordit la lèvre.

— Il ne vous a pas précisé de quoi il s'occupait? demanda Kollberg.

Asa fit signe que non.

Martin Beck insista :

— En général, il ne vous parlait pas de son travail?

— Oh si! Nous nous racontions tout. Mais plus depuis quelque temps. Il ne m'a pas soufflé mot de sa dernière mission. Je trouvais que ce silence était drôle. D'habitude, il discutait avec moi des affaires sur lesquelles il était, surtout quand il s'agissait d'un cas compliqué et difficile. Mais peut-être n'avait-il pas le droit...

Elle s'interrompit et reprit, un ton plus haut : « Mais je ne vois pas pourquoi vous me posez cette question. Il était sous vos ordres. Si vous cherchez à découvrir s'il m'a révélé des secrets de police, je peux vous affirmer qu'il n'en est rien. Depuis trois semaines, il ne m'a pas dit un seul mot de son travail.

— Peut-être parce qu'il n'avait rien de particulier à vous dire, fit Kollberg d'une voix conciliante. Cette période a été particulièrement creuse et nous n'avons guère été bousculés. »

Asa lui lança un coup d'œil dépourvu d'aménité.

— Comment pouvez-vous prétendre une chose pareille? Ake, en tout cas, avait énormément à faire. Il travaillait pratiquement jour et nuit.

14

Rönn consulta sa montre et bâilla.

Il jeta un coup d'œil sur la civière roulante et sur la

silhouette enveloppée de bandelettes qui y gisait, semblable à une momie, puis son regard se posa sur le dispositif compliqué apparemment nécessaire pour maintenir le blessé en vie, sur l'infirmière chevaline, et qui n'était plus de la première jeunesse, en train de vérifier que tout fonctionnait comme il fallait. Pour l'instant, elle remplaçait avec adresse le goutte-à-goutte. Ses gestes vifs et précis qui révélaient une longue expérience étaient d'une remarquable économie de mouvement.

Derechef, Rönn bâilla derrière son masque. L'infirmière s'en aperçut aussitôt et lui décocha un coup d'œil réprobateur.

Il n'y avait que trop longtemps pour son goût qu'il faisait le pied de grue dans cette salle aseptique aux murs blancs qu'éclairait une lumière froide ou montait la garde dans le couloir devant le bloc opératoire. Par-dessus le marché, il était la plupart du temps en compagnie d'un dénommé Ullholm qu'il n'avait jamais vu auparavant mais qui s'était néanmoins révélé être un inspecteur en civil.

Rönn n'était pas une lumière du siècle et n'avait pas la prétention d'être particulièrement bien informé. Il était tout à fait content de son sort et de la vie en général et trouvait que les choses étaient très bien comme elles étaient. En fait, c'étaient ces qualités qui faisaient de lui un policier utile et capable. Son optique était simple et directe, il n'avait aucun talent pour susciter des problèmes ou faire naître des difficultés là où il n'y en avait pas. Il aimait à peu près tout le monde et à peu près tout le monde l'aimait.

Mais, même pour un esprit aussi élémentaire que le sien, le dénommé Ullholm apparaissait comme un monstre d'ennui et d'imbécillité réactionnaire.

Ullholm était mécontent de tout, qu'il s'agisse de son traitement — beaucoup trop léger, évidemment — ou du commissaire qui n'avait pas l'intelligence de prendre des mesures rigoureuses. Il s'indignait que l'on n'enseignât point les bonnes manières aux enfants à l'école et que la discipline fût relâchée dans la police.

Sa hargne était tout spécialement dirigée contre trois catégories de citoyens qui n'avaient jamais causé de migraines à Rönn : les étrangers, les adolescents et les socialistes.

Ullholm considérait comme scandaleux que le port de la barbe soit autorisé dans les rangs des forces de l'ordre. « Au maximum, la moustache, disait-il. Et encore est-ce extrêmement douteux. Vous voyez ce que je veux dire, n'est-ce pas? »

Pour lui, il n'y avait plus ni ordre ni loi depuis les années 30.

Il attribuait la montée grandissante de la criminalité et de la violence au fait que les policiers ne recevaient pas une instruction militaire adéquate et qu'ils ne portaient plus le sabre.

L'innovation de la conduite à droite était une bourde effarante qui aggravait énormément la situation dans une société déjà indisciplinée et moralement corrompue.

— En plus, cela augmente la promiscuité. Vous voyez ce que je veux dire, n'est-ce pas?

— Hmm, répondit Rönn.

— La promiscuité. Toutes ces aires de stationnement au bord des autoroutes... Vous voyez ce que je veux dire, n'est-ce pas?

Ullholm n'ignorait à peu près rien et il comprenait tout. Une fois seulement, il se jugea contraint de demander un renseignement à Rönn :

— Devant un tel relâchement, on a envie de revenir à la nature, commença-t-il. Moi, je me retirerais dans les montagnes si toute la Laponie ne grouillait de cette vermine de Lapons. Vous voyez ce que je veux dire, n'est-ce pas?

— Ma femme est Lapone, répondit Rönn.

Ullholm le contempla avec un mélange de répulsion et de curiosité. Baissant la voix, il ajouta :

— Comme c'est intéressant! Et extraordinaire. C'est vrai que les Lapones l'ont fendu en travers?

— Non, soupira Rönn avec lassitude. Ce n'est pas vrai. Ce n'est qu'une idée fausse que se font beaucoup de gens.

Pourquoi diable ce type n'avait-il pas été affecté depuis longtemps au service des objets perdus? se demandait Rönn.

Ullholm n'arrêtait pas de pérorer sur un ton monotone, ponctuant chacune de ses déclarations de son sempiternel : « Vous voyez ce que je veux dire, n'est-ce pas? »

Rönn ne voyait que deux choses.

Primo : Ce qui s'était passé au bureau quand il avait innocemment demandé :

— Qui est de garde à l'hôpital?

Kollberg avait farfouillé dans ses papiers avant de répondre :

— Un certain Ullholm.

Le seul à réagir avait été Gunvald Larsson qui s'était exclamé :

— Hein? Qui ça?

— Ullholm, avait répété Kollberg.

— Pas question! Il faut envoyer tout de suite quelqu'un pour le surveiller. Quelqu'un qui ait l'esprit plus ou moins sain.

Il s'était avéré que ce quelqu'un à l'esprit plus ou moins sain devrait précisément être Rönn qui avait demandé tout aussi innocemment :

— Vous voulez que je le relève?

— Le relever? Non, impossible. Il se figurerait que ce serait un manque de considération à son égard. Il pondrait des centaines de pétitions, adresserait un rapport au ombudsman pour se plaindre de la police nationale et ferait appel au ministre de la Justice.

Et au moment où Rönn sortait, Larsson lui avait donné une dernière consigne :

— Einar!

— Oui?

— Empêchez-le de dire un seul mot au témoin tant que vous n'aurez pas vu le certificat de décès.

Secundo : D'une façon ou d'une autre, il fallait endiguer cette verbosité. Finalement, Rönn trouva pour ce faire une solution théorique. Dans la pratique, les choses prirent la tournure suivante :

Ullholm avait commencé une longue déclaration par ces mots :

— Il va sans dire que, en tant que personne privée, que conservateur et que citoyen appartenant à un pays démocratique et libre, je ne fais pas la moindre différence parmi les gens en fonction de leur couleur, de leur race ou de leurs opinions. Mais essayez d'imaginer une police bourrée de juifs et de communistes. Vous voyez ce que je veux dire, n'est-ce pas?

A ces mots, Rönn s'était timidement éclairci la gorge derrière son masque avant de répondre :

— Oui. Mais il se trouve que je suis moi-même socialiste. Alors...

— Vous êtes communiste?

— Oui. Je suis communiste.

Du coup, Ullholm s'était muré dans un silence de mort et était allé s'accouder à la fenêtre. Cela faisait maintenant deux heures qu'il était là, l'air sinistre, à contempler le monde perfide qui l'entourait.

Schwerin avait subi trois opérations. On avait extrait les deux balles mais les médecins n'avaient pas l'air particulièrement joyeux et les seules réponses que recevaient les questions discrètes de Rönn se bornaient à des haussements d'épaules.

Mais, un quart d'heure auparavant, l'un des chirurgiens était entré dans la chambre et avait dit :

— S'il reprend conscience, cela devrait être au cours des trente prochaines minutes.

— Est-ce qu'il s'en tirera?

Le chirurgien avait jeté à Rönn un regard appuyé avant de rétorquer :

— C'est peu probable. Évidemment, il est robuste et son état général est tout à fait satisfaisant.

Rönn considéra le patient avec découragement en se demandant où il fallait en être réduit pour que l'état général de quelqu'un puisse être tenu pour médiocre, voire purement et simplement mauvais.

Il avait soigneusement mis au point deux questions que, par mesure de sécurité, il avait transcrites sur son calepin.

La première était :

Qui a tiré?

Et la seconde :

A quoi ressemblait-il?

Il avait aussi procédé à quelques autres petits préparatifs : disposer son magnétophone à transistors portatif sur une chaise à la tête du lit, brancher le micro, le fixer au dossier de la chaise. Ullholm n'avait pas bronché, se contentant de décocher de temps en temps un coup d'œil sévère à Rönn sans quitter sa place devant la fenêtre.

La pendule indiquait 2 h 26 lorsque l'infirmière se pencha soudain sur le blessé et adressa en même temps un signe impatient aux deux policiers tout en appuyant sur la sonnette.

Rönn se précipita et empoigna le micro.

— Je crois qu'il se réveille, fit l'infirmière.

Le visage de Schwerin parut se transformer. Ses paupières et ses narines frémirent.

— Allez-y, reprit l'infirmière. Tout de suite.

Rönn approcha le micro de la bouche du patient.

— Qui a tiré?

Pas de réaction.

— Qui a tiré? répéta Rönn.

Cette fois, les lèvres de l'homme remuèrent et il dit quelque chose.

Rönn n'attendit que deux secondes pour passer à la seconde question :

— A quoi ressemblait-il?

Cette fois encore, Schwerin eut une réaction et la réponse fut mieux articulée.

Un médecin entra.

Le policier ouvrait la bouche pour réitérer sa question mais le blessé détourna la tête. Sa mâchoire inférieure s'affaissa et une bave gluante et sanguinolente jaillit de sa bouche.

Rönn leva les yeux vers le docteur qui étudia ses appareils et hocha la tête d'un air grave. Ullholm s'approcha et s'exclama d'une voix rageuse :

— C'est vraiment tout ce que vous êtes capable d'obtenir avec vos questions? Maintenant, mon ami, écoutez-moi. C'est l'inspecteur en chef Ullholm qui vous parle...

— Il est mort, dit doucement Rönn.

Ullholm le dévisagea et lâcha un mot, un seul : « Bousilleur! »

Rönn débrancha le micro, s'approcha de la fenêtre avec le magnétophone, réembobina minutieusement la bande du bout de l'index et appuya sur la commande REPRODUCTION.

« *Qui a tiré?* »

« *Dnrk.* »

« *A quoi ressemblait-il?* »

« *Koleson.* »

— Qu'est-ce que vous en déduisez?

Ullholm resta au moins dix secondes à fusiller son collègue du regard avant de s'écrier :

— Ce que j'en déduis? Je vais faire un rapport pour signaler votre manquement au devoir. Tant pis, il n'y a rien à faire. Vous voyez ce que je veux dire, n'est-ce pas?

Puis il tourna les talons et sortit à grands pas. Rönn le suivit tristement des yeux tandis qu'il s'éloignait.

15

Une bouffée de vent glacial gifla Martin Beck, le lardant de minuscules grains de neige aussi acérés que des aiguilles quand il ouvrit la porte du quartier général de la police, et le superintendant en eut le souffle coupé. Rentrant la tête dans les épaules, il s'empressa de boutonner son pardessus. Ce matin-là, il avait fini par capituler devant Inga et ses criailleries, devant le froid et devant son rhume : il avait mis son manteau d'hiver. Serrant plus étroitement son écharpe de laine autour de son cou, il se mit en marche.

Après avoir traversé Agnegatan, il s'arrêta, complètement désorienté, essayant de se rappeler quel bus il fallait prendre. Il n'avait pas encore appris tous les nouveaux itinéraires depuis la disparition des trolleys qui avaient été supprimés en septembre quand la conduite à droite avait été instituée.

Une voiture s'arrêta à sa hauteur. Gunvald Larsson baissa la vitre et lui cria :

— Montez!

Martin Beck s'assit, le cœur plein de gratitude, à côté de l'inspecteur.

— Quel temps de cochon! On a à peine le temps de s'apercevoir qu'on est en été que l'hiver s'installe déjà. Où allez-vous?

— A Västmannagatan, répondit Larsson. Je veux avoir une conversation avec la fille de la vieille du bus.

— Parfait. Vous n'aurez qu'à me déposer devant l'hôpital de Sabbatsberg.

Ils franchirent Kungsbron et passèrent devant l'ancien marché. De minuscules flocons tourbillonnaient et se collaient au pare-brise.

— Cctte neige-là ne sert à rien, grogna Larsson. Elle ne se pose même pas. Elle voltige et vous bouche la vue, c'est tout.

Contrairement à Beck, Larsson aimait les voitures et était considéré comme un excellent chauffcur.

Ils suivirent Vasagatan en direction de Norra Bantorget. Devant le lycée de Norra, ils croisèrent un autobus à impériale. Un 47.

— Mince! s'écria Martin Beck. Désormais la seule vue d'un de ces bus nous flanquera des nausées!

Larsson jeta un bref coup d'œil au véhicule.

— Ce n'est pas le même modèle. Celui-là est allemand. C'est un Büssing. Est-ce que vous venez avec moi chez la femme d'Assarsson? demanda-t-il un peu plus tard. Le type aux capotes anglaises. J'y passerai à quinze heures.

— Je ne sais pas.

— Vous serez dans le secteur. C'est à un pâté de maisons de Sabbatsberg. Après, je pourrai vous reconduire.

— Peut-être. Tout dépend du temps que me prendra l'interrogatoire de mon infirmière.

Un ouvrier coiffé d'un casque jaune et brandissant un drapeau rouge les arrêta à l'angle de Dalagatan et de Tegnérgatan. D'importants travaux étaient en cours à l'hôpital; les vieux bâtiments devaient être démolis et, déjà, de nouveaux sortaient de terre. Pour l'heure, on était en train de dynamiter les rochers. Les échos de l'explosion répercutés par les façades n'étaient pas encore éteints que Larsson s'écria :

— Pourquoi ne dynamitent-ils pas Stockholm d'un seul coup au lieu de le faire par petits morceaux? On devrait suivre le conseil que donnait Ronald Reagan ou je ne sais trop qui à propos du Vietnam : asphaltez-moi tout ça, peignez-y des lignes jaunes et transformez-moi ce satané machin en parkings. Ce ne serait pas pire que de laisser les urbanistes en faire à leur tête.

Martin Beck quitta la voiture devant l'aile de l'hôpital où étaient installés la maternité et le service gynécologique. L'esplanade était vide mais, en s'approchant, il distingua une femme enveloppée dans un manteau en peau de mouton qui l'observait derrière les portes de verre. Elle sortit.

— Le superintendant Beck, sans doute? Je suis Monika Granholm.

Elle prit la main du policier et la serra passionnément. Une étreinte d'acier! Beck croyait presque entendre craquer ses os. Pourvu qu'elle ne déploie pas autant d'énergie quand elle manipule ses nouveaux-nés! songea-t-il.

Elle était quasiment aussi grande que lui et beaucoup plus large. Son teint était rose et frais, ses dents blanches et solides, ses cheveux châtain clair épais et ondulés, elle avait de grands yeux — de beaux yeux — dont l'iris était exactement de la même couleur que sa chevelure. Il émanait d'elle comme une aura de santé et de force.

La jeune morte de l'autobus, petite et délicate, avait dû paraître bien fragile à côté de sa compagne de chambre.

Tous deux se dirigèrent vers Dalagatan.

— Verriez-vous un inconvénient à ce que nous allions au Wasahof — c'est juste de l'autre côté de la rue? demanda

Monika Granholm. Il faut absolument que j'avale quelque chose. Sans cela, je ne pourrai pas parler.

L'heure du déjeuner était passée et plusieurs tables étaient libres. Martin Beck en choisit une près de la fenêtre mais l'infirmière préféra s'installer au fond.

— Je n'ai pas envie que quelqu'un de l'hôpital nous voie, expliqua-t-elle. Vous n'avez pas idée des ragots qu'il peut y avoir!

Ce qu'elle confirma en régalant Martin Beck d'un véritable florilège de cancans tout en attaquant de bon cœur une montagne de boulettes de viande accompagnée de purée de pommes de terre. Beck la contemplait avec envie sous ses paupières à demi baissées. Comme d'habitude, il n'avait pas faim. Il se sentait vaguement patraque et but du café rien que pour aggraver un peu son indisposition. Il la laissa finir, s'apprêtant à brancher la conversation sur sa défunte camarade, quand elle repoussa son assiette et déclara :

— Je me sens mieux. Maintenant, vous pouvez y aller de vos questions : j'essaierai d'y répondre de mon mieux. Mais est-ce que je peux commencer par vous en poser une?

— Bien sûr.

Il lui tendit son paquet de Floridas.

Elle fit non de la tête.

— Je ne fume pas, merci. Ce fou, est-ce que vous l'avez arrêté?

— Pas encore.

— Les gens sont absolument affolés, vous savez. J'ai une collègue, à la maternité, qui n'ose plus prendre le bus pour venir travailler. Elle a peur de voir brusquement surgir ce maniaque avec sa mitraillette. Depuis cette histoire, elle fait l'aller et retour en taxi. Il faut absolument que vous l'arrêtiez.

Elle adressa un regard implorant à Martin Beck qui répondit :

— Nous faisons de notre mieux.

Elle acquiesça.

— C'est très bien.

— Je vous remercie, répondit gravement le policier.

— Que voulez-vous savoir au sujet de Britt?

— Est-ce que vous la connaissiez bien? Depuis combien de temps partagiez-vous le même appartement?

— Je crois que je la connaissais mieux que quiconque. Il y avait trois ans que nous cohabitions. Depuis qu'elle a été embauchée. C'était la meilleure copine qui soit et c'était aussi une infirmière très compétente. Elle était frêle mais cela ne l'empêchait pas de travailler dur. Oui, l'infirmière idéale. Elle ne ménageait pas sa peine.

Monika Granholm prit la cafetière et remplit la tasse de Beck.

— Merci. Avait-elle un petit ami?

— Oh oui! Un garçon absolument charmant. Je ne crois pas qu'ils étaient officiellement fiancés mais elle m'avait laissé entendre qu'elle ne tarderait pas à déménager. J'ai comme une idée qu'ils envisageaient de se marier l'an prochain. Il a déjà un appartement.

— Ils se connaissaient depuis longtemps?

Elle réfléchit en se mordillant l'ongle du pouce.

— Depuis dix mois, au moins. Il est médecin. On dit toujours que les jeunes filles deviennent infirmières rien que dans l'espoir d'épouser un docteur mais ce n'était pas vrai pour Britt, en tout cas. Elle était affreusement timide et les hommes lui faisaient presque peur. Et puis, l'autre hiver, elle a dû se mettre en congé de maladie. Elle faisait de l'anémie, elle était fatiguée et elle devait consulter très souvent. C'est comme ça qu'elle a rencontré Bertil. Au premier coup d'œil, ç'a a été le coup de foudre. Elle prétendait que c'était l'amour et pas le traitement qui l'avait remise sur pieds.

Martin Beck poussa un soupir résigné et son interlocutrice lui demanda avec méfiance :

— Qu'est-ce qu'il y a de mal là-dedans?

— Rien, rien du tout. Connaissait-elle beaucoup d'hommes?

L'infirmière sourit et hocha la tête.

— Uniquement ceux qu'elle voyait à l'hôpital. Elle était très réservée. Je ne crois pas qu'elle ait fréquenté quelqu'un avant de faire la connaissance de Bertil.

Du bout du doigt, elle traçait des lignes sur la table. Soudain, elle plissa le front et dévisagea Martin Beck.

— C'est sa vie sentimentale qui vous intéresse? Qu'est-ce que cela a à voir avec cette affaire?

Beck sortit son portefeuille de sa poche et le posa devant lui.

— Un homme était assis à côté de Britt Danielsson dans ce bus. Un inspecteur du nom de Ake Stenström. Certaines raisons nous incitent à penser que Mlle Danielsson et lui se connaissaient et qu'ils étaient ensemble. Nous voudrions savoir s'il est arrivé à Britt Danielsson de prononcer ce nom.

Il prit la photo de Stenström dans son portefeuille et la tendit à Monika Granholm. « Avez-vous déjà vu cet homme? »

Elle fit non de la tête puis s'empara du cliché et l'examina de plus près.

— Si. Dans le journal. Mais cette photo est meilleure.

Elle la lui rendit et ajouta : « Britt ne le connaissait pas, j'en mettrais ma main au feu. Et il est absolument hors de question qu'elle ait autorisé quelqu'un d'autre que son fiancé à la raccompagner. Ce n'était pas du tout son genre. »

Beck rangea son portefeuille.

— Il se peut qu'ils aient été amis et...

Elle eut un violent geste de dénégation.

— Britt était très correcte, très timide et, comme je vous l'ai déjà dit, les hommes lui faisaient presque peur. En plus, elle était éperdument amoureuse de Bertil et n'aurait jamais regardé un autre garçon. Ni en tant qu'ami ni autrement. Par-dessus le marché, j'étais la seule personne au monde à qui elle se confiait — à l'exception de Bertil, évidemment. Elle me racontait tout. Je regrette, superintendant, mais vous faites sûrement erreur.

Elle ouvrit son sac. « Il faut que je retourne à mes bébés. J'en ai dix-sept actuellement. »

Déjà, elle fouillait dans son porte-monnaie mais Martin Beck lui saisit le poignet.

— C'est aux frais du gouvernement.

Quand ils furent devant l'entrée de l'hôpital, Monika Granholm dit :

— Il n'est pas impossible qu'ils se soient connus quand ils étaient petits, qu'ils aient été ensemble à l'école et se soient rencontrés par hasard. A la rigueur... Britt a vécu à Eslöv jusqu'à l'âge de vingt ans. D'où était-il originaire, votre policier?

— De Hallstahammar, répondit Beck. En plus de Bertil, comment s'appelle ce médecin?

— Persson.

— Et il habite?

— 22 Gillerbacken, à Bandhagen.

Avec une légère hésitation, il tendit la main à l'infirmière qui, sécurité d'abord! n'enleva pas son gant.

— Mes respects au gouvernement et merci pour le déjeuner, fit-elle en s'éloignant d'un pas vif.

16

La voiture de Larsson était arrêtée devant le 40 Tegnérgatan. Martin Beck jeta un coup d'œil à sa montre et poussa la porte.

Il était 15 h 20 : par conséquent, Larsson, toujours ponctuel, se trouvait déjà depuis vingt minutes auprès de Mme Assarsson. A l'heure présente, il avait probablement déterminé les principaux événements qui avaient marqué la vie du mari depuis que celui-ci avait quitté l'école : la technique d'interrogatoire de Gunvald Larsson consistait à commencer par le commencement et à avancer pas à pas. Bien qu'elle pût être efficace, cette méthode était fastidieuse et faisait souvent perdre du temps.

Un monsieur d'un certain âge portant un costume sombre agrémenté d'une cravate blanche et moirée ouvrit. Martin Beck se présenta et lui montra sa médaille. L'autre lui tendit la main.

— Je suis Ture Assarsson, le frère de... du défunt. Donnez-vous la peine d'entrer. Votre collègue est déjà là.

Il attendit que Beck accrochât son pardessus et, le précédant, ouvrit une double porte.

— Märta, ma chère, voici le superintendant Beck, annonça-t-il.

Le salon était une vaste pièce où il ne faisait pas très clair. Une femme mince, vêtue d'une jupe et d'une veste de jersey noir, un verre à la main, était assise sur un divan isabelle. Posant son verre sur la table de marbre noir qui se trouvait devant le meuble, elle leva le bras avec une gracieuse retombée du poignet comme si elle s'attendait que le visiteur lui baisât la main, Beck serra gauchement les doigts mollement alanguis en murmurant :

— Je vous présente mes condoléances, chère madame.

De l'autre côté de la table de marbre, il y avait trois fauteuils bas habillés de rose. Gunvald Larsson occupait l'un d'eux. Il avait un air bizarre. Ce ne fut qu'après s'être assis à son tour sur un signe condescendant de Mme Assarsson que Martin Beck comprit le problème de l'inspecteur.

Ce type de siège n'autorisait qu'une seule position : la position horizontale. Conduire un interrogatoire étendu est une situation assez inhabituelle. Larsson était plus ou moins plié en deux. C'était si inconfortable qu'il en était tout rouge. Il jeta au superintendant un regard noir entre ses genoux qui pointaient comme deux pics montagneux devant lui.

Martin Beck tordit d'abord ses jambes à gauche, puis à droite. Il tenta de les croiser et de les coincer sous le fauteuil. Mais celui-ci était trop bas. En désespoir de cause, il adopta la même position que Larsson.

Pendant ce temps, la veuve avait vidé son verre. Elle le tendit à son beau-frère pour qu'il le remplisse. Ture Assarsson lui décocha un coup d'œil appuyé avant d'aller chercher une carafe et un autre verre dans le bar.

— Vous prendrez bien un petit sherry, superintendant?

Avant que Martin Beck eût eu le temps de protester, il avait un verre devant lui.

— J'étais en train de demander à Mme Assarsson si elle savait pourquoi son mari était monté dans cet autobus dans la soirée de lundi, dit Larsson.

— Et je vous ai répondu exactement ce que j'avais déjà répondu à la personne qui a eu le mauvais goût de me poser des questions sur mon époux quelques secondes à peine après que l'on m'eut informé de sa mort : je n'en sais rien.

Elle leva son verre comme pour trinquer à la santé de Martin Beck et le vida d'un trait. Le superintendant essaya d'atteindre le sien mais le rata de quelque trente centimètres et il retomba au fond de son fauteuil.

— Savez-vous où votre mari se trouvait antérieurement? s'enquit-il.

Mme Assarsson prit en tâtonnant dans un coffret de verre vert une cigarette orange à bout doré, qu'elle tapota à plusieurs reprises sur le couvercle avant de laisser son beau-frère la lui allumer. Beck prit note qu'elle n'était pas tout à fait à jeun.

— Oui, je sais. Il avait une réunion. Nous avions dîné à 6 heures. Il s'était changé et était reparti vers 7 heures.

Larsson sortit de sa poche un morceau de papier et un stylo à bille avec lequel il se gratouilla l'oreille tout en demandant :

— Une réunion? Où ça? Avec qui?

Comme sa belle-sœur ne faisait pas mine de répondre, Ture Assarsson dit :

— Une réunion d'anciens élèves. Le club des Chameaux... c'était le nom qu'ils s'étaient donné. Il était composé de neuf membres qui se retrouvaient régulièrement depuis l'Académie navale. En général chez l'un d'entre eux, un industriel nommé Sjoberg qui demeure Narvavägen.

— Les Chameaux? répéta Gunvald Larsson d'une voix incrédule.

— Oui. Ils avaient coutume de s'accueillir au cri de : « Salut, vieux chameau! » Alors, ils ont adopté cette... raison sociale.

La veuve toisa son beau-frère d'un air sévère et expliqua :

— C'est une association idéaliste. Elle s'occupe beaucoup de charité.

— Ah bon? Par exemple?

— C'est un secret. Même nous, les épouses, nous n'avions pas le droit d'être au courant. Il y a des sociétés comme cela. C'est du travail sous le manteau, si l'on peut dire.

Sentant le poids du regard de Larsson, Martin Beck prit le relais.

— Savez-vous quand votre mari a quitté sa réunion, Mme Assarsson?

— Eh bien, comme je ne pouvais pas dormir, je me suis levée vers 2 heures du matin pour boire un petit coup. Voyant que Gösta n'était pas rentré, j'ai téléphoné au Grigou — c'est comme ça qu'ils appellent M. Sjoberg — qui m'a dit que mon mari était parti vers 10 heures et demie.

Elle écrasa sa cigarette dans le cendrier.

— Il a pris le 47. Où pensez-vous qu'il allait?

Assarsson regarda Beck d'un air inquiet.

— Mon mari avait naturellement un rendez-vous d'affaires. C'était un homme très dynamique qui ne ménageait pas sa peine pour faire marcher sa firme — dont Ture, mon beau-frère ici présent était également un associé — et il n'était nullement exceptionnel qu'il ait des rendez-vous d'affaires la nuit. Ainsi, quand des gens arrivaient de province et ne restaient que vingt-quatre heures à Stockholm, il... il...

Apparemment, elle avait perdu le fil. Elle s'empara de son verre vide avec lequel elle se mit à jouer nerveusement.

Gunvald Larsson griffonnait fébrilement sur son bout de papier. Martin Beck allongea une jambe et se massa le genou.

— Avez-vous des enfants, madame Assarsson?

Elle posa son verre devant son beau-frère dans un geste éloquent mais, au lieu de le remplir, celui-ci, détournant la tête, alla le poser sur le bar. Mme Assarsson lui lança un regard venimeux, puis se leva non sans difficulté. Elle chassa la cendre qui était tombée sur sa jupe.

— Non, superintendant Peck. Mon mari n'a hélas pas pu m'en donner.

Le regard vide, elle contemplait un point situé un peu

derrière l'oreille gauche de Martin Beck. Elle avait largement son compte, c'était visible. Elle battit des paupières et dévisagea le policier.

— Vos parents étaient-ils Américains, superintendant Peck?

— Non.

Larsson était toujours en train de gribouiller. Tordant le cou, Beck regarda le feuillet : celui-ci était rempli de petits chameaux.

— Si M. Peck et M. Larsson veulent bien m'excuser, il faut que je m'abscnte, dit Mme Assarsson tout en se dirigeant vers la porte d'un pas mal assuré. Au revoir. J'ai été ravie de faire votre connaissance, ajouta-t-elle, la voix vacillante, avant de refermer.

Larsson rangea son stylo à bille et ses chameaux pour s'extirper de son siège, ce qui était une entreprise laborieuse.

— Avec qui couchait-il? demanda-t-il sans regarder Assarsson.

Ce dernier se tourna vers la porte close.

— Avec Eivor Olsson. Une petite qui travaille au bureau.

17

Il n'y avait pas grand-chose à porter au crédit de cette atroce journée de mercredi. Les journaux du soir, comme on pouvait s'y attendre, avaient eu vent de l'affaire Schwerin qui s'étalait maintenant en première page, truffée de détails et de quolibets dont les enquêteurs faisaient les frais.

L'enquête était déjà dans l'impasse, la police avait escamoté le seul témoin important, elle avait menti à la presse et au public. Si la presse et le Grand Détective qu'était l'opinion publique étaient privés d'informations exactes, comment la police pouvait-elle espérer qu'on l'aidât dans sa tâche?

La seule chose que les journaux ne disaient pas était que Schwerin était mort mais peut-être était-ce seulement dû au fait qu'ils étaient sortis trop tôt.

Ils avaient également réussi à savoir dans quel état lamentable les techniciens avaient trouvé le théâtre du crime.

Un temps précieux avait été perdu.

En outre, le massacre de l'autobus avait malencontreusement coïncidé avec une rafle décidée plusieurs semaines auparavant dans le but de saisir les ouvrages pornographiques en vente dans les kiosques et les bureaux de tabac.

Une feuille avait l'obligeance de souligner en bonne place qu'un forcené était en liberté et que la population était frappée de panique.

Et, poursuivait la gazette, pendant que la piste refroidissait, toute une armée de policiers feuilletaient des revues pornos en se grattant le crâne pour essayer de déterminer à partir des directives nébuleuses du ministre de la Justice ce qui était susceptible d'être considéré comme un outrage aux bonnes mœurs.

Kollberg arriva à Kungsholmsgatan vers 16 heures, des glaçons dans les cheveux et après les sourcils, une expression sinistre peinte sur ses traits. Il tenait les journaux du soir sous le bras.

— Si on avait autant d'indices qu'il existe de feuilles de chou, nous n'aurions même pas à lever le petit doigt, s'exclama-t-il.

— C'est une question de crédits, rétorqua Melander.

— Je sais bien mais cela améliore-t-il la situation?

— Non. Seulement, c'est aussi simple que ça.

Melander vida sa pipe et replongea dans ses paperasses.

— Vous avez fini de discuter avec les psychologues? ajouta Kollberg d'une voix acide.

L'autre ne le regarda même pas.

— Oui. Le compte rendu est à la frappe.

Il y avait un visage nouveau au commissariat central. Le tiers des renforts promis était arrivé en la personne de Mansson, débarqué tout exprès de Malmö.

Mansson était presque aussi grand que Gunvald Larsson mais il considérait le monde qui l'entourait d'un œil infiniment plus bonasse. Il était arrivé dans la nuit au volant de sa voiture personnelle, non point dans l'espoir de bénéficier de la misérable indemnité kilométrique allouée par l'administration mais parce qu'il avait pensé non sans raison qu'il serait peut-être pratique de disposer d'un véhicule immatriculé en province.

Planté devant la fenêtre, il mâchonnait un cure-dent.

— Est-ce que je peux faire quelque chose? demanda-t-il.

— Oui. Il y a une ou deux personnes que nous n'avons pas encore eu le temps d'interroger. Tenez... Mme Ester Källström, par exemple. C'est la veuve d'une des victimes.

— Johan Källström, le contremaître?

— Exactement. Elle habite 89 Karlbergsvägen.

— Où est-ce que ça perche?

— Vous avez un plan mural, répondit Kollberg avec lassitude.

Mansson déposa son cure-dent mâchouillé dans le cendrier de Melander et en sortit de sa poche un autre qu'il considéra d'un air apathique. Après avoir examiné le plan, il enfila son pardessus. Sur le seuil, il se retourna.

— Dites-moi...

— Oui? fit Kollberg.

— Connaissez-vous une boutique où l'on peut se procurer des cure-dents aromatisés?

— Non.

— Tant pis! soupira Mansson avec abattement avant

d'ajouter en guise d'explication : On m'a dit que cela existe. J'essaye de perdre l'habitude de fumer.

Quand la porte se fnt refermée, Kollberg s'exclama :

— Je n'ai vu ce type-là qu'une seule fois, l'été dernier, à Malmö. Et il m'a posé exactement la même question.

— Au sujet des cure-dents? s'enquit Melander.

— Oui.

— C'est extraordinaire.

— Quoi?

— Qu'il n'ait pas réussi à en trouver depuis plus d'un an.

— Oh! Vous êtes imbuvable, mon vieux.

— Que se passe-t-il? Vous êtes de mauvaise humeur?

— Ça vous étonne, peut-être?

— Il ne sert à rien de s'énerver. Cela ne fait que compliquer les choses.

— Elle est bien bonne! Vous en parlez à votre aise : vous n'avez pas de nerfs, vous!

Melander ne répliqua pas et la discussion tourna court.

En dépit des allégations prétendant le contraire, l'opinion publique, ce Grand Détective, ne ménagea pas sa peine, cet après-midi-là.

Des centaines de personnes téléphonèrent ou se présentèrent en chair et en os pour dire qu'elles croyaient s'être trouvées à bord du fameux autobus.

Toutes ces déclarations durent être passées au crible et, une fois n'est pas coutume, ce fastidieux travail ne fut pas totalement vain.

Un individu qui avait pris un bus à impériale à Djurgardsbron lundi vers 22 heures s'affirma prêt à jurer qu'il avait vu Stenström. On passa la communication à Melander qui le pria de venir sur-le-champ.

L'homme avait la cinquantaine. Il paraissait tout à fait sûr de lui.

— Donc, vous avez vu l'inspecteur Stenström?

— Oui.
— Où?
— En montant à l'arrêt de Djurgardsbron. Il était assis à gauche, près dc l'escalier derrière le chauffeur.
Melander hocha approbativement la tête. Jusqu'à présent, aucun renseignement sur la situation des victimes les unes par rapport aux autres n'était parvenu aux oreilles des journalistes.
— Êtes-vous certain que c'était lui?
— Oui.
— Comment le savez-vous?
— Je l'ai reconnu. J'ai été gardien de nuit.
— Effectivement. Il y a deux ans, je vous ai aperçu. Vous étiez dans le vestibule de l'ancien commissariat central d'Agnegatan. Je me souviens de vous.
— C'est la vérité, fit le témoin abasourdi. Mais moi, je ne vous remets pas.
— Je ne vous ai rencontré que deux fois, répliqua Melander, et nous ne nous sommes pas parlé.
— Par contre, je me souviens très bien de Stenström parce que...
Il hésita.
— Oui? fit Melander sur un ton amical. Parce que?
— C'est qu'il avait l'air si jeune! De plus, il portait des jeans et une chemise de sport. Alors, j'ai pensé qu'il n'était pas de la maison. Je lui ai demandé ses papiers. Et...
— Oui?
— Une semaine plus tard, j'ai refait la même bévue. C'était très gênant.
— Oh! Vous savez, ce sont des choses qui arrivent. Quand vous l'avez vu lundi soir, est-ce qu'il vous a reconnu?
— Non. Je suis formel.
— Y avait-il quelqu'un avec lui?
— Non, le siège voisin était vide. Je me le rappelle de

façon très nette parce que j'ai songé à aller le saluer et à m'asseoir à côté de lui. Mais je n'ai pas osé.

— C'est dommage. Vous êtes donc descendu à Cergelstorg?

— Oui. J'ai pris le métro à la correspondance.

— Stenström était toujours là?

— Je crois. En tout cas, je ne l'avais pas vu quitter le bus. Il est vrai que j'étais en haut, naturellement.

— Voulez-vous une tasse de café?

— Ça ne serait pas de refus.

— Je vous demanderai d'avoir l'amabilité de regarder quelques photographies. Malheureusement, elles ne sont pas très agréables à voir.

— Je m'en doute, marmonna l'homme.

Il les regarda, pâlit et avala une ou deux fois sa salive. Mais il ne reconnut personne en dehors de Stenström.

Martin Beck, Gunvald Larsson et Rönn arrivèrent presque en mêmc temps, un peu plus tard.

— Alors? fit Kollberg. Est-ce que Schwerin...

— Oui, il est mort, dit Rönn.

— Et?

— Il a dit quelque chose.

— Quoi?

— Je ne sais pas, répondit Rönn en posant le magnétophone sur le bureau.

Ils étaient debout devant le bureau et ils écoutaient.

« *Qui a tiré?* »

« *Dnrk.* »

« *A quoi ressemblait-il?* »

« *Koleson.* »

« *C'est vraiment tout ce que vous êtes capable d'obtenir avec vos questions! Maintenant, mon ami, écoutez-moi. C'est l'inspecteur en chef Ullholm qui vous parle...* »

« *Il est mort.* »

Gunvald Larsson poussa un juron.

— Rien que le son de cette voix me donne envie de vomir! Il m'a collé un rapport un jour. Pour manquement à la discipline.

— Qu'est-ce que vous aviez fait? s'enquit Rönn.

— J'avais prononcé le mot « con » dans la salle de garde du commissariat de Klara. Deux agents avaient fait irruption avec une gonzesse complètement nue, ivre comme toute la Pologne et qui n'arrêtait pas de glapir. Elle avait déchiré ses vêtements dans le panier à salade. J'ai essayé de leur faire comprendre qu'ils devraient au moins l'envelopper dans une couverture ou quelque chose avant de l'embarquer pour le commissariat central. Ullholm a conclu que j'avais causé un préjudice moral à une mineure en employant un langage grossier. C'était lui l'officier de garde. Plus tard, il s'est fait transférer à Solna pour être plus près de la nature.

— De la nature?

— Oui. De sa femme, je présume.

Martin Beck remit le magnétophone en marche.

« *Qui a tiré?* »

« *Dnrk.* »

« *A quoi ressemblait-il?* »

« *Koleson.* »

— Les questions sont de votre cru? s'enquit Larsson.

— Oui, répondit Rönn sur un ton empreint de modestie.

— Incroyable!

— Il n'est resté conscient que pendant une demi-minute, répliqua l'autre, visiblement vexé. Et puis il est mort.

Beck repassa la bande.

Ils la réécoutèrent maintes et maintes fois.

— Que diable a-t-il voulu dire? soupira Kollberg.

Il n'avait pas eu le temps de se raser et grattait d'un air songeur son menton rugueux.

Martin Beck se tourna vers Rönn.

— Qu'est-ce que vous en pensez, vous qui étiez présent?

— Eh bien, je pense qu'il comprenait les questions et qu'il a essayé de répondre.

— Et puis?

— Que la réponse à la première était négative. Quelque chose comme « Je ne sais pas », par exemple.

— Comment pouvez-vous déduire cela de ce gargouillement? s'écria Larsson avec ébahissement.

Rönn rougit et fit passer le poids de son corps sur l'autre jambe.

— En effet, reprit Beck, comment êtes-vous parvenu à cette conclusion?

— C'est une impression que j'ai eue.

— Hemm, grommela Larsson. Et ensuite?

— La réponse à ma seconde question est sans ambiguïté. Il a prononcé le mot « Koleson. »

— J'ai entendu, fit Kollberg. Mais que voulait-il dire?

Du bout des doigts, Beck se massa le cuir chevelu et réfléchit longuement.

— Karlsson, peut-être...

— Il a dit « Koleson », répéta Rönn avec entêtement.

— C'est vrai, répliqua Kollberg. Seulement, il n'y a personne de ce nom.

— Il faudra quand même vérifier, laissa tomber Melander. Il n'est pas impossible que ce nom existe. D'ici là...

— Oui?

— D'ici là, il me semble que nous devrions confier cet enregistrement à un expert pour analyse. Si nos services n'en tirent rien, nous pourrions demander aux gens de la radio. Les ingénieurs du son ont tous les moyens techniques à leur disposition. Ils seront en mesure de dissocier les éléments auditifs, de faire passer la bande à des vitesses différentes...

— C'est une bonne idée, approuva Martin Beck.

— Mais, pour l'amour du ciel, effacez d'abord l'intervention de Ullholm, implora Larsson. Sinon, nous serons la risée de toute la Suède. Où est passé ce loustic de Mansson? ajouta-t-il après avoir jeté un regard circulaire autour de lui.

— Il s'est perdu, je parie, dit Kollberg. Nous devrions alerter toutes les voitures de patrouille.

Et il soupira bruyamment.

Ek fit son entrée dans le bureau. La mine soucieuse, il tapota sa chevelure argentée.

— Qu'y-a-t-il? s'informa Martin Beck.

— Les journaux se plaignent de ne pas avoir la photo de l'homme qui n'a pas encore été identifié.

— Vous savez à quoi ressemblerait sa photo, dit Kollberg.

— Bien sûr, mais...

Melander prit la parole :

— Une minute. Il est possible de préciser le signalement : entre trente-cinq et quarante ans, taille : 1 m 67, poids : 69 kg, pointure : 8½, yeux bruns, cheveux châtain foncé. A été opéré de l'appendicite. Poils châtains sur la poitrine et l'estomac. Ancienne cicatrice à la cheville.

— Je vais faire diffuser ça, dit Ek. Et il sortit.

Après un moment de silence, Kollberg dit :

— Fredrik a mis le doigt sur quelque chose. Stenström se trouvait déjà dans le bus à l'arrêt de Djurgardsbron. Par conséquent il venait forcément de Djurgarden.

— Qu'est-ce qu'il fabriquait là-bas à cette heure-là et par un temps pareil? s'exclama Larsson.

— Moi aussi, j'ai mis le doigt sur quelque chose, fit Martin Beck. Apparemment, il ne connaissait pas l'infirmière.

— Vous en êtes certain? demanda Kollberg.

— Non.

Melander enchaîna :

— Il semble qu'il était seul à Djurgardsbron.

Rönn a trouvé quelque chose, lui aussi, grommela Larsson.

— Quoi?

— Que *dnrk* veut dire « Je ne sais pas ». Sans parler du dénommé Koleson.

A cela se bornèrent les résultats de l'enquête ce mercredi 15 novembre.

Dehors, la neige tombait en gros flocons mouillés. Il faisait déjà nuit.

Naturellement, il n'existait personne du nom de Koleson. En Suède, tout au moins.

Le jeudi n'apporta rien de nouveau.

Il était plus de 23 heures quand Kollberg rentra chez lui, ce jeudi-là. Sa femme, qui portait une courte blouse boutonnée par-devant, lisait sous le lampadaire, roulée en boule au fond d'un fauteuil, ses jambes nues repliées sous elle.

— Bonsoir, lança Kollberg. Alors, ton espagnol fait des progrès?

— Tu parles! Quelle absurdité de s'imaginer qu'on pourrait être capable de faire quelque chose quand on est mariée à un policier!

Kollberg ne répondit pas. Il se déshabilla et passa dans la salle d'eau où il se rasa et se doucha longuement, faisant des vœux pour qu'un quelconque abruti de voisin n'aille pas chercher la police pour se plaindre qu'il procédât à d'aussi tardives ablutions. Quand il eut fini, il enfila son peignoir et alla s'asseoir devant son épouse. Il l'observa d'un air songeur.

— Il y a des siècles que je ne t'ai vu, fit-elle sans lever les yeux. Comment ça va?

— Mal.

— Je suis vraiment désolée. C'est quand même bizarre que quelqu'un puisse abattre neuf personnes dans un autobus en pleine ville... comme ça! Et que la police ne soit pas capable d'imaginer quelque chose de plus intelligent que ces rafles ridicules.

— Oui, c'est bizarre.

— Y a-t-il d'autres collègues qui ne sont pas rentrés chez eux depuis trente-six heures?

— Probablement.

Elle se remit à lire. Kollberg resta dix minutes ou un quart d'heure à la contempler en silence.

— Qu'est-ce que tu regardes comme ça? finit-elle par lui demander, toujours sans lever la tête.

Mais il y avait une intonation malicieuse dans sa voix.

Kollberg demeura muet. Gun paraissait plus absorbée que jamais dans sa lecture. C'était une brune aux yeux noisette. Ses traits étaient réguliers et elle avait des sourcils épais. Agée tout juste de vingt-neuf ans, elle avait quatorze ans de moins que son mari et celui-ci l'avait toujours trouvée ravissante.

— Gun...

Pour la première fois depuis qu'il était rentré, elle le regarda, une ébauche de sourire aux lèvres. Dans son regard se lisait une sensualité tranquille.

— Oui?

— Mets-toi debout.

— Avec plaisir.

Elle corna la page qu'elle était en train de lire, referma le livre, le posa sur l'accoudoir et se leva. Les bras ballants, les jambes écartées, elle dévisagea placidement son mari.

— Ce n'est pas joli.

— Qui? Moi?
— Non. De corner les pages des livres.
— Il est à moi. Je l'ai acheté avec mon argent.
— Déshabille-toi.
Elle porta la main droite à son col et défit les boutons de sa blouse un à un. Lentement. Les yeux toujours rivés sur Kollberg, elle écarta le mince vêtement et le laissa glisser à ses pieds.
— Tourne-toi.
Elle obéit.
— Tu es belle.
— Merci. Je dois rester comme ça?
— Non. J'aime mieux le côté face.
— Oh, oh!
Elle pivota sur elle-même et le regarda. Son expression n'avait pas changé.
— Est-ce que tu pourrais te tenir debout sur les mains?
— En tout cas, je savais le faire avant de te connaître. Depuis, je n'ai plus eu de raison de m'entraîner. Tu veux que j'essaye?
— Ce n'est pas la peine.
— Si cela peut te faire plaisir...
Elle traversa la pièce, posa les mains par terre et, le corps arqué, fit les pieds au mur. Sans le moindre effort.
Kollberg considérait le spectacle d'un air méditatif.
— Tu veux que je continue?
— Ce n'est pas nécessaire.
— Si cela t'amuse, ça sera avec plaisir. Il paraît qu'on tombe en syncope au bout d'un certain temps. Si cela m'arrivait, je compte sur toi pour me mettre quelque chose sur le dos, une couverture ou n'importe quoi.
— Non, arrête.
D'un mouvement gracieux, elle reposa les pieds par terre et se redressa.

— Suppose que j'aie eu envie de te photographier comme ça. Quelle aurait été ta réaction?

— Que veux-tu dire par « comme ça »? Toute nue?

— Oui.

— En train de faire les pieds au mur?

— Par exemple.

— Tu n'as même pas d'appareil de photo.

— Non, mais ce n'est pas le problème.

— Si tu en as envie, vas-y. Tu peux faire ce que tu veux de moi. Je te l'ai déjà dit, il y a deux ans.

Il ne répondit pas. Gun n'avait pas bougé.

— D'ailleurs, ces photos... qu'est-ce que tu en ferais?

— Toute la question est là, justement.

Elle s'approcha de lui.

— Me permets-tu de te poser une question, maintenant? Qu'est-ce que tout cela signifie? Si, d'aventure, tu veux faire l'amour, il y a un lit confortable et s'il est trop loin, le tapis est, lui aussi, de première classe. Doux comme tout. Je l'ai fait moi-même.

— Stenström avait un paquet de photos de ce genre dans son tiroir.

— Au bureau?

— Oui.

— Des photos de qui?

— De sa petite amie.

— Asa?

— Oui.

— Ça ne doit pas être un régal pour les yeux.

— Je ne suis pas de ton avis.

Elle fronça le sourcil.

— La question est de savoir pourquoi, reprit Kollberg.

— C'est important?

— Je ne sais pas. Cela me semble inexplicable.

— Peut-être qu'il voulait tout simplement les regarder, ces photos.

— C'est ce que dit Martin.

— Pour ma part, je trouve beaucoup plus intelligent de rentrer chez soi pour se rincer l'œil quand on en a envie.

— Il est vrai que Martin n'est pas non plus toujours brillant, brillant lui non plus. Tiens, par exemple, il s'inquiète pour nous. Il suffit de le regarder pour le deviner.

— Pour nous? Pourquoi?

— Parce que je suis sorti seul vendredi soir, je crois.

— Il a une femme, n'est-ce pas?

— Il y a quelque chose qui ne colle pas. Je veux dire au sujet de ces photos. Non... Ça ne cadre pas avec Stenström.

— Pourquoi? Tu sais comment sont les hommes. Elle est jolie en photo?

— Oui.

— Très?

— Oui.

— Tu sais ce qu'il faudrait que je dise?

— Oui.

— Mais je ne le dirai pas.

— Ça aussi, je sais.

— Pour en revenir à Stenström, il voulait probablement montrer les photos à ses copains. Pour les épater.

— Cela non plus ne lui ressemble pas. Ce n'était pas son genre.

— Pourquoi cette histoire te tracasse-t-elle?

— Je l'ignore. Sans doute parce que nous n'avons pas d'autres indices.

— Tu appelles ça un indice? Crois-tu que quelqu'un a tué Stenström à cause de ces clichés? Dans ce cas, pourquoi le criminel aurait-il assassiné huit personnes en prime?

Kollberg la regarda attentivement.

— Justement. C'est une bonne question.

Elle se pencha et lui piqua un baiser sur le front.

— Si on allait au lit? suggéra Lennart.

— C'est cc que j'appellerai une riche idée. Mais il faut d'abord que je prépare le biberon. D'après la notice, ça ne prend pas plus de trente secondes. Rendez-vous au lit. Ou sur le tapis ou dans la baignoire ou là où ça te chantera.

— Merci mais je préfère le lit.

Tandis que Gun disparaissait dans la cuisine, Kollberg se leva et éteignit le lampadaire.

— Lennart?

— Quoi?

— Quel âge a Asa?

— Vingt-quatre ans.

— L'activité sexuelle atteint son point culminant chez la femme entre vingt-neuf et trente-deux ans. C'est ce qu'affirme Kinsey.

— Ah bon? Et pour l'homme?

— Dix-huit ans.

Il l'entendit touiller la bouillie dans l'assiette. Au bout de quelques instants, elle ajouta : « Mais, chez les hommes c'est plus individuel. Si cela peut te consoler. »

Kollberg la voyait à travers la porte entrouverte. Elle s'activait, toute nue, devant la table de travail à côté de l'évier. C'était une fille aux jambes fuselées, de corpulence normale et de nature sensuelle. Elle était en tous points conforme à ses désirs mais il lui avait fallu plus de vingt ans pour la dénicher et une année de mieux pour réfléchir. Pour l'instant, l'attitude de Gun trahissait l'impatience et son pied s'agitait nerveusement.

— Trente secondes, l'entendit-il maugréer. Sales menteurs!

Kollberg sourit dans le noir. Il savait que, bientôt, il

ne penserait plus ni à Stenström ni à l'autobus rouge. Ce serait la première fois depuis trois jours.

Martin Beck, lui, n'avait pas mis vingt ans à chercher sa femme. Il l'avait rencontrée dix-sept ans auparavant, lui avait fait un enfant illico et l'avait épousée précipitamment.

Il avait eu tout le temps de s'en repentir. Pour le moment, vivant rappel de son erreur, elle était debout devant la porte dans sa chemise de nuit chiffonnée, les joues striées de marques rouges laissées par les plis de l'oreiller.

— Tu vas réveiller toute la maison à tousser et à renifler comme ça, Martin.

— Pardon.

— En voilà une idée de fumer au beau milieu de la nuit! Comme si tu n'avais pas déjà assez mal à la gorge!

Martin Beck écrasa son mégot.

— Je suis désolé de t'avoir réveillée.

— Oh! Cela n'a pas d'importance. L'essentiel est que tu n'ailles pas attraper encore une pneumonie. Tu ferais mieux de rester à la maison, demain.

— C'est assez difficile.

— Ne raconte pas de bêtises. Si tu es malade, tu n'as pas à aller travailler. Tu n'es pas le seul policier, je suppose. Et puis, tu devrais dormir au lieu de lire ces rapports antédiluviens. N'importe comment, tu n'élucideras jamais cette histoire de meurtre dans un taxi. Il est 1 h et demie. Laisse ce vieux tas de papiers tranquille et éteins. Bonne nuit.

— Bonne nuit, répondit mécaniquement Martin Beck à la porte close.

Plissant le front, il reposa la liasse de documents qu'il lisait. Les qualifier de vieux tas de papiers était tout à fait inexact car il s'agissait du double des comptes rendus d'autopsie qui lui avait été remis quelques heures plus tôt au moment où il se préparait à quitter le bureau. Toutefois, il était vrai que, quelques mois auparavant, il avait passé une nuit blanche à reprendre une enquête sur l'assassinat d'un chauffeur de taxi dont la mort remontait à une douzaine d'années.

Il resta quelques minutes allongé sur son lit à contempler le plafond. Quand il perçut les légers ronflements de sa femme dans la chambre voisine, il se leva d'un bond et se rendit dans le hall sur la pointe des pieds. Il hésita un instant, la main sur le téléphone. Enfin, avec un haussement d'épaules, il souleva le combiné et composa le numéro de Kollberg.

— Kollberg, fit la voix hachée de Gun.

— Bonsoir. Lennart est là?

— Oui. Et même un peu là!

— Qu'est-ce qu'il y a? Je vous dérange?

— Le fait est! Qu'est-ce qui vous arrive?

— Est-ce que vous vous rappelez ce qui s'est passé l'autre été, juste après l'affaire des petites filles assassinées?

— Quoi donc?

— Nous n'avions rien de particulier à faire et Hammar nous avait demandé de reprendre les dossiers classés. Vous vous en souvenez?

— Naturellement. Et alors?

— Je me suis occupé du meurtre du chauffeur de taxi de Boras et vous du type d'Ostermalm qui avait disparu sept ans plus tôt.

— Oui. C'est uniquement pour me raconter ça que vous téléphonez?

— Non. Sur quoi Stenström travaillait-il? Il venait juste de rentrer de vacances.

— Je n'en ai pas la moindre idée. Je pensais qu'il vous l'avait dit.

— Non, il ne m'en a jamais parlé.

— Eh bien, il a dû en parler à Hammar.

— Oui. Certainement. Vous avez sans doute raison. Bon... Eh bien, au revoir. Excusez-moi de vous avoir réveillé.

— Le diable vous emporte!

Martin Beck entendit le déclic sec que fit le récepteur quand Kollberg le reposa brutalement sur la fourche, raccrocha à son tour et regagna le divan en traînant les pieds.

Il se coucha et éteignit. Il avait le sentiment de s'être conduit comme un imbécile.

18

Contrairement à toute attente, la matinée du vendredi fut marquée par l'arrivée d'éléments d'information encourageants.

Martin Beck répondait au téléphone et les autres l'entendirent s'exclamer :

— Non! Vous avez réussi? Vraiment?

Chacun abandonna ce qu'il faisait et tous les regards convergèrent vers lui.

— L'analyse balistique est terminée, annonça Beck en raccrochant.

— Alors?

— Ils croient avoir identifié l'arme.

— Ah! laissa nonchalamment tomber Kollberg.

— Une mitraillette, fit Gunvald Larsson. Il y en a des milliers pêle-mêle dans des dépôts militaires que personne ne surveille. Il vaudrait mieux les distribuer gratuitement aux malfaiteurs. Ça éviterait à l'armée la peine d'avoir à installer un cadenas neuf une fois par semaine. Dès que j'aurai une demi-heure à perdre, j'irai faire un tour en ville et j'en achèterai une demi-douzaine.

— Vous faites une légère erreur, murmura Martin Beck en agitant le bout de papier sur lequel il avait pris des notes. Il s'agit d'une Suomi, modèle 37.

— Sans blague? s'exclama Melander.

— Le vieux modèle à la crosse de bois? s'étonna Larsson. Depuis les années quarante, je n'en ai plus revu.

— Importée de Finlande ou fabriquée ici sous licence? voulut savoir Kollberg.

— C'est une arme finlandaise. Le type qui m'a appelé prétend qu'ils en sont à peu près sûrs. Les munitions datent aussi. C'est un produit de la manufacture de machines à coudre Tikkakoski.

— La M 37, dit Kollberg. Chargeur à tambour. 70 coups. Qui pourrait détenir cet engin aujourd'hui?

— Personne, répliqua Larsson. Aujourd'hui, elle repose au fond du port.

— C'est probable, convint Martin Beck. Mais qui la détenait il y a quatre jours?

— Un Finlandais azimuté, grogna Larsson. Il n'y a qu'à alerter la brigade canine et interpeller tous les Finlandais dingues qui se trouvent à Stockholm. Un sacré boulot!

— On en parle aux journaux? s'enquit Kollberg.

— Non. Pas un mot à la presse.

Le silence retomba. C'était le premier indice. Dans combien de temps déterrerait-on le suivant?

La porte s'ouvrit toute grande. Entra un jeune homme qui regarda autour de lui avec curiosité. Il tenait une épaisse enveloppe à la main.

— Vous cherchez quelqu'un? lui demanda Kollberg.

— Melander, répondit le jeune homme.

— L'inspecteur Melander, rectifia Kollberg d'un ton sévère. C'est le monsieur qui est assis là-bas.

Le jeune homme alla poser l'enveloppe sur le bureau de Melander. Au moment où il s'apprêtait à sortir, Kollberg ajouta :

— Je ne vous ai pas entendu frapper.

L'autre s'immobilisa, la main sur le bouton de la porte, mais ne dit rien. Personne ne parlait plus. Lentement et d'une voix distincte, Kollberg reprit sur le ton qu'on emploie quand on fait la leçon à un enfant :

— Avant d'entrer dans une pièce, on frappe. Puis on attend qu'on vous dise d'entrer. Alors, on ouvre la porte et on entre. C'est clair?

— Oui, balbutia le coursier, les yeux rivés sur les pieds de l'inspecteur.

— Bien.

Et Kollberg tourna le dos au jeune homme qui se glissa au-dehors et referma sans bruit.

— Qui était-ce? voulut savoir Larsson.

Kollberg se contenta d'un haussement d'épaules.

— Moi, il me fait penser à Stenström.

Melander abandonna sa pipe, décacheta l'enveloppe et en sortit plusieurs liasses de feuillets dactylographiés rangés dans des chemises vertes.

— Qu'est-ce que c'est? s'enquit Martin Beck.

Melander jeta un coup d'œil sur les documents.

— Le procès-verbal du colloque des psychologues. Je l'avais fait collationner.

— Ah, ah! s'exclama Larsson. Et quelles sont les brillantes théories auxquelles ils sont parvenus? Serait-ce que ce pauvre assassin a été un jour éjecté d'un bus pendant sa crise de puberté parce qu'il n'avait pas de quoi payer sa place et que cet épisode a laissé une cicatrice si profonde dans sa sensibilité...

Martin Beck l'arrêta d'un sec : « Ce n'est pas drôle, Gunvald. »

Kollberg décocha un regard étonné au superintendant et se tourna vers Melander.

— Alors Fredrik, que dit cette petite encyclopédie?

Melander débourra sa pipe, secoua le culot sur un papier qu'il plia et lança dans la corbeille.

— Il n'existe pas de précédent en Suède, commença-t-il. A moins de remonter jusqu'au massacre du vapeur *Prins Carl* à Nordlund. Aussi ont-ils dû se fonder sur les études réalisées en Amérique au cours des dernières décennies.

Il souffla dans sa pipe pour s'assurer qu'elle n'était pas bouchée, se mit en devoir de la bourrer et enchaîna : « Les psychologues américains, contrairement aux nôtres, ne manquent pas de matériel dans ce domaine. Il est fait mention dans ce travail de l'étrangleur de Boston, de Speck qui assassina huit infirmières à Chicago, de Whitman qui, du haut d'une tour, tua seize personnes et en blessa bien davantage, de Unruh qui abattit treize passants en l'espace de douze minutes dans une rue de New Jersey et d'un ou deux autres auteurs d'hécatombes dont vous avez probablement déjà lu les exploits. »

Il feuilleta le compte rendu.

— Le meurtre de masse a l'air d'être une spécialité américaine, dit Gunvald Larsson.

— Oui. Et il y a là-dedans un certain nombre de théories qui expliquent pourquoi de façon plausible.

— La glorification de la violence, fit Kollberg. Une société axée sur la réussite. La vente des armes à feu par correspondance. La cruauté de la guerre du Vietnam.

Melander tira sur sa pipe pour embraser le tabac et acquiesça.

— Entre autres choses.

— J'ai lu quelque part qu'un ou deux Américains sur mille sont des criminels de masse en puissance, poursuivit Kollberg. Mais ne me demandez pas comment on est arrivé à cette conclusion.

— Simple affaire d'enquêtes de marché, répondit Larsson. Encore une spécialité américaine. Des enquêteurs font la tournée des foyers en demandant aux gens s'ils s'imaginent en train de commettre un assassinat collectif. Et deux sur mille répondent : « Oh oui! Ce serait formidable! ».

Martin Beck se moucha et lança un regard irrité à Larsson. Il avait les yeux rouges.

Melander se carra au fond de son fauteuil et allongea les jambes.

— Qu'est-ce que racontent vos psychologues en ce qui concerne la personnalité du criminel de masse? s'enquit Kollberg.

Melander compulsa le rapport pour retrouver un passage et lut à voix haute :

— Il a en principe moins de trente ans, est souvent timide et réservé mais considéré par son entourage comme quelqu'un de diligent ayant un bon comportement. Il peut boire de l'alcool mais est plus généralement abstinent. Il a tendance à être de petite taille, défiguré ou affligé de quelque autre infirmité physique qui le distingue de la majorité. Il tient dans la collectivité un rôle insignifiant et a connu des difficultés dans sa jeunesse. Dans de nombreux cas, ses parents ont divorcé ou c'est un orphelin qui a été sevré de tendresse dans son enfance. Il n'a le plus souvent pas commis de délit grave auparavant.

Melander, levant les yeux, expliqua :

— Ces données se fondent sur la compilation des interrogatoires et des examens mentaux des criminels de masse américains.

— Un type qui commet de tels crimes doit être complètement ravagé, fit Larsson. Comment se fait-il que personne ne s'en rende compte avant qu'il n'ait tué des tas de gens?

— Un psychopathc peut avoir l'air tout à fait normal tant que ne se produit pas quelque chose qui libère ses tendances perverses. La plupart de ceux qui ont soudain commis un crime de masse audacieux et sans motif apparent sont décrits par leurs voisins et leurs amis comme des individus estimés, gentils, bien polis, dont on n'aurait jamais pensé qu'ils auraient pu perpétrer un acte pareil. En Amérique, plusieurs de ces assassins ont reconnu qu'ils étaient conscients depuis un certain temps de leur maladie et avaient essayé de maîtriser leurs tendances destructrices avant d'y céder. Un criminel de masse est susceptible d'avoir la manie de la persécution, de souffrir de mégalomanie ou d'un complexe de culpabilité morbide. Il n'est pas rare qu'il explique son geste en disant tout simplement qu'il désirait devenir célèbre et avoir son nom dans les journaux. Une volonté de vengeance ou d'affirmation de soi est presque toujours sous-jacente au crime. Le sujet a le sentiment de ne pas être jugé à sa valeur, d'être incompris et de ne pas recevoir le traitement auquel il a droit. La plupart du temps, il a de sérieux problèmes sexuels.

Melander se tut et le silence retomba. Martin Beck regardait par la fenêtre. Il était pâle, ses yeux étaient cernés et il était plus voûté qu'à l'ordinaire. Kollberg, assis sur le coin du bureau de Larsson, fabriquait une longue chaîne avec des trombones. Gunvald, irrité, lui arracha la boîte des mains. Ce fut Kollberg qui reprit la parole le premier :

— Whitman, le tueur d'Austin qui a abattu je ne sais combien de personnes du haut d'une tour... Hier, j'ai lu un livre sur lui, écrit par un professeur de psychologie autrichien. Selon cet auteur, son problème sexuel était en réalité qu'il voulait avoir des rapports avec sa mère. Au lieu de la transpercer de son pénis, il lui a alors enfoncé un couteau dans le corps. Je n'ai pas la mémoire de Fredrik mais la dernière phrase de l'ouvrage est quelque chose dans ce genre : « Alors, il monta au sommet de la haute tour toute droite — symbole phallique évident — et répandit sa semence mortelle comme des flèches d'amour sur la Terre Mère. »

Ce fut le moment que Mansson choisit pour entrer, son éternel cure-dent dans la bouche.

— Qu'est-ce que vous êtes en train de raconter? demanda-t-il.

— Peut-être que l'autobus est une sorte de symbole sexuel, lui aussi, murmura pensivement Larsson. Mais horizontal.

Mansson le contempla en écarquillant les yeux.

Martin Beck se leva et s'empara du rapport.

— Je vous l'emprunte, lança-t-il à Melander. Je le lirai dans le calme et dans le silence. Et sans commentaires spirituels.

Il se dirigea vers la porte, mais Mansson se mit en travers de son chemin, ôta son cure-dent de sa bouche et lui demanda :

— Qu'est-ce qu'il faut que je fasse, maintenant?

— Je ne sais pas, demandez à Kollberg, répondit laconiquement Martin Beck.

— Allez donc voir la logeuse de l'Arabe.

Kollberg nota un nom et une adresse sur un morceau de papier qu'il tendit à Mansson.

— Qu'est-ce qui arrive à Martin? voulut savoir Larsson. Pourquoi est-il de si mauvais poil?

Kollberg haussa les épaules.

— Il me semble qu'il a ses raisons.

Compte tenu de la circulation, il fallut une bonne demi-heure à Mansson pour arriver à Norra Stationsgatan. Quand il se rangea en face du terminus du 47, il était un peu plus de 16 heures et il faisait déjà sombre.

Il y avait deux Karlsson qui habitaient l'immeuble mais l'inspecteur n'eut aucune difficulté à trouver la bonne porte.

Huit cartes y étaient punaisées. Deux imprimées, les six autres écrites à la main et portant toutes des noms étrangers. Celui de Mohammed Boussie ne figurait sur aucune. Mansson sonna. Un homme au teint basané, vêtu d'un pantalon chiffonné et d'un gilet de corps blanc, lui ouvrit.

— Puis-je parler à Mme Karlsson?

L'inconnu eut un large sourire qui révéla une denture éclatante et il leva les bras.

— Mme Karlsson pas là, répondit-il dans un suédois approximatif. Rentrer bientôt.

— Eh bien, je vais l'attendre.

Dans le vestibule, il déboutonna son pardessus tout en observant l'homme qui continuait de sourire.

— Est-ce que vous avez connu un certain Mohammed Boussie qui logeait ici?

Le sourire de son interlocuteur s'évanouit.

— Oui. Chose affreuse. Terrible. Être ami à moi, Mohammed.

— Vous êtes Arabe, vous aussi?

— Non, Turc. Et vous, étranger?

— Non, je suis Suédois.

— Oh! Je croyais vous avoir petit accent.

Mansson avait en effet un accent de Scanie prononcé et la méprise du Turc n'avait rien de surprenant.

— Je suis de la police, reprit-il, le regard sévère. J'aimerais jeter un coup d'œil dans la maison, si vous n'y voyez pas d'inconvénient. Y a-t-il quelqu'un d'autre dans l'appartement en dehors de vous?

— Non. Seulement moi. Je malade.

Mansson examina les lieux. Le hall, sombre et étroit, était meublé d'une chaise de cuisine, d'une petite table et d'un porte-parapluies en métal. Deux journaux et quelques lettres aux timbres étrangers étaient posés sur la table. Il y avait cinq portes en plus de la porte d'entrée. Les deux plus petites donnaient vraisemblablement l'une sur les cabinets et l'autre sur une penderie. Mansson s'approcha de la seule qui avait deux battants et l'ouvrit à moitié.

L'homme en maillot de corps s'écria d'une voix inquiète :

— Chambre à Mme Karlsson. Interdit d'entrer.

Mansson glissa un coup d'œil à l'intérieur de la pièce encombrée qui, de toute évidence, servait à la fois de chambre à coucher et de salon.

La porte suivante était celle de la cuisine. Une grande cuisine que l'on avait modernisée.

— Interdit d'entrer cuisine, l'avertit le Turc.

— Combien y a-t-il de pièces?

— Chambre à Mme Karlsson, cuisine et chambre à nous. Cabinet et placard.

— Autrement dit, c'est un deux pièces-cuisine, murmura Mansson en fronçant le sourcil.

— Vous regarder notre chambre, proposa le Turc en ouvrant la porte. Il s'effaça.

La pièce mesurait environ sept mètres sur cinq. Les deux fenêtres garnies de mauvais rideaux passés avaient vue sur la rue. Plusieurs lits de différents modèles étaient alignés contre les murs et il y avait un étroit divan perpendiculaire aux fenêtres.

Mansson fit le compte : six lits. Dont trois qui n'étaient pas faits. Partout, des chaussures, des vêtements, des livres, des journaux. Au milieu de la chambre se dressait une table ronde et vernie qu'entouraient cinq chaises dépareillées. Une haute commode marbrée de taches sombres complétait l'ameublement.

Il y avait deux autres portes. Un lit était placé devant la première qui communiquait sans aucun doute avec la chambre de Mme Karlsson et était fermée à clé. La seconde était celle d'un petit placard bourré de vêtements et de valises.

— Vous dormez à six là-dedans? demanda Mansson.

— Non, huit.

Le Turc s'approcha du lit qui barrait la porte et sortit à moitié un autre lit, plus bas, monté sur roulettes.

— Encore un autre comme ça. Mohammed coucher là.

— Vos camarades sont également Turcs?

— Non. Nous être trois Turcs, un Arabe, deux Espagnols, un Finlandais et le nouveau. Grec, lui.

— Et vous mangez là?

L'autre se précipita sur l'un des lits pour déplacer l'oreiller et Mansson eut le temps d'entr'apercevoir le magazine pornographique avant que l'autre ne l'eût dissimulé.

— Excusez, s'il vous plaît, dit le Turc. Ordre, pas beaucoup ici. Si nous manger? Non. Interdit de cuisiner. Interdit aller dans la cuisine, interdit réchaud électrique dans la chambre. Faire le café, pas permis.

— Combien payez-vous de loyer?

— 350 couronnes chacun.

— Par mois?

— Oui. Tous les mois, 350 couronnes.

Secouant la tête, il se gratta la poitrine. De l'échancrure de son maillot sortaient d'épais poils noirs. On aurait dit du crin de cheval.

— Je gagne argent beaucoup. 170 couronnes par semaine. Conduire camion. Avant, je travailler restaurant. Paye pas aussi bonne.

— Savez-vous si Mohammed Boussie avait de la famille? Des parents? Des frères et des sœurs?

— Non, pas savoir. Nous être très copains mais Mohammed pas parler beaucoup. Très peur.

Mansson qui regardait par la fenêtre la file de gens qui attendaient le bus en grelottant se retourna.

— Peur?

— Non, pas peur. Comment vous dire? Ah oui, timide.

— Ah bon! Et est-ce que vous savez depuis quand il habitait ici?

Le Turc s'assit sur le divan et fit non de la tête.

— Je pas savoir. Je vivre ici depuis le mois dernier. Mohammed déjà là.

Mansson transpirait à grande eau sous son épais pardessus. L'atmosphère de la pièce semblait imprégnée de l'odeur de ses huit occupants. Comme le policier regrettait son douillet petit appartement de Malmö! Il alla pêcher son dernier cure-dent au fond de sa poche et demanda :

— Quand Mme Karlsson sera-t-elle de retour?

Le Turc haussa les épaules.

— Je pas savoir. Bientôt.

Mansson inséra le cure-dent dans sa bouche et alla s'installer à la table pour attendre.

Une demi-heure plus tard, il laissa tomber dans le cendrier ce qui restait du morceau de bois mâchonné. Deux autres locataires étaient rentrés mais il n'y avait toujours aucun signe de la propriétaire.

Les nouveaux venus étaient Espagnols. Ils ne connaissaient que quelques mots de suédois et comme Mansson ne connaissait pour sa part pas un seul mot d'espagnol, il renonça vite à les interroger. Le seul renseignement qu'il réussit à leur arracher était qu'ils se prénommaient respectivement Ramon et Juan et qu'ils travaillaient comme aides-serveurs dans un restaurant.

Le Turc, allongé sur le divan, feuilletait nonchalamment un illustré allemand. Les Espagnols discutaient avec animation en se changeant. Ils devaient passer la soirée dehors et leurs plans incluaient une certaine Kerstin dont ils étaient visiblement en train de parler.

Mansson ne cessait de regarder sa montre. Il avait résolu de ne pas attendre au-delà de 17 h 30.

Mme Karlsson rentra à 17 h 28.

Elle fit asseoir l'inspecteur dans son meilleur fauteuil, lui offrit un verre de porto et lui conta par le menu les infortunes de l'état de logeuse.

— C'est loin d'être drôle, vous pouvez m'en croire, pour une pauvre femme seule d'avoir une maison pleine d'hommes, gémit-elle. Et des étrangers, par-dessus le marché. Mais que peut faire une veuve dans le malheur?

Mansson se livra à un rapide calcul. La veuve dans le malheur n'empochait pas loin de 3 000 couronnes par mois.

— Ce Mohammed Boussie me devait un mois de loyer, poursuivit-elle, les lèvres pincées. Peut-être pourriez-vous vous arranger pour que je rentre dans mes fonds? Il avait de l'argent à la banque.

A la question du policier qui lui demandait quelle impression lui avait faite son ex-locataire, elle répondit : « Eh bien, pour un Arabe, il était vraiment très bien. En général, vous savez, ces gens-là sont sales et on ne peut pas s'y fier. Mais lui était bien gentil. C'était un garçon tranquille qui se conduisait tout à fait correctement, semblait-il. Il ne buvait pas et je ne crois pas qu'il amenait de femmes chez moi. Mais, comme je vous le disais, il me devait un mois de loyer. »

Elle semblait bien renseignée sur la vie privée de ses locataires. Ramon fréquentait une créature du nom de Kerstin, elle le savait de bonne source, mais, pour ce qui était de Mohammed Boussie, elle ne pouvait pas dire grand-chose. Il avait une sœur mariée à Paris qui lui écrivait mais, comme ses lettres étaient en arabe, elle ne pouvait pas les lire.

Elle alla chercher un paquet de lettres qu'elle remit à Mansson. Le nom et l'adresse de la sœur étaient marqués au dos des enveloppes.

Tout ce qui constituait les biens terrestres de Mohammed Boussie était contenu dans une valise de grosse toile que le policier emporta également. Avant de refermer la porte derrière lui, Mme Karlsson lui rappela une fois de plus le loyer impayé.

— Seigneur! Quelle vieille salope! murmura le policier dans l'escalier.

19

C'était lundi. De la neige, du vent, un froid glacial.

— Jolie neige pour tracer une piste, dit Rönn.

Debout devant la fenêtre, il contemplait d'un air rêveur la rue et les toits à peine visibles dans la brume blanche.

Gunvald Larsson lui jeta un coup d'œil soupçonneux.

— C'est censé être une plaisanterie?

— Non. Je me rappelais simplement ce que j'éprouvais quand j'étais gamin.

— Voilà qui est extrêmement constructif! Vous n'auriez pas envie de faire quelque chose d'un peu plus utile? D'aider à faire progresser l'enquête?

— Bien sûr. Mais...

— Mais quoi?

— C'est justement ce que j'allais dire. Mais quoi? Que voulez-vous que je fasse?

— Neuf personnes ont été assassinées et vous êtes là

à tourner sans savoir quoi faire de votre peau. Vous êtes détective, oui ou non?

— Oui.

— Eh bien, détectez, bon Dieu de bois!

— Où voulez-vous que j'aille?

— Je ne sais pas mais faites quelque chose.

— Et vous, qu'est-ce que vous faites?

— Vous ne le voyez pas? Je suis en train de lire les inepties psychologiques concoctées par Melander et les médecins.

— Pourquoi?

— Je l'ignore. Comment voulez-vous que je sache tout?

Une semaine s'était écoulée depuis la boucherie de Norra Stationsgatan. L'enquête en était toujours au même point et l'absence d'idées constructives se faisait sentir. L'habituel torrent de tuyaux inutiles fournis par le public avait lui-même commencé à se tarir.

La société de consommation et ses membres harassés avaient autre chose à penser. Bien qu'il y eût plus d'un mois à attendre avant Noël, l'orgie publicitaire avait déjà démarré et la frénésie d'achats se propageait, aussi rapide et impitoyable que la peste noire, dans les rues commerçantes décorées de guirlandes. L'épidémie balayait tout devant elle et il n'existait aucun moyen d'y échapper. Elle gagnait les maisons, les foyers, empoisonnant, écrasant tout et chacun sur son passage. Les enfants qui n'en pouvaient plus braillaient, les pères de famille s'endettaient jusqu'aux prochaines vacances, la colossale farce de la confiance légalisée réclamait partout ses victimes. Dans les hôpitaux, c'était la grande vague de l'infarctus du myocarde, de la dépression nerveuse et de la crise aiguë de l'ulcère à l'estomac.

Les commissariats de quartier accueillaient plus souvent qu'à leur tour des visiteurs devançant les grandes festivités familiales, à savoir des pères Noël ivres morts que l'on ramassait dans les embrasures des portes ou dans les vespasiennes. Sur Mariatorget, deux agents exténués en laissèrent tomber un, complètement saoul, dans le caniveau alors qu'ils essayaient de l'enfourner dans un taxi. Dans le tumulte qui s'ensuivit, ils furent violemment pris à partie par des gosses stupéfaits et hurlants et par des pochards furieux qui ne mâchaient pas leurs mots. En recevant un glaçon dans l'œil, l'un des policiers perdit son sang-froid et se mit à jouer de la matraque. Frappant au hasard, il assomma un retraité trop curieux. La chose indisposa et apporta de l'eau au moulin des bouffeurs de flics.

— La haine de la police existe à l'état latent dans toutes les classes de la société, dit Melander. Il suffit d'un déclic pour qu'elle se donne libre cours.

— Ah bon? fit Kollberg sur un ton parfaitement indifférent. Mais pour quelle raison?

— Pour la raison que la police est un mal nécessaire. Tous les gens, même les professionnels du crime, savent qu'ils peuvent brusquement se trouver un jour dans une situation dont seule la police leur permettra de sortir. Quand un cambrioleur se réveille au beau milieu de la nuit en entendant du bruit dans sa cave, qu'est-ce qu'il fait? Dame! Il appelle la police. Mais tant qu'on ne se trouve pas dans une situation de ce genre, la majorité des gens réagissent par la peur ou le mépris chaque fois que, d'une façon ou d'une autre, la police intervient dans leur existence ou dérange leur tranquillité d'esprit.

— Eh bien, si nous devons nous considérer comme un mal nécessaire c'est le comble! murmura Kollberg avec découragement.

— Naturellement, poursuivit Melander d'une voix détachée, le nœud du problème réside dans le paradoxe que le métier de policier réclame de ceux qui le pratiquent les plus hautes capacités intellectuelles, des qualités physiques et morales exceptionnelles mais qu'il n'a rien pour attirer les gens qui possèdent ces vertus.

— Vous êtes immonde!

C'était loin d'être la première fois que Martin Beck assistait à cette discussion et cela ne l'amusait pas.

— Vous ne pourriez pas continuer ce débat sociologique ailleurs? bougonna-t-il. J'essaye de réfléchir.

— A quoi? demanda Kollberg.

Le téléphone sonna.

— Allô! Beck à l'appareil.

— Ici Hjelm. Comment vont les choses?

— Entre nous, plutôt mal.

— Avez-vous réussi à identifier le type qui n'a plus de visage?

Beck connaissait Hjelm depuis des années et avait la plus grande confiance en lui. Il n'était pas le seul : beaucoup voyaient en lui l'un des meilleurs spécialistes du monde entier dans le domaine médico-légal. A condition qu'on le maniât comme il fallait.

— Non. Il semble que personne n'ait remarqué sa disparition. Les inspecteurs chargés du porte à porte ont fait chou blanc.

Martin Beck perçut un profond soupir à l'autre bout du fil et enchaîna : « Voulez-vous dire que vous avez trouvé du neuf? »

Il fallait flatter Hjelm, c'était bien connu.

— Oui, répondit ce dernier sur un ton avantageux. Nous avons effectué un examen supplémentaire pour essayer de nous faire une idée plus précise du bonhomme. De sa personnalité. Et je crois que nous avons réussi à lui donner une certaine consistance.

« Est-ce que je peux dire « pas possible? », se demanda Martin Beck.

— Pas possible?

— Mais si, mais si! répliqua Hjelm avec ravissement. Les résultats ont dépassé nos espérances.

Quel qualificatif ajouter? Fantastique? Splendide? Ou, tout bêtement, bêler bravo? Formidable, peut-être? Il faudrait vraiment que je m'entraîne en participant aux séances-café d'Inga!

— Sensationnel, dit Martin Beck.

La réplique fusa, enthousiaste :

— Merci.

— Je vous en prie. Je suppose que vous ne pouvez pas me dire...

— Oh mais si! C'est justement pour cela que je vous appelle. Nous avons étudié sa denture. Un travail pas commode. Elle est en mauvais état. Mais nous avons constaté que les plombages sont médiocres. Je ne crois pas qu'ils aient été exécutés par un dentiste suédois. Je ne m'étendrai pas davantage sur ce point.

— C'est déjà beaucoup.

— Nous sommes ensuite passés aux vêtements. Nous avons établi que son costume provenait d'une boutique Hollywood. Vous savez peut-être qu'il y en a trois à Stockholm? Une à Vasagatan, une à Götgatan et une à St. Eriksplan.

Cette fois, Martin Beck se borna à un « Bon » laconique. Il était arrivé à la limite de ses capacités d'hypocrisie.

— Oui, c'est aussi mon avis, fit Hjelm avec aigreur. J'ajouterai que son costume était sale. Il n'a sûrement jamais été dégraissé et j'incline à penser que son propriétaire l'a porté quotidiennement pendant très longtemps.

— C'est-à-dire?

— Un an à vue de nez.

— Avez-vous trouvé autre chose?

Hjelm ménagea une pause. Il avait gardé le meilleur

pour la bonne bouche. Son silence avait une valeur purement rhétorique.

— Oui, laissa-t-il enfin tomber. Dans la pochette extérieure de la veste, nous avons recueilli des bribes de haschisch et, dans la poche droite du pantalon, quelques grains provenant de tablettes de préludine écrasées. Les tests effectués lors de l'autopsie confirment qu'il se droguait.

Nouveau silence. Martin Beck ne dit rien.

— De plus, il avait une blennorragie. A un état d'évolution avancé.

Martin Beck mit un point final à ses notes, remercia son interlocuteur et raccrocha.

— Ça pue la pègre, déclara Kollberg qui, debout derrière Beck, avait écouté toute la conversation.

— Oui. Mais ses empreintes ne figurent pas au sommier.

— C'était peut-être un étranger.

— C'est tout à fait plausible. Seulement, qu'allons-nous faire de ces informations? Nous ne pouvons guère les communiquer à la presse.

— En effet, approuva Melander. Toutefois, nous pouvons les répandre de bouche à oreille dans le monde des indicateurs et des drogués que nous connaissons par le truchement de la brigade des stupéfiants et des travailleurs sociaux attachés aux différents commissariats.

— Ouais. Allez-y.

Cela ne servirait pas à grand-chose, songea Martin Beck *in petto*. Mais que faire d'autre? Tout récemment, la police avait lancé deux opérations spectaculaires dans le milieu, comme l'on dit. Les résultats avaient été en tous points conformes aux prévisions : inconsistants. Les intéressés avaient flairé le vent sauf les plus miséreux, ceux qui n'étaient plus que des épaves. La majorité des personnes interpellées — environ cent cinquante — étaient dans un état de dénuement total et on pouvait les confier aux diverses institutions idoines.

L'enquête intérieure n'avait rien donné jusqu'à présent et les policiers en contact avec les rebuts de la société avaient la conviction que les indicateurs disaient vrai en affirmant n'être au courant de rien.

Tout le corroborait. Nul ne pouvait raisonnablement espérer obtenir un avantage quelconque en protégeant le criminel.

— Sauf le criminel lui-même, disait Gunvald Larsson, qui avait un faible pour les réflexions inutiles.

Il n'y avait rien d'autre à faire qu'à travailler sur le matériel que l'on possédait. Tenter de retrouver l'arme du crime et continuer d'interroger tous ceux qui avaient été d'une façon ou d'une autre en rapport avec les victimes. Ces auditions étaient d'ores et déjà confiées aux inspecteurs arrivés en renfort — Mansson, de Malmö, et un certain Nordin venu tout exprès de Sundsvall. Ahlberg, quant à lui, ne pouvait être détaché de son secteur. En fait, cela n'avait guère d'importance : chacun était convaincu que ces témoignages ne mèneraient nulle part.

Les heures passaient et rien ne se produisait. Les jours succédaient aux jours. Une semaine s'écoula. Puis une autre.

C'était encore un lundi. Le lundi 4 décembre, fête de sainte Barbro. Il faisait froid, il y avait du vent et la fièvre de Noël devenait de plus en plus intense. Les collègues en renfort avaient le cafard et se morfondaient loin de chez eux; Mansson soupirait après la douceur de sa Suède méridionale et Nordin avait la nostalgie des journées lumineuses et sèches de l'hiver dans le Nord. Ni l'un ni l'autre n'avaient l'habitude des grandes villes et ils étaient malheureux à Stockholm. Une multitude de choses leur mettaient les nerfs en pelote — surtout la bousculade, la cohue et l'hostilité des gens. De plus, en tant que policiers, le tapage et les délits mineurs qui sévissaient partout les rendaient furieux.

— Je ne comprends pas comment vous pouvez vivre dans cette ville.

C'était Nordin, un gaillard chauve et trapu, aux sourcils touffus et aux yeux clignotants, qui avait parlé.

— C'est que nous sommes nés ici, répondit Kollberg. Nous ne connaissons pas autre chose.

— J'ai pris le métro pour venir. Rien qu'entre la station Alvik et la station Fridhemsplan, j'ai vu au moins quinze personnes que la police aurait épinglées séance tenante à Sundsvall.

— Nous manquons de monde, expliqua Martin Beck.

— Je sais mais...

— Mais quoi?

— Est-ce que vous avez remarqué qu'ici les gens ont peur? Les gens normaux, les gens honnêtes. Quand vous leur demandez votre chemin ou si vous voulez qu'ils vous passent du feu, ils tournent les talons et prennent leurs jambes à leur cou ou presque. Ils sont bel et bien terrorisés. Ils ne se sentent pas en sécurité.

— Qui se sent en sécurité? fit Kollberg.

— Moi. Enfin, en règle générale. Mais je suis sûr que je ne tarderai pas à avoir la même impression à mon tour. Avez-vous quelque chose à me donner à faire?

— Nous avons reçu un tuyau pas ordinaire, dit Melander.

— A quel sujet?

— A propos du mort non identifié. Une femme nous a téléphoné. Elle habite Hägersten à côté d'un garage qui sert de lieu de rendez-vous à des tas d'étrangers.

— Ah bon? Et puis?

— Il paraît que ça fait pas mal de boucan, encore qu'elle n'ait pas employé cette expression. Ce sont des gens bruyants, a-t-elle dit. L'un des plus bruyants était un petit bonhomme noiraud d'environ trente-cinq ans. Ses vêtements ressemblaient, selon elle, à la description qu'en ont faite les journaux. Et il ne donne plus signe de vie.

— Il existe des dizaines de milliers de personnes habillées comme ça, remarqua Nordin sur un ton sceptique.

— C'est bien vrai, approuva Melander. D'ailleurs, il y a quatre-vingt-dix-neuf chances sur cent pour que ce tuyau ne nous mène nulle part. Le renseignement est si vague qu'il n'y a même pas matière à vérification. Et j'ajouterai que notre informatrice n'est absolument pas sûre de ce qu'elle affirme. Mais si vous n'avez rien d'autre à faire...

Laissant sa phrase en suspens, Melander nota le nom et l'adresse de la femme sur son bloc et arracha la feuille. Comme il la tendait à Nordin, le téléphone sonna. Il décrocha.

— Je ne comprends rien, murmura Nordin.

Les pattes de mouche de Melander étaient pratiquement illisibles — pour quelqu'un qui n'en avait pas l'habitude en tout cas. Kollberg s'empara du feuillet.

— Ce sont des hiéroglyphes. Ou peut-être de l'hébreu ancien. Je soupçonne Fredrik d'avoir écrit les manuscrits de la mer Morte... quoiqu'il n'ait pas suffisamment de sens de l'humour pour cela. Heureusement, je suis son interprète attitré.

Il recopia le nom et l'adresse.

— Voilà. C'est en clair.

— Bon. Je peux faire un saut là-bas. Y a-t-il une voiture?

— Oui mais compte tenu de la circulation et de l'état des rues, je vous conseillerais plutôt de reprendre le métro. Vous n'aurez qu'à descendre à Axelsberg.

— Au revoir.

Nordin sortit.

— Il ne me paraît pas particulièrement inspiré aujourd'hui, remarqua Kollberg.

— Comment le lui reprocher? demanda Martin Beck en se mouchant. Kollberg soupira.

— Évidemment. Pourquoi ne laisse-t-on pas ces types rentrer chez eux?

— Parce que ce n'est pas notre rayon. Ils sont ici pour participer à la plus grande chasse à l'homme qui ait jamais été déclenchée dans ce pays.

— Ce serait une bonne chose si...

Kollberg n'alla pas plus loin, conscient de la vanité de ce qu'il allait dire. Ce serait indiscutablement une bonne chose de savoir qui l'on était en train de chasser et où il convenait de diriger les recherches.

— Je ne fais que citer le ministre de la Justice, reprit innocemment Martin Beck. « Les intelligences les plus aiguës dont nous disposons — c'est naturellement une allusion à Mansson et à Nordin — sont mobilisées à plein temps pour traquer et capturer le forcené. Il est de la plus haute importance dans l'intérêt de la collectivité et de tous les citoyens que le criminel soit mis hors d'état de nuire. »

— Quand a-t-il dit cela?

— La première fois, il y a dix-sept jours. Et il l'a répété hier pour la nième fois. Seulement, hier, il n'a eu droit qu'à quatre lignes à la vingt-deuxième page. Je vous flanque mon billet qu'il doit en avoir gros sur le cœur. Il y a des élections l'année prochaine.

Melander avait terminé sa conversation téléphonique et il était en train de curer le fourneau de sa pipe avec un trombone qu'il avait redressé.

— Le moment n'est-il pas venu de nous occuper de ce forcené, si j'ose ainsi m'exprimer? demanda-t-il flegmatiquement.

Quinze secondes s'écoulèrent avant que Kollberg ne répondît :

— Oui, bien sûr. Le moment est également venu de boucler la porte et de couper les téléphones.

— Est-ce que Gunvald est là? s'enquit Martin Beck.

— Oui, M. Larsson est en train de se nettoyer les dents avec son coupe-papier.

— Qu'on lui bascule toutes les communications.

Melander tendit les bras vers le téléphone.

— Par la même occasion, dites qu'on nous monte du café, ajouta Kollberg. Avec trois petits pains au lait et un mazarin pour moi.

Le café arriva dix minutes plus tard. Kollberg ferma la porte à clé, remplit les tasses et mordit dans un petit pain.

— La situation se présente de la façon suivante, commença-t-il la bouche pleine. Le déséquilibré avide de sensations attend, lugubre, dans le placard du préfet. Quand on aura besoin de lui, on l'en sortira et on lui passera un coup de plumeau. Hypothèse de travail : un individu armé d'une mitraillette Suomi modèle 37 abat neuf personnes dans un autobus. Lesdites personnes n'ont aucun rapport entre elles. Il se trouve simplement qu'elles étaient réunies par hasard à la même heure au même endroit.

— Le tueur avait un mobile, dit Martin Beck.

— Oui, fit Kollberg en prenant son mazarin. C'est ce que je pense depuis le début. Mais il ne peut y avoir de motif pour descendre neuf personnes rassemblées de façon accidentelle. Donc, son intention réelle est d'éliminer l'une d'entre elles.

— Le massacre a été soigneusement organisé, dit encore Martin Beck.

— Une sur neuf, murmura Kollberg. Mais laquelle? Vous avez la liste, Fredrik?

— Pas besoin, répondit l'interpellé.

— Non, bien sûr. J'ai parlé sans réfléchir. Reprenons- les un à un.

Martin Beck approuva d'un signe de tête. Dès lors, la conversation prit la forme d'un dialogue entre Kollberg et Melander.

— Gustav Bengtsson, commença le second.

— Le chauffeur. On peut considérer que sa présence dans le bus était justifiée.

— C'est indiscutable.

— Il semblait mener une vie normale, ordinaire. Pas de difficultés conjugales, pas de convictions politiques affirmées, consciencieux dans son travail, apprécié de ses collègues. On a également interrogé des amis de la famille. C'était, selon eux, un homme honorable et réfléchi. Membre de la ligne antialcoolique, quarante-huit ans. Natif de Stockholm.

— Ennemis? Aucun. Influence? Aucune. Argent? Pas d'argent. Motifs expliquant un assassinat? Aucun. Au suivant.

— Je ne me conforme pas à la numérotation de Rönn, dit Melander. La veuve Hildur Johansson, soixante-huit ans. Venait de chez sa fille et rentrait chez elle, Norra Stationsgatan. Née à Edsbro. La fille a été entendue par Larsson, Mansson et... bah! C'est sans importance. Menait une vie tranquille. Touchait sa retraite-vieillesse. C'est à peu près tout ce qu'on peut dire sur elle.

— Vraisemblablement, elle est montée à Odengatan puisque sa fille demeure Västmanagatan. Elle n'avait que six stations. Et personne, sauf sa fille et son gendre, ne savait qu'elle ferait ce trajet-là à ce moment-là. Continuez.

— Johan Källström, cinquante-deux ans, né à Wästeras. Contremaître dans un garage — les établissements Gren, Sibyllegatan. Il avait fait des heures supplémentaires et regagnait son domicile, aucun doute là-dessus. Lui aussi était heureux en ménage. Ses deux principales préoccupations étaient sa voiture et sa maison de campagne. Pas d'opinions politiques. Gagnait gentiment sa vie mais sans plus. D'après ses proches, il a sans doute pris le métro à Ostermalmstorg jusqu'à la gare centrale où il a changé pour sauter dans l'autobus. Par conséquent, il aurait dû emprunter la sortie de Drottninggatan et monter dans le bus devant les magasins Ahléns. Son patron le considérait comme un excellent mécanicien et un bon contremaître. Les employés du garage disent qu'il...

— ...se comportait comme un garde-chiourme avec ceux qu'il pouvait rudoyer et qu'il léchait les bottes de ses supérieurs. J'ai été les interroger. Suivant.

— Alfons Schwerin, quarante-trois ans, né à Minneapolis, U.S.A., de parents suédo-américains. Venu en Suède juste après la guerre, il y est resté. Il avait une petite affaire d'importation de sapins des Carpates destinés à la fabrication de tables d'harmonie mais il a fait faillite il y a dix ans. Il buvait. Il a fait deux séjours dans une clinique de désintoxication à Beckomberga et a eu une condamnation à trois mois de prison pour conduite en état d'ivresse. Cela remonte à trois ans. Après la faillite de son entreprise, il est devenu manœuvre. Ces derniers temps, il était employé par la municipalité. Le jour en question, il rentrait chez lui. Auparavant, il se trouvait au Pilen, Bryggargatan, où il n'avait pas bu grand-chose, sans doute parce qu'il était fauché. Son logement était misérable. On peut présumer qu'il a pris le bus en sortant du bistrot à l'arrêt de Vasagatan. Célibataire, pas de parents en Suède. Ses camarades de travail l'aimaient bien. Ils le décrivent comme quelqu'un de sympathique et d'humeur égale qui tenait bien l'alcool et n'avait pas d'ennemis.

— Et il a vu l'assassin et a dit quelque chose d'inintelligible à Rönn avant de mourir. Avons-nous reçu le rapport des experts sur l'enregistrement?

— Non. Mohammed Boussie, Algérien, employé de restaurant, trente-six ans, né dans un bled au nom imprononçable que j'ai d'ailleurs oublié.

— Tsss, tsss... quelle négligence!

— Installé en Suède depuis six ans. Avant, il était à Paris. Pas d'activités politiques. Avait un compte d'épargne en banque. Son entourage le dépeint comme un individu timide et réservé. Il avait fini son travail à 22 h 30 et rentrait chez lui. C'était un garçon convenable mais regardant et ennuyeux.

— On croirait vous entendre faire votre propre portrait.

— Britt Danielsson, infirmière, née en 1940 à Eslöv. Elle était assise à côté de Stenström mais rien ne permet de penser qu'elle le connaissait. Le médecin qu'elle fréquentait était de garde cette nuit à l'hôpital. Elle est probablement montée à Odengatan en même temps que la veuve Johansson pour rentrer chez elle. Il n'y a pas de trou dans l'horaire. Son service fini, elle a pris l'autobus. Naturellement, nous n'avons pas la certitude absolue qu'elle n'était pas en compagnie de Stenström.

Kollberg hocha la tête.

— Pas une chance sur cent. Pourquoi se serait-il intéressé à cette insignifiante petite bonne femme? Il avait tout ce qu'il pouvait désirer sous la main.

Melander adressa un regard inexpressif à son collègue mais n'insista pas.

— Nous en arrivons à Assarsson. Une façade respectable mais, en dessous, ce n'est pas joli joli.

Melander s'interrompit et tripota sa pipe quelques instants.

— Un personnage assez douteux, cet Assarsson, reprit-il. Deux condamnations pour fraude fiscale et une pour outrage aux mœurs dans les années cinquante. Il couchait avec une petite coursière de quatorze ans. Condamné à des peines de prison chaque fois. Assarsson avait beaucoup d'argent. Il était impitoyable en affaires — et pas seulement en affaires. Pas mal de gens avaient des raisons de le détester. Même sa femme et son frère le jugeaient sévèrement. Mais une chose est claire : sa présence dans l'autobus était explicable. Il sortait d'une réunion d'une espèce de club et se rendait chez sa maîtresse qui habite Karlbergsvägen. Elle s'appelle Olsson et était son employée. Il lui avait téléphoné pour annoncer son arrivée. On a questionné la fille à plusieurs reprises.

— Qui?

— Gunvald et Mansson. Pas en même temps. Elle déclare...

— Une seconde. Pourquoi a-t-il pris le bus?

— Vraisemblablement parce qu'il avait pas mal bu et n'osait pas se servir de sa voiture. Et il n'a pas trouvé de taxi à cause du mauvais temps. Le standard de la compagnie était saturé et il n'y avait pas un seul taxi libre dans tout Stockholm.

— Bien. Qu'a dit la maîtresse?

— Que Assarsson était un vieux cochon, presque impuissant de surcroît. Qu'elle faisait ça pour l'argent et aussi pour conserver son emploi. Gunvald a eu l'impression qu'elle est un tantinet putasse sur les bords, que Assarsson n'était pas le seul avec qui elle couchait et qu'elle est un peu arriérée.

— M. Assarsson et les femmes! J'ai bonne envie d'écrire un roman que j'appellerai comme ça.

— Quand Mansson l'a interrogée, elle a admis qu'elle rendait service aux relations d'affaires de son patron, pour reprendre sa formule, sur l'ordre de ce dernier. Assarsson est né à Gothenburg et il est monté à Djurgardsbron.

— Merci, mon vieux. Voilà exactement comment mon roman débutera : « Il est né à Gothenburg et est monté à Djurgardsbron. » Ce sera étincelant.

— Question horaire, tout concorde, enchaîna Melander, imperturbable.

Martin Beck intervint pour la première fois dans la conversation :

— Il ne reste donc plus que Stenström et l'inconnu?

— En effet, fit Melander. Tout ce que nous savons en ce qui concerne Stenström est qu'il venait de Djurgarden, ce qui est assez singulier. Et qu'il était armé. Quant à l'individu non identifié, nous savons qu'il se droguait et qu'il avait entre trente-cinq et quarante ans. Un point c'est tout.

— Et tous les autres avaient une raison pour se trouver à bord de ce bus? poursuivit Beck.

— Oui.

— Nous avons découvert pourquoi ils y étaient?

— Oui.

— Le moment est venu de formuler la question d'ores et déjà classique : qu'est-ce que Stenström fabriquait dans ce bus? laissa tomber Kollberg.

— Il faut interroger la fille.

Melander sortit sa pipe de sa bouche.

— Asa Torell? Vous avez déjà parlé avec elle tous les deux. Et on a encore recueilli son témoignage plus tard.

— Qui l'a entendue?

— Rönn, il y a un peu plus d'une semaine.

— Non, pas Rönn, murmura Beck comme s'il s'adressait à lui-même.

— Que voulez-vous dire?

— Rönn est bien à sa manière mais, dans cette affaire, il ne saisit pas très bien de quoi il retourne. De plus, il avait très peu de contacts avec Stenström.

Kollberg et Beck échangèrent un long regard. Aucun des deux n'ouvrit la bouche et ce fut Melander qui brisa le silence :

— Alors? Qu'est-ce que Stenström faisait dans ce bus?

— Il allait chez une souris, répondit Kollberg d'une voix qui manquait de conviction. Ou chez un copain.

Dans ce genre de discussions, le rôle dévolu à Kollberg était invariablement celui du contradicteur mais, cette fois, il ne croyait véritablement pas à ses propres arguments.

— Vous oubliez une chose. Il y a dix jours que l'on fait le porte à porte dans ce quartier et on n'a pas trouvé une seule personne qui ait jamais entendu parler de Stenström.

— Cela ne prouve rien. Ce secteur grouille de retraites discrètes et de garnis louches. La police n'est pas très populaire dans ce genre d'endroits.

— Je crois quand même que nous pouvons laisser tomber la théorie de la petite amie en ce qui concerne Stenström, trancha Martin Beck.

— Sur quelles bases? lui demanda vivement Kollberg.

— Je n'y crois pas.

— Mais vous admettez qu'elle est quand même plausible?

— Oui.

— Bon. Dans ce cas, laissons-la tomber... pour le moment.

— Donc, il me semble que la question cruciale est celle-ci : qu'est-ce que Stenström fabriquait dans cet autobus?

— Attendez une minute, Martin, objecta Kollberg. Que fabriquait l'inconnu dans cet autobus?

— Ne nous occupons pas de lui pour l'instant.

— Pourquoi? Sa présence est tout aussi remarquable que celle de Stenström. Par ailleurs, nous ne savons ni qui il était ni quelles affaires l'amenaient dans ce quartier.

— Peut-être n'avait-il pas de raison spéciale pour avoir choisi cette ligne plutôt qu'une autre.

— Comment cela?

— Mais oui! Beaucoup de clochards font ça. Pour une couronne, on a droit à deux voyages. Deux heures de balade.

Kollberg manifesta son désaccord :

— Il fait plus chaud dans le métro et, ce qui est plus intéressant encore, on peut y rester aussi longtemps qu'on veut à condition de changer de train sans franchir le portillon.

— C'est vrai mais...

— Et vous omettez un détail important. Non seulement on a retrouvé dans les poches de notre inconnu des traces de haschisch et d'amphétamines mais il avait en outre plus d'argent sur lui que tous les passagers de l'autobus réunis.

— Ce qui, soit dit en passant, exclut l'hypothèse du crime crapuleux, dit Melander.

— Sans compter, comme vous l'avez souligné vous-même, que ce quartier abonde en retraites discrètes et en meublés louches. Peut-être habitait-il dans un de ces garnis. Non, revenons-en à la question fondamentale : qu'est-ce que Stenström faisait dans ce bus?

Un long silence suivit ces mots. Le téléphone sonnait sans cesse dans le bureau voisin. De temps en temps, on entendait des voix, celle de Larsson ou celle de Rönn. Enfin, Melander murmura :

— Sur quoi était Stenström?

Tous trois connaissaient la réponse. Melander secoua la tête et la formula :

— Peut-être était-il en filature.

— Oui, convint Martin Beck. C'était sa spécialité. C'était un limier adroit, tenace, capable de suivre quelqu'un pendant des semaines.

Kollberg se gratta le cou.

— Je me rappelle quand, il y a quatre ans, il a rendu

complètement dingue le sadique du vapeur du canal de Göta.

— Il avait déjà le coup de main. Mais, depuis, il avait beaucoup appris.

— A propos, avez-vous posé la question à Hammar? Je veux dire... lui avez-vous demandé de quoi Stenström s'était chargé, l'année dernière, quand nous avons repris les vieilles affaires restées sans solution?

— Oui. Mais cela ne m'a pas avancé. Stenström a discuté de cette question avec Hammar qui lui a fait une ou deux suggestions. Seulement, il ne se rappelle pas lesquelles. D'ailleurs, il y avait prescription. Non pas parce que ces affaires étaient trop vieilles mais parce que Stenström était trop jeune. Hammar ne voulait pas le mettre sur quelque chose qui se serait produit à l'époque où il avait dix ans et jouait aux gendarmes et aux voleurs à Hallstahammar. Au bout du compte, Stenström a décidé de s'intéresser à cette histoire de disparition dont vous vous occupiez également.

— Il ne m'en a jamais parlé, dit Kollberg.

— Je présume qu'il s'est contenté de parcourir le dossier.

— Probablement.

Nouveau silence. Cette fois encore, ce fut Melander qui le rompit :

— Hum, fit-il en se levant. Où en sommes-nous, maintenant?

— Je ne sais pas très bien.

— Excusez-moi, murmura Melander.

Et il sortit pour aller aux toilettes.

A peine la porte se fut-elle refermée que Kollberg dévisagea Martin Beck.

— Qui ira interroger Asa?

— Vous. Il faut y aller seul et, de nous deux, c'est vous qui convenez le mieux pour une mission de ce genre.

Comme Kollberg ne répondait pas, Beck reprit : « Vous n'avez pas envie d'y aller?

— Non mais j'irai quand même.

— Dans la soirée?

— Il faut d'abord que je passe à Västberga et que je fasse ensuite un saut chez moi. Téléphonez-lui pour l'avertir que je serai chez elle vers 19 h 30.

Une heure plus tard, Kollberg rentra chez lui. Il était 17 heures mais il faisait déjà noir depuis deux heures.

Gun était en train de repeindre les chaises de la cuisine, vêtue d'un jean délavé et d'une chemise de flanelle à carreaux appartenant à son mari et qu'il avait mis au rancart depuis longtemps. Elle avait roulé les manches de la chemise dont les pans étaient négligemment noués autour de sa taille. Elle avait de la peinture sur les mains, sur les bras, aux pieds et même sur le front.

— Déshabille-toi, ordonna Kollberg.

Elle le dévisagea, immobile, son pinceau au poing. Son regard était scrutateur.

— Il y a urgence? lui demanda-t-elle d'un ton badin.

— Oui.

Elle reprit aussitôt son sérieux.

— Tu dois ressortir?

— Oui. Une audition de témoin.

Hochant la tête, Gun mit son pinceau dans le pot de peinture et s'essuya les mains.

— Le témoin, c'est Asa, reprit Kollberg. Ça va être coton. Dans tous les domaines.

— Et tu as besoin de te faire vacciner avant?

— Oui.

— Fais attention à ne pas te mettre de la peinture partout, dit-elle en déboutonnant sa chemise.

20

Devant un immeuble de Hägersten, un bonhomme de neige étudiait pensivement un bout de papier détrempé qui partait en lambeaux.

La lumière du réverbère était chétive, les tourbillons de neige lui compliquaient la tâche et il voyait mal ce qui était écrit sur le papier. Néanmoins, il semblait qu'il était finalement arrivé à destination; se secouant comme un chien crotté, il grimpa les marches, frotta énergiquement ses pieds en haut du perron et sonna. Se décoiffa, épousseta son chapeau couvert de flocons et attendit la suite des événements.

La porte s'entrebâilla et une femme d'un certain âge apparut, qui lui jeta un coup d'œil furtif. Elle portait une blouse d'intérieur, un tablier et ses mains étaient blanches de farine.

— Police, annonça l'homme d'une voix rauque.

Il s'éclaircit la gorge et ajouta : « Inspecteur Nordin. »

Elle l'étudia d'un air inquiet.

— Pouvez-vous le prouver? Je veux dire...

Nordin poussa un bruyant soupir, fit passer son chapeau dans sa main gauche, déboutonna son pardessus, sa veste, sortit son porte-cartes.

La femme suivait ses mouvements avec appréhension comme si elle s'attendait à le voir exhiber une bombe, une mitrailleuse ou un préservatif.

Elle examina avec une attention de myope le document qu'il lui présentait à travers l'interstice de la porte.

— Je croyais que les policiers avaient un insigne, murmura-t-elle d'un air de doute.

— C'est vrai, madame. J'en ai un, répondit-il en se renfrognant.

Son insigne, il le gardait dans sa poche-revolver et se demandait comment il allait bien pouvoir faire pour le prendre à moins de lâcher son chapeau ou de le remettre sur son crâne.

— Bon! Cela doit suffire, fit la femme à contre cœur. Vous êtes de Sundsvall? C'est pour m'interroger que vous êtes venu de si loin?

— J'avais également d'autres affaires à régler à Stockholm.

— Je suis désolée, mais, voyez-vous... c'est-à-dire que...

Sa voix défaillit.

— Oui, madame?

— C'est qu'il faut être prudent par les temps qui courent, comprenez-vous? On ne sait jamais...

Nordin se faisait du souci à cause de son chapeau. La neige tombait dru et les flocons fondaient sur son crâne chauve. Il ne pouvait quand même pas rester comme cela, sa carte d'identité d'une main, son couvre-chef de l'autre. Peut-être aurait-il besoin de prendre des notes. La solution la plus simple serait encore de se recoiffer mais la chose risquerait de passer pour une impolitesse. Le poser par terre serait ridicule. Peut-être devrait-il dire à son interlocutrice : « Est-ce que je peux entrer? » Mais, à ce moment, elle serait contrainte de prendre une décision. Il faudrait qu'elle réponde par oui ou par non et, si Nordin ne se trompait pas, il y avait de fortes chances pour qu'elle mette un bon moment avant de se décider.

Dans sa province, la coutume voulait que l'on accueillît tous les étrangers dans la cuisine, qu'on leur offrît une tasse de café et qu'on les laissât se chauffer devant le fourneau. Une tradition aimable et bien pratique, songeait-il. Mais peut-être ne convenait-elle pas dans les grandes villes. Rassemblant ses esprits, il demanda :

— Quand vous avez téléphoné, vous avez fait allusion à un homme et à un garage, n'est-ce pas?

— Je suis vraiment navrée si je vous ai dérangé...

— Oh! Nous vous en sommes infiniment reconnaissants.

La femme tourna la tête pour regarder à l'intérieur de l'appartement, refermant presque la porte. De toute évidence, elle se tracassait pour les biscuits au gingembre qui doraient dans son four.

— Nous sommes ravis, murmura Nordin, s'adressant à lui-même, ravis à en perdre la tête. C'en est presque intenable.

La femme écarta de nouveau la porte.

— Vous disiez?

— Euh... ce garage...

— C'est celui qui est là-bas.

Il suivit la direction de son regard.

— Je ne vois rien.

— On l'aperçoit d'en haut.

— Et l'homme?

— Eh bien, il avait l'air bizarre. Cela fait bien deux semaines que je ne l'ai pas vu. Il était petit, le teint sombre.

— Surveillez-vous le garage en permanence?

— C'est-à-dire qu'on a vue sur lui de la fenêtre de la chambre.

Elle rougit. Quelle bêtise ai-je dite? se demanda Nordin.

— Le propriétaire est un étranger, reprit-elle. Des tas de gens curieux s'y retrouvent. Et j'aimerais savoir une chose...

Avait-elle laissé sa phrase en suspens ou avait-elle baissé le ton à tel point que Nordin était incapable d'entendre ce qu'elle disait? Impossible de répondre à cette question.

— Qu'est-ce que ce petit homme au teint sombre avait de particulier?

— Eh bien... Il riait.

— Il riait?

— Oui. Terriblement fort.

— Pensez-vous qu'il y a actuellement quelqu'un au garage?

— La lumière était allumée il n'y a pas longtemps. Quand je suis montée, j'ai jeté un coup d'œil.

Nordin poussa un soupir et remit son chapeau.

— Bon. Je vais m'informer. Merci, madame.

— Vous... vous ne voulez pas entrer?

— Non merci.

Elle écarta la porte de quelques centimètres, décocha un vif coup d'œil au policier et lui demanda avec cupidité :

— Y a-t-il une récompense?

— Pour quoi?

— Euh... je ne sais pas.

— Au revoir, madame.

Nordin s'avança d'un pas lourd dans la direction qui lui avait été indiquée. Il avait l'impression qu'un aiguillon lui travaillait la cervelle. La femme avait refermé la porte sans attendre. Elle avait probablement regagné son poste d'observation dans sa chambre.

Le garage était un petit bâtiment isolé en fibrociment au toit de tôle rouillée. Il y avait place tout au plus pour deux voitures. Une ampoule était fixée au-dessus de la porte. Nordin entra.

La voiture qui se trouvait là était une Skoda Octavia de 1959 qui pouvait aller chercher dans les 400 couronnes si le moteur n'était pas trop fatigué, se dit le policier qui avait professionnellement une longue expérience des véhicules à moteur et du marché parallèle de l'occasion. L'auto était sur cric, capot levé. Un homme était allongé, sous le châssis, parfaitement immobile. On ne voyait que les jambes de sa combinaison bleue.

Il est mort, songea Nordin, qui s'approcha de la voiture et enfonça la pointe de son pied dans le mollet du type. Celui-ci sursauta comme sous l'effet d'une décharge électrique, émergea de dessous la voiture en rampant et se releva. Sa baladeuse à la main, il contempla le visiteur avec ahurissement.

— Police.

— Mes papiers sont en règle.

— Je n'en doute pas.

Le garagiste avait la trentaine. C'était un garçon mince. Des yeux marron, des cheveux noirs et frisés aux pattes bien soignées.

— Vous êtes Italien?

Nordin ne s'y connaissait guère en accents étrangers, sauf pour ce qui était de l'accent finlandais.

— Non, Suisse. Natif du canton des Grisons. C'est en Suisse allemande.

— Vous parlez bien le suédois.

— Il y a six ans que je vis ici. Vous voulez quoi?

— Nous aimerions entrer en contact avec un de vos amis.

— Qui?

— Nous ne connaissons pas son nom.

Nordin toisa son interlocuteur. « Il n'est pas tout à fait aussi grand que vous mais un peu plus gros, cheveux bruns plutôt longs, yeux noisette. Environ trente-cinq ans. »

Le garagiste secoua la tête.

— Je n'ai pas d'ami qui ressemble à ça. Je ne rencontre pas des gens beaucoup.

— Beaucoup de gens, rectifia Nordin avec amabilité.

— Oui, bien sûr. Je ne rencontre pas beaucoup de gens.

— Mais j'ai entendu dire qu'il y a justement beaucoup de gens qui se retrouvent chez vous, dans votre garage.

— Des clients qui viennent pour leurs voitures. Pour que j'arrange quand quelque chose il ne va pas.

Il réfléchit intensément et ajouta à titre documentaire :

— Je suis mécanicien. Je travaille dans un garage de Ringweg... Ringwägen. Mais seulement le matin, maintenant. Tous les Allemands et les Autrichiens savent que j'ai cet atelier. Alors ils arrivent pour que je les dépanne gratuitement. La plupart, je ne connais pas. Ils sont nombreux à Stockholm.

— L'homme qui nous intéresse avait un imperméable de nylon noir et un complet beige.

— Je ne vois pas. Je ne me rappelle personne comme ça, pour sûr.

— Qui sont vos copains?

— Quelques Allemands et des Autrichiens.

— Y en a-t-il qui sont venus aujourd'hui?

— Non. Tous savent que je suis occupé. Je travaille jour et nuit sur cette voiture.

Il désigna l'auto d'un doigt maculé de cambouis avant d'ajouter : « Il faut qu'elle soit prête pour Noël parce que je veux rentrer chez moi voir mes parents.

— En Suisse?

— Oui. L'auto, j'ai payé seulement 100 couronnes. Mais je la mettrai au point. Bon mécanicien je suis.

— Quel est votre nom?

— Horst. Horst Dieke.

— Moi, je m'appelle Ulf Nordin. »

Le Suisse sourit, révélant des dents éblouissantes de blancheur. C'était un garçon sympathique et apparemment bien équilibré.

— Comme ça, Horst, vous ne savez pas de qui je veux parler?

L'autre fit non de la tête.

— Non. Je regrette.

Nordin n'était pas le moins du monde déçu. Il avait tout simplement fait fiasco ainsi que chacun s'y était attendu. Si les indices n'avaient pas été aussi rares, on n'aurait jamais cherché à exploiter ce tuyau. Mais l'inspecteur Nordin n'était pas encore décidé à abandonner, d'autant que la perspective de retrouver le métro et la foule de ses usagers hostiles aux vêtements trempés ne lui souriait pas. Le Suisse essayait visiblement de se montrer coopératif.

— Il n'y a rien d'autre... à propos de cet homme, je veux dire? demanda-t-il.

Le policier réfléchit.

— Il riait. Fort.

Instantanément, le garagiste s'épanouit.

— Ah! Je crois que je sais. Il riait comme ça?

Il ouvrit la bouche et émit un cri chevrotant et suraigu aussi discordant que celui de la bécasse.

Nordin fut pris au dépourvu et dix secondes s'écoulèrent avant qu'il murmurât :

— Oui, peut-être.

— Mais oui! Je vois maintenant de qui vous parlez. Un petit bonhomme au teint sombre.

Nordin attendit la suite.

— Il est venu quatre ou cinq fois, peut-être davantage. Mais je ne connais pas son nom. Il accompagnait un Espagnol qui voulait me vendre des pièces détachées. Oui, il est venu plusieurs fois. Mais je ne lui ai rien acheté.

— Pourquoi?

— C'était trop bon marché. Je crois que c'était du matériel volé.

— Et comment s'appelait cet Espagnol?

Dieke haussa les épaules.

— Je ne sais pas. Paco. Pablo. Paquito. Quelque chose comme ça.

— Quelle voiture avait-il?

— Une bonne voiture. Une Volvo Amazone blanche.

— Et l'homme qui riait?

— Aucune idée. Il était dans l'auto, c'est tout. Pour moi, il avait bu quelques verres. Mais ce n'était pas lui qui conduisait, naturellement.

— C'était aussi un Espagnol?

— Je ne pense pas. Je crois qu'il était Suédois mais je ne peux pas l'affirmer.

— A quand remonte sa dernière visite?

— Trois semaines. Peut-être quinze jours. Je ne peux pas vous dire au juste.

— L'Espagnol, Paco ou Dieu sait quoi, l'avez-vous revu depuis?

— Non. Je crois il est rentré chez lui. Besoin d'argent. C'est pour cela qu'il voulait vendre des choses. Enfin, il prétendait.

Nordin médita.

— Vous m'avez dit que vous aviez eu l'impression que ce type était plus ou moins ivre. Pensez-vous qu'il était sous l'influence de la drogue?

Haussement d'épaules.

— Peux pas vous dire. J'ai pensé qu'il était ivre. Mais la drogue? Pourquoi pas? Tout le monde, ou à peu près, s'envoie en l'air, ici. Les gars cuvent leur came et ils ne sortent que pour la fauche, pas vrai?

— Vous ne connaissez pas son nom? Vous ne savez pas comment on l'appelait?

— Non mais, deux fois, il y avait une fille dans la voiture. Qu'était avec lui, mon avis. Une grande blonde aux cheveux longs.

— Quel était son nom?

— Je ne sais pas mais on la surnommait...

— Oui? Quel était son surnom?

— Malin la Blonde, je crois.

— Comment le savez-vous?

— Je l'avais vue avant. En ville.

— Où ça?

— Dans un café de Tegnérgatan. A côté de Sveavägen.

C'est là où se retrouvent tous les étrangers. Elle, elle est Suédoise.

— Malin la Blonde?

— Oui.

Nordin ne savait plus quelles questions poser. Il contempla la voiture verte d'un air soucieux et dit :

— J'espère que vous rentrerez chez vous sans encombres.

Dieke lui adressa un de ses sourires communicatifs.

— Oh oui!

— Quand revenez-vous?

— Jamais.

— Jamais?

— Non. La Suède, c'est pas un bon pays. Stockholm, c'est une mauvaise ville. Rien que de la violence, des drogués, des voleurs, des alcooliques.

Nordin ne répliqua pas. Il inclinait à être d'accord avec son interlocuteur.

— Rien que de la misère, résuma le Suisse. Mais c'est facile à gagner de l'argent pour les étrangers. A part ça, c'est affreux, tout le reste. On vit à quatre dans la même pièce et je paye 400 couronnes par mois. C'est... comment est-ce que vous dites? De l'extorsion. Dégoûtant. Et tout ça, uniquement à cause de la crise du logement. Seuls les riches et les bandits peuvent aller au restaurant. J'ai fait des économies. Je rentre chez moi, j'achèterai un petit garage et je me marierai.

— Vous n'avez pas fréquenté de filles à Stockholm?

— Les Suédoises, ça vaut pas le coup. Quand on est étudiant ou quelque chose comme ça, peut-être qu'on peut faire connaissance avec des filles bien. Mais l'ouvrier ne rencontre qu'une seule sorte de filles. Des comme Malin la Blonde.

— Quelle sorte?

— Des putains.

— Si je vous comprends bien, vous ne voulez pas de filles qu'il faut payer?

Horst Dieke fit la moue.

— Beaucoup, on les a sans payer. Ça n'empêche pas, ce sont quand même des putains. Des putains gratuites.

Nordin hocha la tête.

— Vous n'avez connu que Stockholm, Horst. C'est dommage.

— C'est mieux ailleurs?

Nordin secoua énergiquement le menton.

Il revint à son sujet : « Vous ne vous rappelez rien d'autre concernant ce type?

— Non. Sauf qu'il riait. Comme ça. »

Dieke ouvrit la bouche et émit à nouveau le même hennissement aigu.

Nordin fit un signe d'adieu et sortit.

Il s'arrêta sous le premier réverbère et prit son calepin.

— Malin la Blonde, murmura-t-il. Des camés et des putains gratuites. Qu'est-ce qui m'a pris de choisir ce métier?

Ce n'est pas de ma faute, songea-t-il. C'est mon vieux qui m'a forcé.

Un passant vint à sa rencontre. Le policier souleva son chapeau tyrolien déjà blanc de neige et l'aborda :

— Excusez-moi, pourriez-vous...

L'homme lui adressa un regard méfiant, rentra la tête dans les épaules et pressa le pas.

— ...me dire où se trouve le métro? acheva Nordin. Mais c'était aux tourbillons de neige qu'il s'adressait.

Il hocha la tête et griffonna quelques mots sur son carnet.

Pablo ou Paco. Amazone blanche. Café. Tegnérgatan-Sveavägen. Rire. Malin la Blonde, putain gratuite.

Il fourra le carnet et le stylo dans sa poche, poussa un

soupir et s'éloigna de la flaque de lumière en pataugeant dans la neige.

21

Kollberg était devant la porte d'Asa Torell. Il était déjà 20 heures et, il avait beau faire, il était en retard. L'esprit absent. Il avait à la main l'enveloppe que Martin Beck et lui avaient trouvée dans le tiroir du bureau de Stenström.

La carte de visite de ce dernier était toujours fixée au-dessus de la plaque de cuivre.

Apparemment, la sonnerie ne marchait pas et, l'habitude revenant au galop, Kollberg martela la porte à coups de poing. Elle s'ouvrit aussitôt. Asa Torell le dévisagea et dit :

— Ça va, ça va, je suis là! Je vous en prie! Ne démolissez pas cette porte!

— Excusez-moi, bafouilla Kollberg.

A l'intérieur, il faisait sombre. Il ôta son manteau et alluma dans l'entrée. La vieille casquette d'agent pendait toujours au portemanteau comme avant. On avait arraché le fil de la sonnette.

Asa Torell, qui avait suivi son regard, murmura :

— J'étais envahie par des hordes d'abrutis. Des journalistes, des photographes et Dieu sait quoi. Ça n'arrêtait pas de sonner.

Kollberg ne répondit pas. Il entra dans le living et s'assit.

— Vous devriez allumer. Qu'on puisse au moins se voir.

— Moi, je vous vois parfaitement. Enfin, si vous voulez...

Elle alluma, mais au lieu de s'asseoir, elle se mit à arpenter la pièce comme un ours en cage.

L'atmosphère avait une odeur de renfermé. Il y avait

plusieurs jours que l'on n'avait pas vidé le cendrier. Le désordre régnait partout. Le ménage n'avait visiblement pas été fait. La porte de la chambre à coucher était ouverte. C'était la pagaille, là-bas aussi, et le lit était défait. Dans l'entrée, Kollberg avait également pu jeter un coup d'œil dans la cuisine : la vaisselle sale était entassée sur l'évier.

Asa Torell s'approcha de la fenêtre, fit volte-face et se dirigea vers la porte de la chambre. Elle resta quelques secondes à contempler le lit, puis revint à la fenêtre. Et recommença ses allées et venues. Kollberg tournait la tête à droite et à gauche pour la suivre des yeux. On aurait dit qu'il assistait à un match de tennis.

Dix-neuf jours s'étaient écoulés depuis qu'il avait vu Asa Torell pour la dernière fois et elle avait changé. Aux pieds, elle avait toujours les mêmes grosses chaussettes de ski grises — ou, en tout cas, des chaussettes semblables — et elle portait le même pantalon noir. Mais, à présent, il était maculé de cendre et les cheveux de la jeune femme étaient emmêlés. Son regard vacillait et elle avait des cernes noirs sous les yeux. Ses lèvres sèches étaient craquelées. Elle n'arrivait pas à garder ses mains immobiles. Son index et son majeur étaient jaunis par la nicotine. Cinq paquets de cigarettes entamés étaient posés sur la table. Une marque danoise — des Cecil. Ake Stenström ne fumait pas.

— Qu'est-ce que vous voulez? demanda-t-elle d'une voix revêche.

Elle s'approcha de la table, prit une cigarette dans un des paquets, l'alluma d'une main qui tremblait et laissa choir par terre l'allumette enflammée.

— Rien, naturellement, poursuivit-elle. Exactement comme cet abruti de Rönn qui est resté deux heures à bafouiller en hochant la tête.

Kollberg ne répondit pas.

— J'ai fait couper le téléphone, annonça-t-elle, sautant du coq à l'âne.

— Vous ne travaillez pas?

— Je suis en congé-maladie.

L'inspecteur acquiesça.

— C'est ridicule. Le médecin de la maison a déclaré que je devrais me reposer un mois. A la campagne ou, si possible, à l'étranger. Et il m'a raccompagnée.

Elle tira sur sa cigarette, la secoua. La plus grande partie de la cendre tomba à côté du cendrier.

— Il y a trois semaines de cela. J'aurais préféré continuer à travailler.

Elle alla de nouveau se poster devant la fenêtre et contempla la rue en tripotant le rideau.

— Comme si de rien n'était, ajouta-t-elle sans s'adresser à personne en particulier.

Kollberg s'agita dans son fauteuil, mal à l'aise.

Les choses s'annonçaient plus mal qu'il ne s'y était attendu.

— Qu'est-ce que vous voulez? répéta Asa sans se retourner. Répondez-moi, nom d'un chien! Dites quelque chose.

Il fallait briser son isolement. Mais comment?

Kollberg se leva et se dirigea vers la grande bibliothèque en bois sculpté, examina les livres et en sortit un. Un volume relativement ancien, le *Manuel d'investigation criminelle* d'Otto Wendel et Arne Svensson, édité en 1949. Sur la page de garde, il lut :

Édition numérotée et limitée. Cet exemplaire, n° 2080, est destiné à l'inspecteur Lennart Kollberg. Cet ouvrage a pour ambition de servir de guide aux enquêteurs qui se trouvent souvent devant une tâche difficile et responsables après qu'un crime a été commis. Son contenu est confidentiel et les auteurs demandent à leurs lecteurs d'éviter qu'il ne tombe dans des mains profanes.

Kollberg avait jadis écrit son nom sur la page. C'était un livre intéressant qui lui avait été fort utile dans le temps.

— C'est mon vieux bouquin, dit-il.

— Eh bien, reprenez-le.

— Non. Je l'avais donné à Ake, il y a deux ans.

— Ah? Cela prouve au moins qu'il ne l'a pas volé.

Kollberg se mit à feuilleter le volume tout en se demandant ce qu'il fallait dire ou faire. A différents endroits, il avait souligné certains passages. Il nota deux citations repérées en marge par un trait au stylo à bille. L'une et l'autre dans le chapitre intitulé *Meurtres sexuels.*

Le meurtrier sexuel (sadique) est souvent impuissant et, dans ce cas, le crime violent constitue un acte anormal en vue de parvenir à l'assouvissement sexuel.

Quelqu'un — Stenström, sans aucun doute — avait souligné la phrase et tracé un point d'exclamation accompagné de ce commentaire : « Ou l'inverse. »

Un peu plus loin, sur la même page, un paragraphe commençait par les mots : *Au cas où la victime de l'acte sadique a été tuée,* deux points avaient été soulignés :

4. *Après l'acte sexuel pour échapper à une inculpation* et :

5. *Du fait de l'effet de choc.*

Une note avait été inscrite en marge :

6. Pour se débarrasser de la victime. Mais, alors, s'agit-il encore d'un crime sexuel?

— Asa!

— Quoi?

— Savez-vous quand Ake a écrit cela?

Après avoir jeté un bref coup d'œil sur le livre, elle répondit :

— Aucune idée.

— Asa...

La jeune femme lança sa cigarette dans le cendrier qui

débordait. Elle était immobile devant la table, les mains croisées sur le ventre.

— Oui. Qu'est-ce que vous voulez encore?

Kollberg l'étudia attentivement. Elle était petite et avait l'air misérable. Aujourd'hui, au lieu d'un polo, elle portait une marinière bleue à manches courtes qui lui découvrait les bras et elle avait la chair de poule. Bien que le vêtement fût lâche, ses mamelons saillaient sous la mince étoffe.

— Asseyez-vous, ordonna Kollberg.

Elle haussa les épaules, prit une autre cigarette et, tout en essayant d'allumer son briquet, se dirigea vers la chambre.

— Asseyez-vous! répéta le policier d'une voix tonitruante.

Elle tressaillit et le regarda. C'était presque de la haine qui luisait au fond de ses yeux noisette. Néanmoins, elle se laissa tomber dans un fauteuil, raide comme un piquet, les mains sur les cuisses. Elle tenait toujours son briquet et sa cigarette éteinte.

— Il faut que nous mettions cartes sur table, dit l'inspecteur en jetant un coup d'œil gêné à son enveloppe.

— Bravo, répliqua-t-elle avec froideur d'une voix claire. L'ennui, c'est que je n'ai pas de cartes à étaler.

— Moi, j'en ai.

— Ah bon?

— Lors de notre précédente entrevue, nous n'avons pas été entièrement francs avec vous.

Elle fronça les sourcils.

— Dans quel sens?

— De différentes manières. Laissez-moi d'abord vous poser une question : savez-vous pourquoi Ake était dans cet autobus?

— Non, non, non et non. Je-ne-le-sais-pas.

— Nous non plus.

Il ménagea une pause, poussa un profond soupir et poursuivit :

— Ake vous a menti.

La réaction fut violente. Les yeux d'Asa lancèrent des éclairs, ses poings se crispèrent. Elle écrasa sa cigarette entre ses doigts et des brins de tabac tombèrent sur ses jambes.

— Comment avez-vous l'audace de me dire une chose pareille?

— Parce que c'est la vérité. Il n'était pas de service. Ni le lundi, le jour de sa mort, ni le samedi précédent. Il avait fait un nombre considérable d'heures supplémentaires pendant tout le mois d'octobre et les deux premières semaines de novembre.

Elle le dévisagea en silence.

— Le fait est là, enchaîna Kollberg. Il y a encore une chose que j'aimerais savoir : avait-il l'habitude de prendre son revolver quand il n'était pas de service?

— Fichez-moi la paix et cessez de me torturer avec votre tactique d'interrogatoire. Pourquoi le Grand Inquisiteur ne s'est-il pas dérangé en personne? Je parle de Martin Beck.

Kollberg se mordit les lèvres.

— Vous avez beaucoup pleuré?

— Non. Ce n'est pas mon genre.

— Eh bien, répondez, nom de d'là! Nous devons tous nous aider.

— Pour quoi faire?

— Pour capturer l'homme qui l'a tué. Lui et les autres.

— Pourquoi?

Quelques secondes s'écoulèrent et elle répondit à sa propre question d'une voix si basse que Kollberg l'entendait à peine : « La vengeance. Naturellement. Le venger.

— Avait-il généralement son revolver sur lui?

— Oui. Enfin, souvent.

— Pourquoi?

— Pourquoi pas? Les événements ont montré qu'il en avait besoin, non? »

Kollberg ne releva pas le propos.

— D'ailleurs, pour ce que cela lui a servi!

L'inspecteur conserva le même mutisme.

— J'aimais Ake.

Sa voix sonnait clair et son ton n'avait rien de tragique. Ses yeux regardaient dans le vide.

— Asa...

— Oui?

— Il s'absentait beaucoup, n'est-ce pas? Vous ne savez pas ce qu'il faisait et nous non plus. Pensez-vous qu'il ait pu sortir avec quelqu'un? Avec une femme, je veux dire?

— Non.

— Vous ne le croyez pas?

— Il ne s'agit pas de croire. Je le sais.

— Comment pouvez-vous le savoir?

— Cela me regarde. Toujours est-il que je sais.

Elle vrilla son regard au sien et reprit avec stupéfaction :

— Comme ça, vous vous êtes dit qu'il avait une maîtresse?

— Oui. Et nous n'avons toujours pas rejeté cette hypothèse.

— Eh bien, vous pouvez l'abandonner. C'est absolument hors de question.

— Pourquoi?

— Je vous ai déjà dit que ce n'est pas votre affaire.

Kollberg se mit à pianoter sur la table.

— Mais vous n'avez pas de certitude.

— Si.

Le policier respira à fond comme pour rassembler tout son courage.

— Ake s'intéressait-il à la photographie?

— Oui. C'était à peu près son seul passe-temps depuis qu'il ne jouait plus au football. Il avait trois appareils. Et un truc pour faire des agrandissements qu'il avait installé dans les waters. Il se servait de la salle de bains comme chambre noire.

Elle regarda Kollberg d'un air étonné. « Pourquoi cette question? »

L'inspecteur lui tendit l'enveloppe. Asa lâcha son briquet et sortit les photos d'une main mal assurée. Quand elle eut jeté les yeux sur la première, elle devint écarlate.

— Où... où avez-vous trouvé cela?

— Dans le tiroir de son bureau.

— Quoi? Dans son bureau?

Elle battit des paupières et posa une question inattendue:

— Qui les a vues? Toute la police de Stockholm?

— Juste trois personnes.

— Lesquelles?

— Martin, moi et ma femme.

— Gun?

— Oui.

— Pourquoi les lui avez-vous montrées?

— Parce que je devais venir chez vous. Je voulais qu'elle sache de quoi vous avez l'air.

— De quoi j'ai l'air? Et de quoi nous avons l'air, Ake et...

Il l'interrompit pour laisser tomber d'une voix sans timbre:

— Ake est mort.

Les joues d'Asa étaient toujours cramoisies. Comme son cou et ses bras. De minuscules gouttes de sueur perlaient à son front à la naissance des cheveux.

— C'est ici que ces photos ont été prises?

Elle fit signe que oui.

— Quand?

Elle se mordilla nerveusement la lèvre.

— Il y a à peu près trois mois.

— Je suppose qu'il a opéré lui-même?

— Évidemment. Il a... il avait des tas d'accessoires. Un pied et un déclencheur automatique — si ça s'appelle comme ça.

— Pour quelle raison les a-t-il prises?

Asa Torell était toujours rouge. Elle transpirait toujours autant mais sa voix était plus ferme.

— Parce que ça l'a amusé.

— Et pourquoi se trouvaient-elles dans son bureau?

Kollberg ménagea une courte pause avant d'ajouter :

— C'est que, voyez-vous, en dehors de ces photos, il n'avait aucun objet personnel.

Il y eut un long silence. Enfin, elle secoua la tête :

— Je ne sais pas.

Il est temps de changer de sujet, songea Kollberg.

— Prenait-il toujours son pistolet quand il sortait?

— Presque toujours.

— Pourquoi?

— Cela lui plaisait. Depuis ces derniers temps. Il se passionnait pour les armes à feu.

Elle parut penser à quelque chose. Brusquement, elle se leva et quitta le living d'un pas vif. Kollberg la vit entrer dans la chambre, se diriger vers le lit. Elle glissa sa main sous l'un des oreillers froissés et dit d'une voix hésitante :

— Il y a quelque chose là... un pistolet...

L'obésité relative de Kollberg et son flegme apparent avaient plus d'une fois induit bien des gens en erreur. En fait, il était au summum de sa forme et avait des réactions d'une rapidité stupéfiante.

Alors qu'Asa Torell était encore penchée sur le lit, il était arrivé derrière elle. Il lui arracha l'arme des mains.

— Ce n'est pas un pistolet, dit-il. C'est un revolver américain, un Colt 45 canon long. Ce qu'on appelle paradoxalement un *peacemaker*, un faiseur de paix. En outre, il est chargé. Et armé.

— Comme si je ne le savais pas! balbutia-t-elle.

Kollberg fit basculer le barillet et éjecta les cartouches.

— Qui plus est, ce sont des balles barrées. Même en Amérique, c'est interdit. Il n'existe pas d'arme de poing plus dangereuse. Avec ça, vous pouvez tuer un éléphant. Si vous tirez sur un homme à cinq mètres, ça fait un trou de la taille d'une assiette et le corps est projeté à dix mètres. Où diable avez-vous trouvé cet engin?

Elle haussa les épaules d'un air égaré.

— Ake ne s'en séparait pas.

— Il le gardait sous son oreiller?

Secouant la tête, elle répondit d'une voix placide :

— Non. C'est moi qui... depuis...

Kollberg fourra les munitions dans sa poche, pointa le revolver vers le sol et appuya sur la détente. Le déclic résonna dans l'appartement silencieux.

— Par-dessus le marché, la gâchette a été limée pour qu'elle soit plus sensible et plus rapide. C'est un instrument affreusement dangereux. Il suffirait que vous vous retourniez en dormant pour...

Il n'acheva pas.

— Ces derniers temps, je ne dors guère.

— Ouais, rumina Kollberg. Il a dû effectuer une saisie à un moment ou un autre et mettre cet outil à gauche.

Il soupesa le lourd revolver et examina le poignet d'Asa. Un poignet aussi gracile que celui d'une enfant.

— Évidemment, murmura-t-il, cela peut s'expliquer. Quand on est fasciné par les armes à feu...

Subitement, il haussa le ton et se mit à hurler :

— Mais moi, elles ne me fascinent pas. Je les déteste, vous comprenez? C'est quelque chose d'immonde qui ne devrait pas être! Pas exister! Le seul fait qu'on continue toujours à en fabriquer, que toutes sortes de gens en ont une au fond d'un tiroir ou se promènent dans les rues avec un feu démontre la corruption et la folie du système dans lequel nous vivons. Il y a des salopards qui gagnent du pognon gros comme ça en fabriquant et en vendant des armes exactement comme d'autres gagnent un argent fou en montant des usines qui produisent des stupéfiants et des pilules qui tuent. Est-ce que vous pigez?

Elle le regardait avec une expression nouvelle. Son regard, braqué sur lui, était maintenant clair.

— Allez vous asseoir. On va causer. C'est grave.

Sans mot dire, Asa Torell regagna le living et se rassit dans le fauteuil.

Kollberg posa le revolver sur le porte-chapeaux de l'entrée, ôta sa veste, dénoua sa cravate, déboutonna son col et remonta ses manches de chemise, puis il alla faire bouillir de l'eau dans la cuisine pour le thé. Il disposa les tasses sur la table, vida les cendriers, ouvrit une fenêtre et s'installa à son tour.

— Pour commencer, je voudrais savoir ce que vous entendez au juste quand vous dites que, ces derniers temps, il aimait être armé.

— Du calme!

Dix secondes plus tard, Asa ajouta : « Attendez. »

Elle posa ses pieds sur l'accoudoir du fauteuil, noua ses mains autour de ses mollets et s'immobilisa.

Kollberg attendit.

Pour être précis, il attendit un quart d'heure et, pendant tout ce temps, elle ne le regarda pas une seule fois. Ni l'un ni l'autre n'échangèrent un mot. Enfin, elle dévisagea l'inspecteur.

— Eh bien?

— Comment vous sentez-vous?

— Pas mieux. Mais différente. Posez-moi toutes les

questions que vous voudrez. Je vous promets de vous répondre. Sans rien vous cacher. Mais je voudrais d'abord savoir une chose.

— Laquelle?

— Est-ce que vous m'avez tout dit?

— Non. Mais je vais tout vous dire. Si je suis ici, c'est que je ne crois pas à la version officielle selon laquelle c'est un pur hasard si Stenström est tombé victime d'un déséquilibré qui aurait commis un meurtre collectif. Et si vos protestations concernant sa fidélité — appelez cela comme vous voulez — me laissent froid de même que les raisons sur lesquelles vous fondez votre certitude, je ne crois pas, néanmoins, que c'était pour son plaisir qu'il était monté dans ce bus.

— Alors, qu'est-ce que vous croyez?

— Que vous aviez raison dès le départ en disant qu'il travaillait. Qu'il s'occupait de quelque chose en tant que policier mais que, pour une raison ou pour une autre, il ne voulait en parler à personne, ni à vous ni à nous. Il y a, par exemple, une possibilité : qu'il filait quelqu'un depuis longtemps et que ce quelqu'un ait fini par s'affoler et le tuer. Cela dit, personnellement, cette théorie ne me paraît pas plausible.

Kollberg s'interrompit brièvement avant de poursuivre :

— Ake avait beaucoup d'habileté pour les filatures. Cela l'amusait.

— Oui, je sais.

— Il y a deux façons de procéder. Ou l'on essaye d'être invisible autant que faire se peut pour découvrir ce que mijote la personne qu'on suit; ou bien on la talonne ouvertement afin de lui faire perdre la tête dans l'espoir qu'elle commettra une imprudence et se trahira. Aucun collègue, à ma connaissance, n'avait mieux maîtrisé ces deux techniques que Stenström.

— En dehors de vous, y a-t-il quelqu'un qui ajoute foi à cette hypothèse?

— Oui. Beck et Melander, en tout cas.

Kollberg se gratta la nuque. « Mais ma théorie comporte un certain nombre de points faibles. Inutile d'en discuter pour le moment. »

Asa Torell acquiesça.

— Qu'attendez-vous de moi?

— Je ne sais pas au juste. On doit y aller au pifomètre. Ce que vous m'avez raconté n'est pas entièrement clair. Que vouliez-vous dire, par exemple, en affirmant qu'il sortait armé depuis quelque temps et que cela l'amusait? C'est ce « depuis quelque temps » qui me tracasse.

— Quand j'ai fait la connaissance de Ake, il y a quatre ans, c'était encore un petit garçon, dit-elle d'une voix calme.

— En quel sens?

— Il était timide et puéril. Il y a trois semaines, quand il a été assassiné, il avait grandi. Cette évolution ne s'est pas tellement manifestée dans son travail avec Beck et vous mais ici, à la maison... La première fois que nous nous sommes retrouvés ensemble ici, dans cette pièce, dans ce lit, son pistolet a été la dernière chose dont il s'est séparé.

Kollberg haussa les sourcils.

— Il était en chemise. Il l'a alors posé sur la table de nuit. J'ai été abasourdie. A dire vrai, je ne savais même pas à ce moment qu'il était de la police et je me demandais quelle espèce de cinglé j'avais invité dans mon lit.

Son regard était grave. « Nous ne sommes pas tombés amoureux l'un de l'autre ce jour-là. C'est arrivé la fois suivante. Et j'ai eu une illumination. Ake avait vingt-cinq ans et, moi, tout juste vingt. Mais si l'un des deux pouvait être considéré comme un adulte, comme quelqu'un possédant un minimum de maturité, c'était bien moi. Il se promenait avec un pistolet parce qu'il pensait que, comme cela, il passerait pour un dur. C'était un garçon puéril, j'y reviens, et me voir là, toute nue, à contempler d'un air idiot un bonhomme vêtu en tout et pour tout d'une chemise et d'un étui à revolver lui procurait une satisfaction indicible. Il n'a pas tardé à dépasser ce stade mais, à ce moment, c'était devenu une habitude. En plus, les armes à feu le passionnaient... » Elle s'interrompit pour demander : « Est-ce que vous êtes courageux? Physiquement courageux? »

— Pas particulièrement.

— Physiquement, Ake était un lâche bien qu'il ait tout fait pour surmonter sa couardise. Son pistolet lui donnait un sentiment de sécurité.

Kollberg l'interrompit pour objecter :

— Vous dites qu'il avait mûri. C'était un policier et, professionnellement parlant, se laisser tuer par-derrière quand on file quelqu'un n'est pas une preuve de très grande maturité. Je ne peux que vous répéter que je trouve cela difficile à croire.

— Exactement. Et, pour ma part, je n'y crois absolument pas. Il y a quelque chose qui cloche.

Kollberg réfléchit.

— Le fait demeure qu'il était sur une piste et que personne ne sait rien à ce sujet. Ni vous ni moi. J'ai tort?

— Non.

— Avait-il changé d'une manière ou d'une autre avant... avant l'événement?

Asa Torell se passa la main dans les cheveux.

— Oui, finit-elle par répondre.

— De quelle façon?

— Ce n'est pas facile à dire?

— Les photos ont-elles un rapport avec cette transformation?

— J'en suis persuadée.

Elle les examina.

— Parler de cela à quelqu'un réclame énormément de confiance et je ne suis pas certaine d'avoir à ce point confiance en vous mais je ferai de mon mieux.

Les paumes de Kollberg devinrent brusquement moites et il s'essuya les mains sur les jambes de son pantalon. Les rôles étaient renversés : c'était Asa qui était calme et lui qui était nerveux.

— J'aimais Ake. Je l'ai aimé dès le début. Mais nous n'étions pas parfaitement en harmonie sur le plan sexuel. Nous n'avions ni le même tempo ni le même tempérament. Nous n'avions pas les mêmes besoins.

Son regard se fit intense.

— Mais cela n'empêche pas d'être heureux. Il suffit d'apprendre. Vous le saviez?

— Non.

— Nous en étions la preuve vivante. Oui, nous avons appris. Cela, je pense que vous le comprenez?

Kollberg hocha affirmativement la tête.

— Beck ne comprendrait pas, ajouta-t-elle. Et Rönn non plus, certainement. Ni personne de ma connaissance.

Elle haussa les épaules. « Toujours est-il que nous avons appris. Nous nous sommes ajustés l'un à l'autre. Et le résultat n'était pas mauvais du tout. »

Kollberg avait cessé d'écouter. Il n'avait jamais imaginé qu'une telle éventualité pût exister.

— C'est difficile et il faut vous expliquer. Sinon, je ne pourrai pas vous faire comprendre comment Ake a changé. Et même si je vous donne une masse de détails sur ma vie privée, il n'est pas certain que vous comprendrez. Mais j'espère que vous y parviendrez.

Elle toussa et laissa tomber prosaïquement : « Depuis huit ou quinze jours, je fume beaucoup trop. »

Kollberg pressentait que quelque chose était sur le point de changer. Brusquement, il sourit et Asa Torell lui sourit en retour. Un sourire teinté d'un rien d'amertume mais serein.

— Eh bien, allons-y. Plus vite on en sera débarrassé, mieux ça vaudra. L'ennui, si bizarre que ça puisse vous paraître, c'est que je suis timide.

— Cela n'a rien d'extraordinaire. Je suis moi-même d'une timidité pas croyable.

— Avant de rencontrer Ake, j'en étais arrivée à penser que j'étais plus ou moins nymphomane. Et puis, nous sommes tombés amoureux et nous nous sommes adaptés l'un à l'autre. J'ai fait tout ce qu'il fallait pour cela. Ake aussi et nous avons réussi. Ça marchait bien, ensemble. Mieux que je ne l'avais espéré. J'ai oublié que ma sexualité était plus exigeante que la sienne. Nous en avons parlé une ou deux fois au début. Par la suite, nous ne sommes jamais revenus sur ce sujet. C'était inutile. Nous faisions l'amour quand il en avait envie, c'est-à-dire une ou deux fois par semaine, trois au maximum. Nous le faisions bien et cela nous suffisait amplement. Je veux dire par là qu'aucun des deux ne trompait l'autre comme vous l'avez si spirituellement suggéré tout à l'heure. Et puis...

— ...brusquement, l'été dernier, enchaîna Kollberg.

Elle l'enveloppa d'un regard approbateur.

— Précisément. L'été dernier, nous avons passé nos vacances à Majorque. Il se trouve que, à la même époque, une sale affaire vous est tombée dessus. Difficile.

— Oui. Le sadique des parcs.

— Quand nous sommes rentrés, l'enquête était terminée. Ake ne s'en est pas remis.

Elle se tut un instant et reprit, volubile :

— Cela sonne faux. Mais beaucoup des choses que je vous ai dites et qui me restent encore à vous dire donnent aussi l'impression de sonner faux. Il était furieux de ne pas avoir été dans le coup. Ake était ambitieux. Son rêve, je le sais, était de damer le pion à tout le monde en résolvant une énigme insoluble. En outre, il était beaucoup plus jeune que vous autres et, dans les premiers temps tout au moins, il avait souvent l'impression qu'on le rudoyait au bureau. J'ajouterai qu'il considérait que vous étiez celui qui le tourmentait le plus.

— Je crois qu'il avait malheureusement raison.

— Il ne vous appréciait pas énormément. Il aimait mieux Beck et Melander. Moi pas mais ce n'est pas le problème. Vers la fin du mois de juillet ou au début d'août, il a changé. Brusquement, je vous le répète, et cette métamorphose a complètement perturbé notre existence. C'est alors qu'il a fait ces photos. Il en a d'ailleurs pris beaucoup d'autres du même genre, des dizaines d'autres. Une sorte de routine s'était établie, jusque-là, dans notre vie sexuelle — cela aussi, je vous l'ai dit — et c'était très bien comme ça. D'un seul coup, elle a été entièrement bouleversée. De son fait, pas du mien. Nous... nous nous retrouvions...

— Je suppose que vous voulez dire que vous faisiez l'amour?

— D'accord! Nous faisions aussi souvent l'amour en l'espace de vingt-quatre heures que nous le faisions habituellement en un mois. Parfois, il ne me laissait pas aller travailler. Je ne nierai pas que j'étais agréablement surprise. Je n'en revenais pas. Vous comprenez, il y avait plus de quatre ans que nous vivions ensemble...

— Continuez.

Elle respira profondément.

— Évidemment, je me disais que c'était formidable. Qu'il me fasse faire la brouette, qu'il me réveille à quatre heures du matin, qu'il m'empêche de dormir, qu'il m'interdise de m'habiller ou d'aller au bureau, qu'il n'admette pas que je m'isole dans la cuisine, qu'il me prenne sur l'évier ou dans la baignoire, par-devant ou par-derrière, par en haut et par en bas, sur le premier fauteuil qui se présentait. Pourtant, il n'avait pas foncièrement changé et, au bout d'un certain temps, l'idée m'est venue qu'il se servait de moi comme d'un sujet d'expérience, en quelque sorte. Un jour, je lui ai posé la question. Il s'est contenté de rire.

— De rire?

— Oui. Il était d'excellente humeur pendant cette période. Jusqu'au moment... jusqu'au moment où on l'a tué.

— Pourquoi?

— Cela, je l'ignore. Mais il y a une chose que j'ai comprise après m'être remise du premier choc.

— Laquelle?

— Il m'utilisait un peu comme un cobaye. Il savait tout de moi... absolument tout. Que je devenais d'une susceptibilité ridicule s'il s'astreignait à faire le plus léger effort. Et je savais tout de lui. Que, par exemple, faire l'amour ne le passionnait pas — sinon par intermittence.

— Combien de temps cette situation a-t-elle duré?

— Jusqu'à la mi-septembre. Jusqu'au moment où il a soudain été tellement occupé et a dû si souvent s'absenter.

— Ce qui ne colle absolument pas.

Kollberg regarda longuement son interlocutrice. Puis : « Merci. Vous êtes une fille formidable. Vous me plaisez bien. »

Elle lui jeta un coup d'œil étonné et vaguement méfiant.

— Et il ne vous a pas dit sur quoi il était?

Elle fit non de la tête.

— Pas même une allusion?

Nouveau signe de dénégation.

— Vous n'avez rien remarqué de spécial?

— Il était tout le temps au-dehors. Cela, j'étais bien

obligée de le remarquer. Il rentrait à la maison transi, trempé.

Kollberg acquiesça.

— Il m'est arrivé plus d'une fois de me réveiller aux petites heures quand il se glissait dans le lit, glacé comme un iceberg. Mais la dernière affaire dont il m'a parlé remontait à la première quinzaine de septembre. Un type qui avait tué sa femme. Je crois qu'il s'appelait Birgersson.

— Oui, je me rappelle. Une tragédie familiale. Une histoire toute simple, toute banale. Je ne sais vraiment pas pourquoi nous y avons fourré notre nez. Un cas exemplaire qui aurait pu sortir tout droit du manuel. Un mariage qui avait mal tourné, la névrose, des querelles, des ennuis d'argent. Finalement, le mari a tué la femme... par accident, plus ou moins. Il voulait se supprimer mais il n'en a pas eu le courage et est venu tout raconter à la police. Mais vous avez raison : Ake s'est occupé de cette histoire. C'est lui qui a conduit les interrogatoires.

— Attendez! Il s'est produit quelque chose pendant ces interrogatoires.

— Quoi donc?

— Je ne peux pas vous dire mais, un soir, il est rentré tout joyeux.

— Il n'y avait pourtant pas de quoi! C'était une affaire sordide. Le sous-produit typique de la société de consommation. Un type solitaire et une bonne femme contaminée par le virus de la respectabilité sociale qui n'arrêtait pas de l'asticoter parce qu'il ne gagnait pas assez. Dame! Ils ne pouvaient pas s'offrir un canot à moteur, une maison de campagne et une voiture aussi chouette que celle des voisins.

— Toujours est-il que, au cours de ces auditions, l'homme a dit quelque chose à Ake.

— Quoi?

— Je l'ignore mais cela paraissait avoir beaucoup d'importance pour lui. Je lui ai posé la même question, bien sûr, mais il s'est contenté de rire et m'a répondu que je le saurais bientôt.

— Qu'a-t-il dit exactement?

« Tu verras bientôt, chérie. » Ce sont les paroles qu'il a prononcées mot pour mot. Il avait l'air très optimiste.

— Bizarre!

Ils se turent tous les deux. Au bout d'un moment, Kollberg se secoua, prit le livre ouvert posé sur la table et demanda :

— Comprenez-vous quelque chose à ce commentaire?

Asa Torell se leva, fit le tour de la table et, posant la main sur l'épaule du policier, se mit à parcourir le texte.

— Wendel et Svensson écrivent que le criminel sadique est souvent un impuissant qui parvient à un état d'assouvissement anormal par la violence. Et, en marge, Ake a noté : « Ou l'inverse. »

Kollberg haussa les épaules et ajouta : « Il voulait dire, bien sûr, que le meurtrier sexuel peut également être hypersexué. »

Asa lâcha brusquement son épaule. Il leva les yeux et remarqua avec étonnement qu'elle rougissait à nouveau.

— Non, ce n'est pas cela qu'il voulait dire, murmura-t-elle.

— Alors, que signifie cette note?

— Le contraire. Que la femme... enfin, la victime... peut perdre la vie parce que c'est elle qui est hypersexuée.

— Qu'en savez-vous?

— Nous en avons parlé. A propos de l'Américaine assassinée dont on a retrouvé le corps dans le canal de Göta.

— Roseanna...

Kollberg médita quelques instants avant de reprendre la parole :

— Mais je ne lui avais pas encore fait cadeau de cet ouvrage à l'époque. Je me rappelle l'avoir retrouvé en rangeant mes tiroirs quand nous avons quitté Kristineberg. C'était beaucoup plus tard.

— Quant à l'autre commentaire, il semble assez illogique.

— En effet. Il n'y a pas de bloc ou de carnet sur lequel il avait l'habitude de jeter des notes?

— Il n'avait pas son calepin sur lui?

— Si. Nous l'avons examiné. Rien d'intéressant.

— J'ai fouillé l'appartement.

— Et qu'est-ce que vous avez trouvé?

— Pas grand-chose. Il n'avait pas le tempérament cachotier et était très ordonné. Néanmoins, il avait un autre carnet. Regardez sur le bureau.

Kollberg alla le chercher. C'était le frère jumeau de celui que l'on avait retrouvé dans la poche de Stenström.

— Il n'y a pratiquement rien dedans, fit Asa.

Elle ôta une de ses chaussettes et se gratta la plante des pieds. Un pied mince et élégant à la cambrure gracieuse, aux orteils effilés.

Kollberg détourna le regard et étudia le carnet. Elle avait raison. Il n'y avait presque rien. La première page était couverte de gribouillages. Il était question d'une pauvre épave humaine, un certain Birgersson, qui avait tué sa femme.

En haut de la seconde page, un seul mot. Un nom : Morris.

Asa Torell jeta un coup d'œil sur le carnet et haussa les épaules.

— Une marque de voiture, murmura-t-elle.

Kollberg rétorqua :

— Ou un agent littéraire new-yorkais.

Elle était plantée devant la table. Son regard se posa

sur les fameuses photographies. Brusquement, elle frappa le plateau de la paume et hurla : « Si au moins j'avais été enceinte! Il disait que nous avions tout notre temps. Qu'il fallait attendre qu'il obtienne de l'avancement. »

Kollberg se dirigea vers le vestibule d'un pas hésitant.

— Tout notre temps! Mais qu'est-ce que je vais devenir?

Le policier se retourna.

— Cela ne va pas comme ça, Asa. Venez!

Elle fit volte-face et jeta sur un ton grinçant :

— Où voulez-vous que j'aille : au lit? Bien sûr!

Kollberg la regarda.

Neuf cent quatre-vingt-dix-neuf hommes sur mille auraient vu une petite fille pâle, maigre, mal développée qui se négligeait, qui avait un corps délicat, les doigts jaunis de nicotine et un visage ravagé. Une petite fille qui se laisser aller, affublée de nippes informes et pleines de taches, un pied nu, l'autre enfoui dans une chaussette de ski trop grande de plusieurs pointures.

Lennart Kollberg, lui, voyait une jeune femme physiquement et mentalement complexe aux yeux flamboyants, à l'entrecuisse généreux et riche de promesse, attirante, passionnante et qu'il valait la peine de connaître.

Stenström avait-il vu la même chose ou faisait-il partie des neuf cent quatre-vingt-dix-neuf autres mâles? Avait-il simplement eu un coup de chance?

De chance!

— Ce n'est pas à cela que je pensais, dit l'inspecteur. Venez à la maison avec moi. Nous avons toute la place qu'il faut. Cela fait assez longtemps comme ça que vous êtes seule.

A peine était-elle dans la voiture qu'elle se mit enfin à pleurer.

22

Un vent mordant qui soufflait par-derrière accueillit Nordin quand il émergea du métro à l'angle de Sveavägen et de Radmansgatan. Il pressa le pas et ne ralentit que lorsqu'il eut tourné dans Tegnérgatan qui était relativement abritée. A une vingtaine de mètres du coin, il y avait un bistrot. Il s'arrêta devant la vitrine pour regarder à l'intérieur.

En dehors d'une rousse à la tenue pistache qui téléphonait derrière le comptoir, la salle était vide.

Nordin se remit en marche. Ayant traversé Luntmakargatan, il s'abîma dans la contemplation d'un tableau exposé à la devanture d'un brocanteur. Comme il était là à se demander si l'artiste avait voulu représenter deux élans, deux rennes ou, peut-être un élan et un renne, il entendit une voix dans son dos :

— *Aber Mensch, bist du doch ganz verrückt?*

Il se retourna. Deux hommes s'engageaient sur la chaussée. Ce ne fut que lorsqu'ils atteignirent le trottoir opposé qu'il remarqua le café. Lorsqu'il y pénétra à son tour, les deux personnages étaient en train de gravir un escalier en colimaçon derrière le bar. Il leur emboîta le pas.

Il y avait beaucoup de jeunes, beaucoup de musique et le bruit des conversations était assourdissant. Nordin chercha des yeux une table disponible mais il ne semblait pas y en avoir. Il se demanda une seconde s'il ne devrait pas enlever son chapeau et ôter son pardessus mais il décida de ne pas prendre de risques. S'il y avait une chose dont il était sûr, c'était que l'on ne pouvait faire confiance à personne à Stockholm.

Il examina les clientes. Plusieurs étaient platinées

mais aucune ne correspondait au signalement de Malin la Blonde. L'allemand était apparemment la langue dominante. Remarquant une chaise libre à côté d'une petite brune maigrelette et manifestement suédoise, Nordin déboutonna son manteau et s'assit. Il posa son couvre-chef sur ses genoux, s'imaginant que, avec son loden et son chapeau tyrolien, il ressemblait beaucoup à l'un des nombreux consommateurs allemands qui se trouvaient là. Un quart d'heure s'écoula avant que la serveuse ne s'occupât de lui, répit qu'il mit à profit pour étudier les lieux. De temps à autre, l'amie de la petite brune, installée de l'autre côté de la table, l'observait avec circonspection.

Tout en remuant son café, il jeta un coup d'œil furtif à sa voisine. Avec le vague espoir de passer pour un habitué, il se tourna vers elle et lui demanda en s'astreignant à imiter le jargon en vigueur à Stockholm :

— Savez-vous où Malin la Blonde se trouve ce soir?

La petite brune le dévisagea, sourit et, se penchant en avant, interpella son amie :

— Eva, ce type du Nord cherche Malin la Blonde. Est-ce que tu sais où elle est?

L'amie toisa Nordin et héla quelqu'un à une autre table :

— Il y a un flic qui demande après Malin la Blonde. Quelqu'un sait où elle est?

— Non, répondit tout le monde en chœur.

Nordin sirota son café, se demandant avec accablement comment ils avaient pu deviner qu'il était de la police. Décidément, les gens de Stockholm seraient toujours un mystère pour lui.

Quand il monta à l'étage où l'on vendait de la pâtisserie, la serveuse qui lui avait apporté son café s'approcha de lui.

— J'ai entendu que vous cherchez Malin la Blonde. C'est vrai que vous êtes policier?

Nordin hésita, puis hocha tristement la tête.

— Si vous pouvez coincer cette pouffiasse, rien ne me ferait plus plaisir. Je crois savoir où elle perche. Quand elle ne traîne pas ici, elle fréquente généralement un café d'Engelbrektsplan.

Nordin remercia et ressortit dans le froid.

Malin la Blonde n'était pas non plus dans l'établissement indiqué que toute sa clientèle régulière semblait avoir déserté mais le policier, refusant de s'avouer vaincu, aborda une femme qui, solitaire, lisait un magazine fatigué. Elle ne savait pas qui était Malin la Blonde mais suggéra à l'inspecteur d'aller jeter un coup d'œil dans une boîte de Kungsgatan.

Et Nordin s'enfonça à nouveau dans les infâmes rues de Stockholm avec, au cœur, la nostalgie de son cher Sundsvall.

Cette fois, il fut récompensé de ses peines.

D'un signe de tête, il renvoya l'employé du vestiaire qui se précipitait pour prendre son pardessus et, planté dans l'encadrement de la porte, examina la salle. Il la repéra presque immédiatement.

Elle était solidement bâtie mais ne paraissait pas grasse. Ses cheveux, visiblement décolorés, étaient ramenés en couronne sur le sommet de sa tête.

Nordin ne douta pas un seul instant d'être en présence de Malin la Blonde.

Elle était assise contre le mur, un verre de vin devant elle. La femme beaucoup plus âgée qui lui tenait compagnie avait de longs cheveux noirs tombant en désordre sur ses épaules, ce qui ne la faisait pas paraître plus jeune. Une putain gratuite, pas de problème, songea Nordin.

Il observa un moment les deux femmes. Elles ne se parlaient pas. Malin la Blonde contemplait son verre avec lequel elle jouait. La brune regardait sans cesse autour d'elle et, de temps à autre, rejetait ses cheveux en arrière d'un coquet mouvement de tête.

Nordin se tourna vers l'employé chargé du vestiaire.

— Excusez-moi mais savez-vous le nom de la dame blonde installée devant le mur?

L'autre suivit la direction de son regard et s'exclama avec mépris :

— Ça, une dame? Non, je ne connais pas son nom mais je crois qu'on l'appelle Malin. La grosse Malin ou quelque chose d'approchant.

Nordin lui confia son pardessus et son chapeau.

Quand il s'approcha de la table, la brune lui dédia un regard chargé d'expectative.

— Pardonnez-moi de vous déranger mais j'aimerais dire un mot à Mlle Malin si elle n'y voit pas d'inconvénient.

Malin la Blonde le dévisagea et but une gorgée de vin.

— C'est à quel sujet?

— Au sujet d'un de vos amis. Peut-être pourrions-nous nous installer à une autre table pour parler tranquillement?

Malin se tourna vers sa compagne et Nordin s'empressa d'ajouter : « Si votre amie le permet, naturellement. »

La brune saisit le pichet, remplit son verre et se leva.

— Je m'en voudrais de vous gêner, laissa-t-elle tomber, manifestement froissée.

Malin la Blonde ne dit rien.

— Je vais avec Tora, conclut l'autre. Au revoir, Malin.

Son verre à la main, elle se dirigea vers une autre table.

Nordin prit une chaise et s'assit.

— Je suis l'inspecteur Ulf Nordin, se présenta-t-il. Il est possible que vous puissiez nous apporter votre concours.

— Ah bon? Quel genre de concours? Vous disiez qu'il s'agissait d'un ami à moi?

— Oui. Nous aimerions avoir des renseignements sur quelqu'un que vous connaissez.

Elle lui jeta un regard méprisant.

— Ne comptez pas sur moi pour dégoiser sur qui que ce soit.

Nordin lui tendit son paquet de cigarettes. Elle en prit une et il lui donna du feu.

— Il n'est pas question de mouchardage. Il y a quelques semaines, vous vous êtes rendue à un garage d'Hägersten à bord d'une Volvo Amazone blanche en compagnie de deux hommes. Ce garage est tenu par un Suisse du nom de Horst. Le conducteur était Espagnol. Vous vous rappelez?

— Supposons que je me rappelle. Eh alors? Paco est venu seulement pour indiquer le chemin à Nisse. D'ailleurs, il est retourné en Espagne maintenant.

— Paco?

— Oui.

Elle termina son verre et, quand il fut vide, liquida le reste du pichet.

— Puis-je vous offrir quelque chose? proposa Nordin. Encore un peu de vin?

Elle acquiesça et il appela la serveuse à laquelle il commanda une demi-carafe de vin et une chope de bière.

— Qui est ce Nisse?

— Le type qui était avec moi dans la voiture, dame! Vous venez de le dire vous-même.

— Oui mais, en dehors de Nisse, comment s'appelle-t-il? Et qu'est-ce qu'il fait?

— Il s'appelle Göransson. Nils Erik Göransson. Je ne sais pas ce qu'il fait. Il y a quinze jours que je ne l'ai pas vu.

— Pourquoi?

— Hein?

— Pourquoi ne l'avez-vous pas vu depuis quinze jours? Avant, vous vous voyiez très souvent, non?

— On n'était pas mariés! Même pas à la colle. On sortait de temps en temps ensemble, c'est tout. Peut-être qu'il a rencontré une fille. Qu'est-ce que vous voulez que j'en sache? En tout cas, ça fait un bout de temps que je ne l'ai pas vu.

La serveuse apporta la carafe et la bière de Nordin. Malin la Blonde remplit aussitôt son verre.

— Savez-vous où il habite?

— Qui? Nisse? Non. En fait, il n'avait pas de domicile fixe. Il a vécu avec moi un moment. Et puis avec un copain dans le quartier sud. Mais je ne crois plus qu'il y soit. Vraiment, je ne sais pas. Et même si je savais, il y a peu de chances que je m'allonge devant un flic. Faut pas compter sur moi pour déblatérer sur quelqu'un.

Nordin but une gorgée de bière. Son regard était empreint de bonhomie.

— Il n'en est pas question, mademoiselle. Excusez-moi mais, à part Malin, comment vous appelez-vous?

— Mon nom n'est pas Malin. C'est Magdalena Rosén. On me surnomme Malin la Blonde parce que je suis blonde.

Elle se tapota les cheveux.

— Et d'abord, pourquoi est-ce que vous vous intéressez à Nisse? Il a fait quelque chose? N'espérez pas que je vous réponde si je ne sais pas de quoi il retourne.

— Bien sûr, bien sûr! Je vais vous expliquer en quoi vous pouvez nous aider.

Il vida sa chope et s'essuya la bouche.

— Est-ce que je peux encore vous poser une question?

Elle hocha affirmativement la tête.

— Comment Nisse était-il généralement habillé?

Elle plissa le front et réfléchit :

— La plupart du temps, il portait un complet. Un de ces costumes beige clair avec plein de boutons. Et une chemise, des souliers et un caleçon comme tout le monde.

— Avait-il un manteau?

— Un manteau... c'est beaucoup dire. C'était un de ces trucs tout minces en nylon noir, vous savez? Pourquoi?

Son regard était inquisiteur.

— Eh bien, mademoiselle Rosén, il est possible qu'il soit mort.

— Mort? Nisse? Mais... pourquoi dites-vous... que c'est possible? Comment savez-vous qu'il est mort?

Nordin s'épongea le cou avec son mouchoir. Il faisait très chaud et il était en nage.

— Voilà... Nous avons à la morgue un homme que nous ne sommes pas parvenus à identifier et certaines raisons nous incitent à penser qu'il s'agit de Nils Eric Göransson.

— Et quelles seraient les circonstances de sa mort? s'enquit Malin la Blonde avec méfiance.

— Il était dans le bus dont vous avez sans aucun doute entendu parler. Il a reçu une balle dans la tête et la mort a été immédiate. Comme vous êtes la seule personne qui l'ait bien connu — la seule que nous ayons retrouvée —, nous vous serions reconnaissants de passer demain à la morgue pour confirmer que c'est bien lui.

Elle le dévisagea d'un air horrifié.

— Moi? Aller à la morgue? Vous ne m'avez pas regardée!

Le mercredi à 9 heures du matin, un taxi s'arrêta devant l'institut médico-légal, Tomtebodavägen. Martin Beck attendait depuis un quart d'heure. Tous trois entrèrent dans la morgue.

Malin la Blonde était pâle sous son maquillage hâtif. Elle avait la figure bouffie et ses cheveux décolorés n'étaient pas aussi coquettement coiffés que la veille.

Nordin avait dû piétiner dans le hall pendant qu'elle se préparait. Lorsqu'elle était enfin apparue, il avait noté que l'éclairage tamisé du café l'avantageait infiniment plus que le jour douteux du matin.

Le personnel de la morgue avait été prévenu et Martin Beck fit entrer Malin et Nordin dans la chambre froide.

Le visage défiguré du cadavre était dissimulé sous un linge mais la chevelure n'était pas recouverte. Malin serra le bras de Nordin et murmura :

— Seigneur mon Dieu!

L'inspecteur la prit par la taille et l'obligea à avancer.

— Regardez bien, lui dit-il avec calme. Voyez si vous le reconnaissez.

Elle porta la main devant sa bouche en contemplant le corps nu.

— Qu'est-ce qu'il a à la figure? On ne peut pas voir sa figure?

— Félicitez-vous que ce spectacle vous soit épargné, fit Martin Beck. Vous devriez pouvoir le reconnaître quand même.

Elle approuva silencieusement. Sa main retomba et elle hocha à nouveau la tête.

— Oui. Oui, c'est Nisse. Ces cicatrices et... c'est bien lui.

— Merci, mademoiselle Rosén, dit Beck. Et maintenant, si vous nous accompagniez au commissariat central pour prendre une tasse de café?

Elle s'installa, blême et silencieuse, sur la banquette arrière à côté de Nordin. De temps en temps elle balbutiait : « Mon Dieu, c'est horrible! »

Beck et Nordin lui firent servir du café et des petits pains au lait. Bientôt Kollberg, Melander et Rönn les rejoignirent.

Malin ne tarda pas à récupérer. Visiblement plus encore que le café, les attentions dont elle était l'objet la ragaillardissaient. Elle répondait complaisamment aux questions. Avant de partir, elle serra les mains à la ronde et s'exclama :

— C'est pas croyable! Je n'aurais jamais pensé que des pou... des policiers pouvaient être aussi mignons!

Quand la porte se fut refermée, les intéressés méditèrent quelques instants sur cette appréciation.

— Eh bien, les mignons! fit enfin Kollberg. Si nous récapitulions?

Ils récapitulèrent.

Nils Eric Göransson.

Age : trente-huit ou trente-neuf ans.

Pas d'emploi permanent depuis 1965 au moins.

A habité de mars 1967 à août 1967 avec Magdalena Rosén (alias Malin la Blonde), Arbetargatan 3, Stockholm K.

A vécu ensuite jusqu'à une date non précisée du mois d'octobre en compagnie de Sune Björk dans le quartier sud.

Faits et gestes indéterminés au cours des semaines ayant précédé sa mort.

Toxicomane. Fumeur. Avalait n'importe quoi et se piquait avec tout ce qu'il réussissait à trouver.

Se livrait peut-être également au trafic de la drogue.

Avait une blennorragie.

A vu Magdalena Rosén pour la dernière fois le 3 ou le 4 novembre devant le restaurant Damberg. Portait alors le même costume et le même manteau que le 13 novembre.

Avait généralement beaucoup d'argent sur lui.

23

Nordin était donc le premier des enquêteurs chargés de l'affaire du massacre de l'autobus à avoir obtenu ce que l'on pouvait appeler, pour peu qu'on y mette un peu de bonne volonté, un résultat positif. Mais, même sur ce point, les opinions étaient partagées.

— Bon, dit Gunvald Larsson. Maintenant, on connaît le nom de l'oiseau. Et après?

— Mmmm... euh... mouah..., murmura pensivement Melander.

— Qu'est-ce que vous bafouillez?

— Il n'a jamais été arrêté pour quoi que ce soit, votre Göransson. Pourtant, j'ai l'impression que ce nom me dit quelque chose.

— Ah?

— J'ai le sentiment qu'il a été prononcé lors d'une enquête antérieure.

— Vous l'avez interrogé?

— Non, je m'en souviendrais. Je ne lui ai jamais parlé et je ne l'ai sûrement jamais vu. Mais ce nom! Nils Eric Göransson... je l'ai déjà entendu, j'en suis sûr.

L'œil perdu dans le vague, Melander tirait sur sa pipe.

Larsson agita ses mains massives à la hauteur de son visage. Il était contre l'usage du tabac et la fumée le mettait de mauvaise humeur.

— Ce cochon d'Assarsson m'intéresse davantage.

— Cela me reviendra certainement, dit Melander.

— Je n'en doute pas. A moins que vous ne soyez d'abord emporté par le cancer du poumon.

Larsson se leva et entra dans le bureau de Martin Beck.

— D'où le dénommé Assarsson tirait-il son argent? demanda-t-il.

— Je ne sais pas.

— De quoi s'occupe sa société?

— D'importation. Elle importe probablement tout ce qui peut rapporter depuis les grues jusqu'aux arbres de Noël en plastique.

— Des arbres de Noël en plastique?

— Oui, ça a beaucoup de succès aujourd'hui... hélas!

— Je me suis informé sur ce que ces messieurs et leur firme ont payé au fisc au cours des dernières années.

— Et?

— Ça représente à peu près le tiers de ce que vous banquez et de ce que je banque moi-même. Alors, quand je pense à l'appartement de la veuve...

— Eh bien?

— J'ai bonne envie de demander l'autorisation de perquisitionner leurs bureaux.

— Sous quel prétexte?

— Je n'en sais rien.

Beck haussa les épaules tandis que Larsson se dirigeait vers la porte. Il s'arrêta sur le seuil pour laisser tomber :

— Un sale client, ce Assarsson. Et son frère ne vaut probablement pas mieux.

Kollberg entra à son tour peu de temps après le départ de Larsson. Il paraissait fatigué et déprimé. Ses yeux étaient injectés de sang.

— Où en êtes-vous? s'enquit Martin Beck.

— J'ai écouté l'enregistrement de l'interrogatoire de Birgersson par Stenström. Vous savez... le type qui a tué sa femme. Cela m'a pris toute la nuit.

— Et alors?

— Rien. Pas ça! A moins que quelque chose m'ait échappé.

— C'est toujours une possibilité.

— Merci de ces paroles aimables, fit Kollberg d'une voix grinçante.

Et la porte se referma.

Martin Beck posa les coudes sur son bureau et enfouit la tête dans ses mains.

On était déjà le 8 décembre. Le vendredi 8 décembre.

L'enquête durait depuis vingt-cinq jours et, jusqu'à présent, elle n'avait encore mené nulle part. En fait, on avait même le sentiment qu'elle partait à vau-l'eau. Chacun se cramponnait à son petit fétu de paille personnel.

Melander se creusait les méninges pour essayer de se rappeler quand il avait lu ou entendu le nom de Nils Eric Göransson.

Gunvald Larsson se demandait comment les frères Assarsson avaient fait fortune.

Kollberg s'efforçait d'établir en quoi les propos d'un déséquilibré du nom de Birgersson, qui avait tué sa femme, avaient pu réjouir le cœur de Stenström.

Nordin tentait de trouver un lien entre Göransson, l'assassin du bus et un garage d'Hägersten.

Ek s'était livré à une étude technique si approfondie de l'autobus rouge à impériale qu'il était dorénavant pratiquement impossible de lui parler d'autre chose que de circuits électriques et de commandes d'essuie-glace.

Mansson s'était jeté sur l'inconsistante hypothèse de Larsson selon laquelle Mohammed Boussie avait dû jouer un rôle clé du fait de sa nationalité algérienne et il interrogeait systématiquement toute la colonie nord-africaine de Stockholm.

Martin Beck lui-même était incapable de penser à autre chose qu'à Stenström. De quelle affaire s'occupait-il? Était-il en filature? Était-ce la personne qu'il suivait qui l'avait abattu? Cette théorie était loin d'être convaincante. Un policier relativement expérimenté pouvait-il s'être laissé assassiner par sa proie? Dans un autobus?

Quant à Rönn, il était obnubilé par les paroles que Schwerin avait prononcées sur son lit d'hôpital quelques secondes avant de mourir.

Cet après-midi-là, il eut une conversation avec l'ingénieur du son de la Radiodiffusion nationale qui avait tenté d'analyser l'enregistrement. Le technicien avait pris son temps mais il semblait être maintenant prêt à rédiger son rapport.

— Comme éléments, c'est plutôt maigre, dit-il. Mais je suis parvenu à un certain nombre de conclusions. Vous voulez que je vous les expose?

— S'il vous plaît.

Rönn fit passer le récepteur dans sa main gauche et tâtonna à la recherche de son bloc.

— Vous êtes originaire du Nord, n'est-ce pas?

— Oui.

— Bien... Ce qui est intéressant, ce ne sont pas les questions mais les réponses. Tout d'abord, j'ai essayé d'éliminer les bruits de fond — ronflements, chuintements, etc. —

Rönn attendait, le stylo prêt.

— En ce qui concerne la première réponse — on demandait qui avait tiré —, on distingue nettement quatre consonnes : *d*, *n*, *r*, et *k*.

— Oui.

— Une analyse plus poussée permet de déceler certaines voyelles et diphtongues entre ces consonnes et après elles. Par exemple, le son *i* entre le *d* et le *n*.

— Dinrk, fit Rönn.

— Oui, cela doit sonner à peu près de cette façon quand on n'a pas l'oreille entraînée, déclara l'expert. En outre, il me semble que l'homme a prononcé un *eu* très faible après le *k*.

— Dinrk euh.

— C'est plus ou moins ça. Encore que le *eu* ne soit pas aussi marqué.

L'ingénieur ménagea une pause avant de reprendre d'une voix pensive :

— L'individu était sérieusement endommagé, n'est-ce pas?

— Oui.

— Et il est probable qu'il souffrait?

— Très vraisemblablement.

— Voilà qui pourrait expliquer ce *eu*, conclut le spécialiste sur un ton léger.

Rönn acquiesça. Prit des notes. Se gratta le bout du nez avec son stylo. Écouta la suite.

— En tout cas, je suis convaincu que ces sons constituent une phrase composée de plusieurs mots.

— Quelle phrase?

Rönn se prépara à écrire.

— C'est très difficile à dire. Vraiment très difficile. Par exemple : « dîner record » ou « dîner raccourci ».

— Dîner raccourci? répéta Rönn avec ébahissement.

— Vous savez, ce n'est qu'un exemple. La seconde réplique...

— « Koleson »?

— Tiens! C'est ce que vous avez compris? Intéressant. Moi, je n'ai pas compris cela. Ma conclusion est que le *k* est précédé d'un *l* et qu'il y a deux mots, le second étant « oleson ».

— Oleson? Qu'est-ce que cela veut dire?

— C'est peut-être un nom.

Après un silence le technicien poursuivit :

— C'est à peu près tout. Je vous enverrai un rapport écrit avec la facture. Mais j'ai pensé qu'il valait mieux vous téléphoner au cas où ce serait urgent.

— Merci beaucoup.

Rönn raccrocha et examina rêveusement ses notes. Après avoir pesé le pour et le contre, il décida de ne pas en référer aux responsables de l'enquête. Pas dans l'immédiat, en tout cas.

Il n'était que 15 h 45 quand Kollberg arriva à Langholmen mais il faisait déjà nuit. Il avait froid, il était cafardeux et le décor d'une prison n'était pas fait pour lui remonter le moral. Lugubre, il fit les cent pas dans le parloir, une pièce nue et misérable, en attendant le prisonnier qu'il était venu voir. Un certain Birgersson qui avait tué sa femme. Le détenu avait subi un examen psychiatrique approfondi. En temps voulu, sa peine serait amnistiée et il serait transféré dans une institution spécialisée.

Au bout d'un quart d'heure, la porte s'ouvrit et un garde à l'uniforme bleu introduisit un petit bonhomme au cheveu rare qui pouvait avoir une soixantaine d'années. Le prisonnier s'immobilisa, sourit et s'inclina poliment. Le policier alla à sa rencontre et ils échangèrent une poignée de main.

— Kollberg, se présenta-t-il.

— Birgersson.

Le personnage était affable et ne demandait pas mieux que de parler.

— L'inspecteur Stenström? Mais bien sûr! Je me souviens de lui. Quel homme charmant! Rappelez-moi donc à son bon souvenir.

— Il est mort.

— Mort? Ce n'est pas croyable! C'était encore un gamin. Comment cela s'est-il produit?

— C'est précisément de cela que je veux m'entretenir avec vous.

Et Kollberg expliqua de façon détaillée les raisons de sa visite.

— J'ai écouté tous les enregistrements en faisant attention à chaque mot. Mais je présume que le magnétophone ne marchait pas quand vous bavardiez en prenant le café, par exemple?

— C'est juste.

— Mais vous discutiez quand même, tous les deux?

— Oh oui! La plupart du temps, en tout cas.

— Et de quoi parliez-vous?

— Eh bien... un peu de tout.

— Vous rappelez-vous quelque chose à quoi Stenström se serait particulièrement intéressé?

Le prisonnier réfléchit et hocha la tête.

— On causait de choses en général. D'un truc et d'un autre. Quelque chose de particulier, vous dites? De quel genre?

— C'est justement ce que je voudrais savoir.

Kollberg sortit de sa poche le carnet qu'il avait emprunté à Asa Torell et le montra à Birgersson.

— Cela éveille-t-il des souvenirs en vous? Pourquoi Stenström a-t-il noté ce mot : « Morris? »

La physionomie de son interlocuteur s'épanouit instantanément.

— Sûrement qu'on a discuté de voitures! J'avais une Morris 8... le grand modèle, pas! Et je crois bien que je lui en ai parlé une fois.

— Je vois. Bon... Si jamais un autre détail vous revenait, faites-moi prévenir immédiatement. A n'importe quelle heure du jour ou de la nuit.

— Elle était vieille et n'avait pas l'air très reluisante, ma Morris. Mais elle marchait bien. Ma... ma femme en avait honte. Elle disait que ça l'humiliait d'être vue dans cette vieille guimbarde alors que les voisins avaient tous des voitures neuves...

Ses paupières battirent et il n'acheva pas sa phrase. Kollberg se hâta de renouer la conversation. Quand le gardien eut emmené le prisonnier, un jeune médecin en blouse blanche entra dans le parloir.

— Alors, demanda-t-il, que pensez-vous de Birgersson?

— Il m'a fait bonne impression.

— Oui. Il est O. K.! Tout ce qu'il lui fallait, c'était de se débarrasser de la mégère avec laquelle il était marié.

Kollberg lui décocha un regard sévère, fourra ses papiers dans sa poche et sortit.

Il était 23 h 30 et Gunvald Larsson était frigorifié malgré son épais manteau d'hiver, sa casquette fourrée, ses fuseaux et ses chaussures de ski. Blotti dans l'encoignure du 53 Tegnérgatan, il était immobile comme seul un policier peut être immobile. S'il était là, ce n'était pas par hasard. Et il était malaisé de le distinguer dans l'obscurité. Il y avait quatre heures qu'il faisait le pied de grue et ce n'était pas la première mais la dixième ou la onzième fois qu'il venait ici en planque.

Il avait décidé de rentrer chez lui dès que la lumière s'éteindrait derrière la fenêtre qu'il surveillait. Un peu avant minuit, une Mercedes grise portant une plaque d'immatriculation étrangère s'arrêta devant l'immeuble qui se trouvait de l'autre côté de la rue, presque en face du 53. Un homme en descendit, prit une valise dans le coffre, puis ouvrit la porte d'entrée à l'aide d'une clé et disparut à la vue de Larsson. Deux minutes plus tard, deux des fenêtres du rez-de-chaussée obturées par des stores vénitiens s'éclairèrent.

L'inspecteur traversa d'un pas vif. Il y avait quinze jours qu'il avait essayé la serrure pour trouver la bonne clé. Dans le vestibule, il ôta son pardessus qu'il plia soigneusement avant de le poser sur la rampe de l'escalier en compagnie de sa casquette. Il déboutonna sa veste et empoigna la crosse du pistolet fixé à sa ceinture.

Il savait depuis belle lurette que la porte s'ouvrait vers l'intérieur. Il la contempla pendant cinq secondes en songeant : si je rentre sans raison valable, ce sera un abus de pouvoir et je serai probablement suspendu ou révoqué.

D'un coup de pied, il enfonça la porte.

Ture Assarsson et l'homme qui était arrivé en voiture étaient debout de part et d'autre du bureau. Pour employer un cliché usé, ils avaient l'air d'avoir été frappés par la foudre. Ils venaient tout juste d'ouvrir la valise posée sur le bureau.

D'un geste de sa main armée, Larsson leur ordonna de s'écarter. Mais ça ne fait rien, songeait-il, poursuivant le cheminement de sa pensée. Je pourrai toujours reprendre la mer.

Il décrocha le téléphone et composa le 90 000. De la main gauche. Son pistolet de service était toujours braqué sur le couple. Il ne dit rien. Les autres non plus. Il n'y avait pas grand-chose à dire.

La valise contenait 250 000 cachets de Ritalina. Au tarif du marché noir, cela représentait pas loin d'un million de couronnes.

Gunvald Larsson rentra chez lui à trois heures du matin. Célibataire, il habitait seul. Comme d'habitude, il passa vingt minutes dans sa salle de bains avant de mettre son pyjama et de se coucher. Il prit le roman d'Ovre Richter-Frich qu'il était en train de lire mais, au bout d'une minute, il le referma pour décrocher le téléphone, un Ericofon blanc, et forma le numéro de Martin Beck.

En règle générale, Larsson ne pensait jamais à son travail quand il était à la maison et, pour autant qu'il se le rappelât, c'était la première fois de sa carrière qu'il passait un coup de téléphone officiel après s'être mis au lit.

Martin Beck répondit à la seconde sonnerie.

— Salut. Vous êtes au courant pour Assarsson?

— Oui.

— Je viens de penser à quelque chose.

— A quoi?

— Peut-être que nous nous sommes trompés. Stenström suivait évidemment Gösta Assarsson. Et l'assassin a fait d'unc pierre deux coups : il a tué ledit Assarsson et celui qui le filait.

— Oui, approuva Martin Beck. C'est peut-être une idée à creuser.

Gunvald Larsson était dans l'erreur. Et pourtant, il venait de mettre l'enquête dans la bonne direction.

24

Trois jours de suite, Ulf Nordin consacra sa soirée à errer dans Stockholm pour essayer d'entrer en contact avec les truands de la ville, à visiter les brasseries, les bistrots, les restaurants, les dancings qu'avait fréquentés Göransson aux dires de Malin la Blonde.

Parfois, il prenait sa voiture. Le vendredi soir, assis au volant, il surveilla Mariatorget mais ne remarqua rien de plus digne d'intérêt qu'une autre voiture occupée par deux hommes aux aguets. Il ne les reconnut pas mais devina que c'étaient des inspecteurs de la volante ou de la brigade des stupéfiants.

Ces expéditions ne lui apprirent rien de neuf en ce qui concernait feu Nils Eric Göransson. Pendant la journée, toutefois, il s'employait à compléter les éléments d'information fournis par Malin la Blonde en consultant les archives du bureau du recensement, de l'état civil, des services d'embauche des gens de mer. Il interrogea également l'ex-Mme Göransson qui habitait Boras; elle déclara avoir presque oublié son ancien mari : il y avait près de vingt ans qu'elle ne l'avait revu.

Le samedi matin, il rendit compte à Martin Beck de

ses maigres trouvailles. Cela fait, il commença d'écrire à sa femme une longue lettre mélancolique et nostalgique en jetant de temps à autre un coup d'œil coupable en direction de Rönn et de Kollberg, tous deux en train de taper furieusement sur leurs machines.

Avant qu'il eût terminé, Beck entra dans le bureau.

— Quel est l'imbécile qui vous a envoyé draguer en ville? demanda-t-il sur un ton irascible.

Nordin se hâta de dissimuler sa lettre sous un rapport. Il venait d'écrire : « ...et Martin Beck est chaque jour un peu plus râleur et mal embouché. »

— C'est vous, dit Kollberg en retirant la feuille du rouleau.

— Comment, c'est moi?

— Eh oui. C'est vous. Mercredi dernier. Après le départ de Malin la Blonde.

Beck toisa Kollberg d'un air incrédule.

— C'est drôle, je ne m'en souviens pas. Quoi qu'il en soit, c'est idiot de confier ce genre de travail à un homme du Nord qui a toutes les peines du monde à trouver le chemin de Stureplan.

Nordin paraissait vexé mais, au fond de lui-même, il était bien obligé de reconnaître que Martin Beck avait raison.

— Rönn, vous allez essayer de savoir où nichait ce Göransson, qui il fréquentait et ce qu'il fabriquait, ordonna le superintendant. Et tâchez de mettre la main sur Björk, le type chez qui il habitait.

— Entendu.

Rönn était en train d'établir la liste de toutes les interprétations concevables des dernières paroles de Schwerin.

Chacun était plus obnubilé que jamais par sa tâche personnelle.

Le lundi, Martin Beck se leva à 6 h 30. Il n'avait pratiquement pas fermé l'œil de la nuit. Il n'était pas dans son assiette et le chocolat qu'il prit dans la cuisine en compagnie de sa fille n'était pas fait pour le remettre d'aplomb. Les autres membres de la famille ne donnaient pas signe de vie. Le matin, Mme Beck dormait comme un plomb et cela avait manifestement déteint sur son fils qui était presque toujours en retard pour aller à l'école. Mais Ingrid était debout à 6 h 30 et, quand elle mettait le pied dehors, il était 7 h 45. C'était invariable. Elle était réglée comme du papier à musique, disait Inga qui avait un faible pour les formules toutes faites. On aurait pu composer un florilège avec les clichés dont elle émaillait sa conversation et le vendre comme recueil de locutions à l'usage des journalistes en herbe. Sur deux colonnes. Et, cela aurait naturellement pour titre : *Si Vous Savez Parler, Vous Savez Écrire*.

Ainsi méditait Martin Beck.

— A quoi penses-tu, papa?

— A rien, répondit-il automatiquement.

— Je ne me rappelle pas t'avoir vu rire depuis le printemps.

Martin Beck leva les yeux de la sarabande de lutins qui gambadaient à l'infini sur la toile cirée et essaya de sourire. Ingrid était une bonne petite mais il fallait bien avouer que les occasions qu'il avait de se dilater la rate étaient rares. L'adolescente alla chercher ses livres. Le temps nécessaire à Beck pour coiffer son chapeau, enfiler son pardessus et mettre ses caoutchoucs, et elle avait déjà la main sur la poignée de la porte. Il lui prit sa serviette en cuir du Liban émaillée d'affichettes criardes à la gloire du F.N.L. Quelque chose d'épouvantable!

Cela aussi, c'était une vieille routine. Il y avait neuf ans, le jour où Ingrid était allée pour la première fois à l'école, il lui avait porté son cartable. Depuis, il continuait. Et ce jour-là, il l'avait prise par la main. Une toute petite main brûlante, moite, tremblante d'excitation et d'appréhension. Quand avait-il cessé de tenir la main de sa fille? Il ne s'en souvenait pas.

— En tout cas, à Noël, tu riras, papa.

— Vraiment?

— Oui. Quand tu verras mon cadeau.

Elle fronça le sourcil et ajouta : « Mais je ne dirai pas un mot de plus.

— A propos, qu'est-ce qui te ferait plaisir?

— Un cheval.

— Où le mettrais-tu?

— Je ne sais pas. Mais j'aimerais quand même un cheval.

— Tu sais combien ça coûte?

— Hélas oui. »

Ils se séparèrent.

Gunvald Larsson attendait Martin Beck au bureau. Ainsi qu'une enquête qui ne méritait même pas d'être qualifiée de charade comme Hammar avait eu le bon goût de le souligner pas plus tard que l'avant-veille.

— Comment est l'alibi de Ture Assarsson? s'enquit Larsson.

— C'est l'un des plus inébranlables des annales de la criminologie, répondit Beck. A l'heure du crime, il prononçait une allocution à l'hôtel de ville de Södertälje devant vingt-cinq personnes.

Larsson exhala un soupir lugubre.

— De plus, il ne serait pas très logique d'imaginer que Gösta Assarsson n'ait pas remarqué son propre frère montant dans le bus avec une mitraillette sous son manteau.

— Oui, le manteau... il aurait dû être rudement large pour dissimuler une M 37. Si toutefois elle n'était pas dans une valise.

— Sur ce point, vous avez raison.

— Il m'arrive parfois d'avoir raison.

— Tant mieux pour vous, rétorqua Martin Beck. Si vous aviez fait erreur l'autre nuit, je ne crois pas que nous serions assis ici tous les deux en train de tailler une bavette. Un de ces jours, vous ferez un faux pas, Gunvald, ajouta Martin Beck en pointant sa cigarette sur son subordonné.

— J'en doute.

Sur cette réplique, Gunvald sortit en se dandinant. A la porte, il croisa Kollberg.

— Qu'arrive-t-il à notre marteau-pilon ambulant? demanda ce dernier en jetant un coup d'œil au dos massif de Larsson qui s'éloignait. Il a un gros chagrin?

Beck hocha affirmativement la tête. Kollberg alla jusqu'à la fenêtre et soupira :

— Bon Dieu!

— Asa est toujours chez vous?

— Oui. Et ne me dites pas : « Vous êtes en train de vous constituer votre harem? » Parce que M. Larsson m'a déjà posé la question.

Le superintendant éternua.

— A vos souhaits. Il s'en est fallu de peu que je le balance par la fenêtre.

Kollberg était à peu près le seul qui aurait pu en être capable, songea Martin Beck.

— Merci.

— De quoi me remerciez-vous?

— De m'avoir dit « à vos souhaits ».

— Ah oui! Il n'y a plus beaucoup de gens de nos jours qui ont la politesse de dire merci. Ça me rappelle une affaire. Un photographe de presse qui avait dérouillé sa femme et l'avait foutue dehors sous la neige parce qu'elle ne l'avait pas remercié quand il lui avait dit « à tes souhaits ». C'était le Jour de l'an. Naturellement, il était ivre.

Il y eut un silence, puis Kollberg reprit d'une voix hésitante :

— Je ne crois pas que j'arriverai à tirer quelque chose de plus d'elle. D'Asa, bien entendu.

— Cela ne fait rien. On sait de quoi s'occupait Stenström.

Kollberg ouvrit la bouche toute grande.

— Ce n'est pas vrai!

— Si. Il était sur l'assassinat de Teresa. C'est clair comme de l'eau de roche.

— L'assassinat de Teresa?

— Oui. Vous n'aviez pas compris?

— Non. Et pourtant, j'ai passé en revue tous les dossiers classés depuis dix ans.

Martin Beck le dévisagea en mordillant rêveusement son stylo à bille. Les deux hommes eurent la même pensée. Ce fut l'inspecteur qui la formula :

— On ne peut pas communiquer exclusivement par télépathie.

— Le fait est. D'ailleurs, l'affaire Teresa remonte à seize ans et vous n'étiez pas dans le coup. C'est la police municipale qui a tout pris en charge de A jusqu'à Z. Je crois bien que Ek est désormais le seul qui en ait eu connaissance.

— Et vous avez déjà compulsé tous les rapports?

— Certes pas! Je les ai juste regardés en diagonale. Cela représente des milliers de pages. Tout est archivé à Västberga. On va y jeter un coup d'œil?

— Allons-y. J'ai besoin de me rafraîchir la mémoire.

Quand ils furent dans la voiture, Martin Beck demanda :

— Votre mémoire est peut-être quand même suffisamment fidèle pour vous permettre de réaliser pourquoi Stenström s'est intéressé à l'affaire Teresa?

— Oui. Parce que c'était la plus coton qu'il avait pu trouver.

— Exactement. Le plus impossible de tous les mystères impossibles. Il voulait montrer une fois pour toutes de quoi il était capable.

— Alors, il a foncé et s'est fait descendre. Ce que c'est con! Mais où est le rapport entre ces deux affaires?

Martin Beck ne répondit pas et les deux hommes n'échangèrent plus un mot avant le moment où, après maintes difficultés et pas mal de lenteurs, ils eurent réussi à trouver une place devant le commissariat du quartier sud. Il bruinait.

— Est-il maintenant possible de tirer l'affaire Teresa au clair? fit Kollberg.

— Je ne le crois pas un seul instant.

25

Kollberg poussa un soupir morose. Il feuilletait nonchalamment et au petit bonheur la pile de rapports qui s'entassaient devant lui.

— Il faudra une semaine pour passer tout ça au crible.

— Au moins. Connaissez-vous les circonstances exactes du crime?

— Non, même pas de façon schématique.

— Il doit y avoir un résumé quelque part. Mais, si vous voulez, je peux vous en donner les grandes lignes.

Kollberg acquiesça et Martin Beck sortit deux ou trois feuillets du monceau de paperasses.

— Les faits sont clairs et nets. D'une parfaite simplicité. C'est là que réside le problème.

— Allez-y, je vous écoute.

— Le matin du 10 juin 1951, c'est-à-dire il y a un peu plus de seize ans, un bonhomme qui cherchait son chat a trouvé un cadavre de femme dans les taillis près du terrain de sport de Stadshagen, à Kungsholmen. Elle était nue, couchée sur le ventre, les bras allongés de part et d'autre du corps. L'autopsie a révélé qu'elle avait été étranglée et que la mort remontait à cinq jours environ. Le corps était dans un bon état de conservation. De toute évidence, il avait été entreposé dans une chambre froide ou quelque chose du même goût. Tous les indices conduisaient à penser qu'il s'agissait d'un crime sexuel mais, compte tenu de l'important laps de temps qui s'était écoulé entre l'assassinat et la découverte du corps, le médecin légiste n'a pu relever de preuves matérielles de viol.

— Somme toute, un crime de sadique?

— Oui. Par ailleurs, l'examen des lieux a permis de conclure que le cadavre avait été déposé douze heures au maximum avant qu'il eût été trouvé, ce qui a été confirmé ultérieurement par les témoignages de personnes qui étaient passées par là la veille au soir et n'auraient pu manquer de tomber dessus. Des fragments de laine ont été trouvés, indiquant que la victime avait été transportée enveloppée dans une couverture grise. Il était donc évident que le meurtre avait été commis ailleurs et que l'on s'était ensuite débarrassé du corps en l'abandonnant au milieu des buissons. On n'a guère cherché à le dissimuler sous des feuilles ou des branchages. Je crois que c'est à peu près tout... Ah non! j'oubliais. Encore deux détails : le dernier repas de la victime était antérieur de plusieurs heures à sa mort. Et il n'y avait aucune trace de l'assassin — ni empreintes de pas ni rien d'autre.

Martin Beck tourna la page.

— La femme a été identifiée le jour même. Elle se nommait Teresa Camarão, elle avait vingt-six ans et elle était Portugaise. Arrivée en Suède en 1945, elle avait épousé la même année un compatriote, Henrique Camarão, de deux ans son aîné, ancien officier de transmissions de la marine marchande et qui était alors technicien radio. Teresa Camarão était née à Lisbonne en 1925. Selon la police portugaise, elle était issue d'une famille hautement respectable. La couche supérieure de la moyenne bourgeoisie. Elle s'était mise relativement tard à ses études du fait de la guerre et les avait abandonnées après avoir rencontré Henrique Camarão et s'être mariée avec lui. Ils n'avaient pas d'enfant. Vivaient dans l'aisance. Habitaient Torsgatan.

— Qui l'a identifiée?

— La police. Plus précisément, la brigade des mœurs qui la connaissait depuis deux ans. Le 15 mai 1949 — les circonstances étaient telles qu'il a été possible de déterminer la date exacte —, elle avait entièrement changé de comportement. Elle s'était enfuie de chez elle — c'est ce que dit le rapport — et, dès lors, hantait les bas-fonds. Bref, Teresa Camarão était devenue une putain. C'était une nymphomane et, durant ces deux années, elle avait fréquenté un nombre d'hommes incalculable.

— Oui, je me rappelle, fit Kollberg.

— Nous en arrivons maintenant au point intéressant. En trois jours, la police ne découvrit pas moins de trois témoins qui avaient vu la veille à 23 h 30 une voiture parquée sur Kungsholmsgatan à l'entrée du chemin au bord duquel le corps avait été retrouvé. Deux d'entre eux étaient en auto, le troisième à pied. Les premiers avaient également remarqué un homme debout près de la voiture à l'arrêt. A ses pieds reposait un objet de la taille d'un corps entortillé dans quelque chose qui semblait être une couverture grise. Le troisième témoin, qui était arrivé quelques minutes plus tard, n'a vu que l'auto. Les descriptions de l'inconnu étaient imprécises. Il pleuvait et il était dans l'ombre. La seule chose sûre était qu'il s'agissait d'un homme assez grand. Les témoins, pressés de préciser ce qu'ils entendaient par là, situaient sa taille entre 1 m 72 et 1 m 82, ce qui englobe 90 % de la population mâle du pays. Mais...

— Oui?

— Mais en ce qui concerne le véhicule, tous les témoignages étaient formels : c'était une voiture française, une 4 CV Renault, un modèle sorti en 1947 et qui n'a pour ainsi dire pas été modifié au cours des années.

— La 4 CV, murmura Kollberg. C'est Porsche qui l'a conçue quand il était détenu comme criminel de guerre. On l'avait enfermé dans la gardiennerie de l'usine. Là, il s'est mis à dessiner des plans. Je crois qu'il a fini par être acquitté. Les Français ont fait des millions avec cette bagnole.

— Vous avez des connaissances stupéfiantes sur les sujets les plus différents, laissa sèchement tomber Martin Beck.

— Pouvez-vous deviner maintenant quel rapport il y a entre l'affaire Teresa et le fait que Stenström ait été abattu avec huit autres personnes dans un autobus il y a un mois?

— Attendez un peu.

— Que s'est-il passé ensuite?

— La police de Stockholm a mené une enquête d'une ampleur sans précédent en Suède, une enquête qui a pris des proportions gigantesques. D'ailleurs, vous verrez vous-même. On a interrogé des centaines de personnes ayant connu Teresa Camarão ou ayant été en contact avec elle mais il n'a pas été possible d'établir qui l'avait vue en vie pour la dernière fois. Ses traces disparaissent brusquement une semaine jour pour jour avant sa mort. Elle avait passé la nuit avec un type dans un hôtel de Nybrogatan. Ils s'étaient quittés le lendemain à 12 h 30 devant un café de Möster Samuelsgatan. Point à la ligne. On a fait la chasse à toutes les 4 CV Renault en circulation. D'abord à Stockholm puisque les témoins déclaraient que la plaque d'immatriculation était de Stockholm. Puis toutes les voitures de ce type existant en Suède ont été vérifiées au cas où la plaque aurait été maquillée. Cela a pris près d'une année. Finalement, il a pu être prouvé, effectivement prouvé, qu'aucune de ces autos n'avait pu se trouver à Stadshagen le 9 juin 1951 à 23 h 30.

— Ouais. Dès lors...

— Exactement. Dès lors, c'était l'impasse dans toute sa beauté. Terminé. Affaire classée. A un petit détail près — un détail fâcheux : Teresa Camarão avait été assassinée et on ne savait pas qui avait fait le coup. L'enquête eut un dernier sursaut en 1952 quand les polices danoise, norvégienne et finlandaise nous informèrent que cette sacrée bagnole n'avait pu sortir ni du Danemark, ni de Norvège, ni de Finlande. Au même moment, la douane suédoise confirma qu'elle n'avait pu venir d'aucun pays étranger. Vous vous rappelez peut-être que, à cette époque, les automobiles étaient beaucoup moins nombreuses et qu'une multitude de formalités étaient nécessaires pour faire passer la frontière à un véhicule à moteur.

— Oui, je m'en souviens. Et ces témoins...

— Les deux qui étaient motorisés étaient des camarades de travail. L'un était contremaître dans un garage, l'autre mécanicien. Le troisième était, lui aussi, très au courant des questions d'automobiles. Devinez ce qu'il faisait dans la vie...

— C'était le directeur des usines Renault?

— Non. C'était un officier de police spécialisé dans les problèmes de la circulation. Un certain Carlberg. Il est mort, maintenant. Mais rien n'a été négligé. On a fait passer toute une série de tests aux trois hommes. Il leur a été demandé à chacun d'identifier la silhouette de différents véhicules sur des vues fixes. Tous ont reconnu les modèles courants et le contremaître n'ignorait rien des marques les plus exotiques comme Hispano-Suiza et Pegaso. On a été jusqu'à dessiner à son intention une auto imaginaire. Il n'est pas tombé dans le piège : il a reconnu la calandre d'une Fiat 500 et l'arrière d'une Dyna Panhard.

— Quelle était l'opinion — l'opinion personnelle, j'entends — des gens chargés de l'enquête?

— Les discussions officieuses se ramenaient à peu près à ceci : le meurtrier est l'un des innombrables personnages qui ont couché avec Teresa Camarão et il l'a étranglée au cours d'une crise comme en ont les maniaques sexuels. Si l'on est tombé sur un os, c'est parce que quelqu'un a fait une bourde au niveau des vérifications des 4 CV : donc, recommençons. Et recommençons encore. Ensuite, on est arrivé à la conclusion fort légitime que, après tout ce temps, la piste était froide. On continuait de penser que, d'une façon ou d'une autre, le contrôle des Renault n'avait pas été fait correctement mais qu'il était trop tard. Je suis sûr que Ek, par exemple, qui était dans le coup est encore aujourd'hui du même avis. Et, en gros, je suis d'accord. Je ne vois pas d'explication.

Kollberg médita quelques instants en silence avant de demander :

— Qu'est-il arrivé à Teresa ce fameux jour de mai 1949?

Martin Beck compulsa le dossier.

— Elle a subi une sorte de choc qui déclencha un phénomène psychologique, un état mental et physique relativement rare mais n'ayant néanmoins rien d'absolument exceptionnel. Teresa Camarão était issue d'une famille appartenant à la bonne bourgeoisie. Ses parents étaient catholiques et elle l'était aussi. Quand elle s'était mariée, à vingt ans, elle était vierge. Elle vécut quatre ans avec son mari d'une manière typiquement suédoise bien que tous deux fussent étrangers et dans un environnement typiquement grand bourgeois. C'était une personne réservée, sensible et de tempérament placide. Son époux considérait qu'ils faisaient un bon ménage. J'ai sous les yeux les déclarations d'un médecin selon lesquelles Teresa était un pur produit de ces deux milieux, la grande bourgeoisie catholique puritaine et la puritaine bourgeoisie suédoise avec tous les tabous moraux inhérents à l'une et à l'autre. Je vous laisse imaginer ce que peut donner le mélange. Le 15 mai 1949, Henrique Camarão s'absenta pour affaires. Sa femme assista à une conférence avec une amie. Elles rencontrèrent un monsieur que l'amie connaissait et qui raccompagna les deux femmes à Torsgatan chez les Camarão où il était entendu qu'il passerait la nuit ainsi que l'amie qui était divorcée. On prit le thé et on discuta de la soirée devant un verre. Le bonhomme était un peu déprimé parce qu'il venait de rompre avec sa maîtresse. J'ajoute qu'il épousa celle-ci un peu plus tard. Il trouva Teresa attirante et entreprit de lui faire la cour. L'amie, qui savait que Mme Camarão était l'être le plus rigidement moral que l'on puisse imaginer, alla se coucher. Elle dormit sur un divan dans le hall d'où l'on ne pouvait rien entendre. Le gars répéta une bonne douzaine de fois à Teresa qu'ils devraient passer la nuit ensemble mais elle s'obstinait à faire la sourde oreille. En définitive, il la prit tout bêtement dans ses bras, la porta dans la chambre, la déshabilla et lui fit l'amour. Pour autant qu'on le sache, jamais Teresa Camarão ne s'était montrée nue devant qui que ce soit, même devant une femme. Elle n'avait jamais eu d'orgasme. Cette nuit-là, elle en connut pas loin d'une vingtaine. Au matin, son amant lui dit « au revoir » et prit congé. Pendant une semaine, Teresa lui téléphona dix fois par jour, puis il n'entendit plus parler d'elle. Il se rabibocha avec sa petite amie, l'épousa et tous deux furent très heureux. Il y a là-dedans une bonne douzaine de procès-verbaux d'interrogatoire de ce garçon. Il a été cuisiné à fond mais il avait un alibi et pas de voiture. En outre, c'était un brave type d'une parfaite honorabilité, qui vivait heureux en ménage et ne trompait pas sa femme.

— Et Teresa s'est alors mise à courir comme une chienne en chaleur?

— Oui. Littéralement. Elle quitta le foyer conjugal, son mari ne voulut plus entendre parler d'elle, tous ses amis, toutes ses relations la laissèrent tomber. Deux ans durant, elle cohabita de façon éphémère avec une vingtaine d'hommes différents et eut des rapports sexuels avec un nombre dix fois plus important de gens. C'était une nymphomane prête à n'importe quoi. D'abord, elle faisait cela pour rien mais, vers la fin, il lui arrivait d'accepter de l'argent. Naturellement, elle ne rencontra jamais personne avec qui elle aurait pu vivre pendant un temps relativement long. Elle n'avait pas d'amie femme et elle dégringola tout en bas de l'échelle sociale. Moins de six mois plus tard, ses fréquentations se recrutaient exclusivement dans la pègre, comme l'on dit. Elle s'était également mise à boire. Elle était connue de la brigade des mœurs mais on ne réussit jamais à mettre la main sur elle. Nos collègues étaient sur le point de l'arrêter pour vagabondage quand elle est morte.

Martin Beck tendit le doigt vers le monceau de rapports.

— Il y a là-dedans une foule de témoignages émanant de gens qui sont tombés entre ses griffes. Elle ne leur laissait pas la paix un seul instant et était impossible à satisfaire. La plupart avaient dès la première fois une trouille du feu de Dieu, surtout les hommes mariés qui cherchaient simplement à s'amuser un peu en douce. Elle était en rapport avec une multitude de personnages douteux, de semi-gangsters, de voleurs, d'escrocs, de trafiquants du marché noir et autres individus de la même farine. Enfin, vous vous rappelez la clientèle de ce temps-là!

— Et le mari?

— Il était scandalisé, ce qui paraît assez normal. Il divorça. Il changea de nom et prit la nationalité suédoise. Puis il fit la connaissance d'une fille de bonne famille à Stocksund, se remaria avec elle. Elle lui donna deux enfants et tout ce petit monde vit paisiblement à Lidingö où il a acheté une maison. Son alibi est aussi étanche que le radeau du capitaine Cassel.

— Le quoi?

— Il y a une lacune dans votre savoir encyclopédique : vous ne connaissez rien aux bateaux. Jetez donc un coup d'œil dans cette chemise : vous verrez où Stenström a trouvé quelques-unes de ses idées.

Kollberg examina le contenu de la chemise et s'exclama :

— Bigre! Je n'ai jamais vu une gonzesse aussi velue! Qui a pris ces photos?

— Un photographe amateur à l'alibi sans défaut et qui ne possédait pas de Renault. Mais, contrairement à Stenström, il se faisait de jolis gains en vendant ces clichés. Rappelez-vous : à l'époque, nous n'étions pas submergés comme aujourd'hui sous un flot de pornographie avancée.

— Mais quel lien peut-il y avoir entre cette affaire vieille de seize ans et le massacre de l'autobus qui a coûté la vie à Stenström et à huit autres personnes? demanda Kollberg après quelques instants.

— Aucun.

— Pourquoi n'a-t-il rien dit?

— Eh oui! Maintenant, tout est clair. Stenström a repris les dossiers classés. Comme il était très ambitieux et encore naïf, il a jeté son dévolu sur l'affaire la plus impossible qu'il ait pu trouver. S'il résolvait le meurtre de Teresa Camarão, ce serait un exploit fantastique. Et il ne nous a rien dit parce qu'il savait qu'on lui aurait ri au nez. Quand il a précisé à Hammar qu'il ne voulait pas d'une affaire trop ancienne, sa décision était déjà prise. Il avait douze ans quand Teresa s'est retrouvée dans un tiroir de la morgue et il ne lisait probablement pas les journaux. Il a estimé que, dans ces conditions, il avait un œil frais et a passé au peigne fin tous les rapports d'enquête.

— Qu'a-t-il trouvé?

— Rien. Parce qu'il n'y a rien à trouver. C'est sans faille.

— Comment le savez-vous?

Martin Beck dévisagea gravement Kollberg.

— Parce que j'ai fait exactement la même chose que lui, il y a onze ans. Moi non plus, je n'ai rien trouvé. Et je n'avais pas sous la main une Asa Torell pour me livrer à des expériences psychologico-sexuelles. A l'instant où vous m'avez parlé d'Asa, j'ai deviné sur quoi s'était lancé Stenström. Seulement, j'avais oublié que vous ne connaissiez pas comme moi l'affaire Teresa. J'aurais d'ailleurs dû le réaliser lorsque vous avez déniché les photos dans le bureau de Stenström.

— Donc, il essayait une sorte de méthode psychologique?

— Oui. C'est la seule voie qui reste. Dégoter une personne ressemblant d'une certaine façon à Teresa Camarão et voir comment elle réagit. Ce n'est pas tellement déraisonnable, surtout si l'on a la bonne fortune d'avoir la personne idoine sous la main. L'enquête en tant que telle ne présente pas le moindre trou. Ou alors...

— Ou alors?

— J'allais dire : ou alors, il faudrait avoir recours à une extra-lucide. Seulement, il y a déjà eu un brillant esprit pour y penser. C'est dans le dossier.

— Mais cela ne nous apprend pas ce que Stenström faisait dans ce bus.

— Non. Cela ne nous apprend strictement rien.

— Je vais quand même vérifier une ou deux petites choses.

— Faites donc.

Kollberg rechercha Henrique Camarão, qui se faisait maintenant appeler Hendrik Caam, un corpulent monsieur d'un certain âge, qui soupira et jeta un coup d'œil inquiet en direction de son épouse, une femme blonde et du meilleur monde, et de son fils de treize ans — veste de velours et cheveux à la Beatles.

— On ne me laissera donc jamais en paix? fit-il. L'été dernier, encore, j'ai reçu la visite d'un jeune policier qui...

Kollberg vérifia également l'alibi de Caam pour la soirée du 13 novembre : il était inattaquable.

Il retrouva aussi la trace de l'homme qui, dix-huit ans auparavant, avait pris les photos de Teresa : un vieillard édenté et alcoolique qu'il rencontra dans une cellule du pavillon des incurables de la prison centrale. L'individu, ancien cambrioleur, eut un rictus et dit :

— Teresie... Et comment que je me souviens d'elle! Elle avait les pointes de ses nichons grosses comme des capsules de bouteilles de bière. Marrant! Y'a quelques mois, un autre flic est venu pour...

Kollberg lut le rapport sans omettre un seul mot. Cela lui prit exactement une semaine. Le mardi 18 décembre au soir, il arriva à la dernière page.

Alors, il se tourna vers sa femme. Il y avait plusieurs heures qu'elle était endormie. De sa tête enfoncée dans l'oreiller, on ne voyait qu'une tignasse emmêlée. Elle était couchée sur le ventre, la jambe droite repliée et le dessus de lit qui avait glissé la dénudait jusqu'à la taille. Le divan de la salle de séjour grinça quand Asa Torell se leva pour aller sur la pointe des pieds boire un verre d'eau dans la cuisine. Elle dormait toujours mal.

Rien n'a été négligé, songea Kollberg. Il n'y a pas une faille. Quand même, j'établirai demain la liste de toutes les personnes qui ont été entendues ou dont on sait qu'elles ont été en rapport avec Teresa Camarão. Comme cela, on verra ce qui reste de tout ce monde et ce que sont devenus tous ces gens-là.

26

Un mois avait passé depuis le massacre de l'autobus et l'assassin neuf fois meurtrier courait toujours.

Il n'y avait pas que les autorités, la presse et l'opinion publique à montrer leur impatience. Une autre catégorie de la population avait tout particulièrement hâte que la police capturât le coupable le plus rapidement possible, la catégorie communément englobée sous l'étiquette générique de « pègre ».

La plupart des citoyens vivant du crime se trouvaient depuis un mois réduits à une inactivité forcée : tant que la police était sur les dents, il valait mieux ne pas faire de vagues. Il n'était, dans tout Stockholm, pas un voleur, pas un camé, pas un trafiquant de drogue, pas un agresseur de passants, pas un revendeur d'alcool clandestin, pas un souteneur qui ne souhaitât ardemment l'arrestation rapide du meurtrier de l'autobus afin que la police puisse à nouveau se consacrer aux manifestants qui protestaient contre la guerre du Vietnam et aux automobilistes en stationnement illicite et qu'eux-mêmes puissent reprendre leur labeur.

En conséquence, les truands faisaient pour une fois cause commune avec les forces de l'ordre et la plupart d'entre eux ne voyaient aucune objection à prêter leur concours à la chasse à l'homme. Cette complaisance servait aussi Rönn qui s'obstinait à reconstituer pièce à pièce le puzzle Göransson. S'il était tout à fait conscient des motifs de cette bonne volonté inattendue, celle-ci n'en faisait pas moins son affaire.

Depuis quelque temps, il passait ses nuits à contacter les gens qui avaient connu Göransson. Dans des îlots insalubres, dans des bars, dans des brasseries, dans des salles de billard, dans des garnis. Si certains se refusaient à coopérer, beaucoup ne demandaient pas mieux.

Le 13 décembre, il rencontra sur une péniche amarrée à Söder Mälarstrand une fille qui lui promit de le mettre en rapport le lendemain soir avec Sune Björk, l'homme qui avait hébergé Göransson pendant une ou deux semaines.

Le lendemain tombait un jeudi. Rönn, qui, au cours des jours précédents, n'avait dormi que quelques heures par-ci par-là, passa la moitié de la journée au lit. Il se leva à 13 heures et aida sa femme à faire ses valises. Il l'avait persuadée d'aller passer les vacances à Arjeplog chez ses parents, craignant de n'avoir guère le temps de célébrer Noël cette année.

Il la conduisit à la gare, rentra chez lui, prit du papier, un stylo et s'installa à la table de la cuisine, le rapport de Nordin et son propre calepin devant lui. Ayant mis ses lunettes, il commença à écrire :

Nils Eric Göransson.

Né dans la paroisse finlandaise, Stockholm, 4. 10. 1929.

Parents : Algot Erik Göransson, électricien, et Benita Rantanen. Divorcés en 1935. La mère s'installe à Helsinki. Le père a la garde de l'enfant.

G. vit avec son père à Sundbyberg jusqu'en 1945.

Sept années de scolarité suivies de deux années dans une école professionnelle de peinture-décoration.

S'installe en 1947 à Gothenburg où il travaille comme apprenti chez un peintre artisan. Épouse Gudrun Maria Svensson à Gothenburg, 1. 12. 1948. Divorce 13. 5. 1949.

De juin 1949 à mars 1950, au service de la Cie Maritime Svea comme homme de pont. Cabotage sur la côte de la Bal-

tique. S'installe à Stockholm été 1950. Employé par la Société de Peinture Amandus Gustavsson. Licencié en novembre 1950 pour ivresse pendant le travail. Dès lors, semble avoir dégringolé la pente. Occupe des emplois de fortune — gardien de nuit, commissionnaire, chasseur, magasinier, etc. — mais subsiste probablement grâce à de petits larcins et autres délits mineurs. N'a cependant jamais été appréhendé pour une affaire importante quoiqu'il ait été plusieurs fois inculpé d'ivresse et de désordres. Adopte pendant un certain temps le nom de jeune fille de sa mère, Rantanen. Son père meurt en 1958 et il reprend l'appartement de ce dernier de 1958 à 1964. Expulsé en 1964 parce qu'il n'avait pas payé son loyer depuis trois mois.

S'est vraisemblablement mis à la drogue au cours de l'année 1964. Pas de résidence fixe de cette date à sa mort. En janvier 1965, emménage chez Gurli Löfgren, Skeppar Karlsgränd 3, avec laquelle il vit jusqu'au printemps 1966. Pendant toute cette période, ni lui ni elle n'ont de travail régulier. La fille Löfgren était connue à la brigade des mœurs mais, vu son âge et son physique, elle ne devait pas gagner beaucoup en se livrant à la prostitution. Elle faisait elle aussi usage de stupéfiants. Gurli Löfgren meurt d'un cancer à quarante-sept ans le jour de Noël 1966. Au début de mars 1967, G. rencontre Magdalena Rosén (alias Malin la Blonde) avec laquelle il se met en ménage. Il demeure chez elle, Arbetargatan 3, jusqu'au 29. 8. 1967. Loge provisoirement chez Sune Björk du début septembre à la mi-octobre de cette année.

Entre octobre et novembre, a été traité à deux reprises au service vénérien de l'hôpital St Göran (blennorragie).

Sa mère s'est remariée. Elle habite toujours Helsinki et a été avertie par lettre de la mort de son fils.

Selon la fille Rosén, Göransson avait toujours de l'argent sur lui. Elle ignore la source de ses revenus. A sa connais-

sance, il ne s'occupait pas de trafic de drogue et n'avait aucune autre combine.

Rönn se relut. Il avait une écriture microscopique et la totalité de ses notes tenait largement sur une seule page. Il rangea la feuille dans sa serviette, glissa son carnet dans sa poche et sortit pour son rendez-vous avec Sune Björk.

La fille de la péniche l'attendait devant le kiosque à journaux de Mariatorget.

— Je ne viens pas avec vous, lui dit-elle. Mais Sune est au courant de votre visite. Je l'ai averti. J'espère que je n'ai pas fait de bêtise.

Elle lui donna une adresse de Tavastgatan et s'éloigna en direction de Slussen.

Sune Björk était plus jeune que Rönn ne l'avait pensé. Pas plus de vingt-cinq ans. Une barbe blonde, un abord sympathique. Apparemment, rien n'indiquait qu'il se droguait et Rönn se demandait ce qu'il avait pu avoir de commun avec un minable comme Göransson qui, en outre, n'était pas de la même génération.

L'appartement, pauvrement meublé, se composait en tout et pour tout d'une chambre et d'une cuisine. Les fenêtres donnaient sur une courette crasseuse. Le policier prit place sur l'unique chaise et Björk s'assit sur le lit.

— Il paraît que vous cherchez à vous renseigner sur Nisse, commença-t-il. Je dois avouer que je ne sais pas grand-chose à son sujet mais j'ai pensé que vous pourriez peut-être vous charger de ses affaires.

Il se baissa pour sortir de sous le lit un cabas qu'il tendit à Rönn.

— Il a laissé ça en partant. Il a emporté quelques trucs. Là-dedans, il y a surtout des vêtements. Des nippes sans valeur.

Rönn posa le sac à côté de sa chaise.

— Je voudrais que vous me disiez depuis quand vous le connaissiez, où et dans quelles conditions vous l'avez rencontré et pourquoi vous l'avez hébergé.

Björk croisa les jambes.

— Si vous voulez. Je peux vous taper d'une sèche?

Rönn lui tendit son paquet. Björk prit une cigarette et l'alluma après en avoir arraché le filtre d'un coup de dents.

— Je vais vous dire. Je buvais une bière au Zum Franziskaner. Il était à la table voisine. C'était la première fois que je le voyais mais on s'est mis à bavarder et il m'a payé un coup de pinard. Je l'ai trouvé sympa et, quand la boîte a fermé, je l'ai emmené chez moi parce qu'il m'avait dit qu'il était sur le pavé. On était drôlement beurrés. Le lendemain, il m'a offert un ou deux verres et de quoi croûter. Ça devait être le 3 ou le 4 septembre, je ne me rappelle plus exactement.

— Avez-vous remarqué qu'il se droguait?

Björk secoua la tête.

— Pas tout de suite. Mais, deux jours plus tard, j'ai vu qu'il s'envoyait une dose dès le réveil et, naturellement, j'ai réalisé. Il m'a d'ailleurs demandé si je voulais y tâter mais, ce truc-là, je ne suis pas client.

Ses manches de chemise étaient roulées ct Rönn jeta un coup d'œil exercé au défaut du coude. Son interlocuteur disait manifestement la vérité.

— Il n'y a guère de place chez vous. Pourquoi l'avez-vous hébergé si longtemps? A propos, est-ce qu'il vous payait sa pension?

— Il m'a fait l'effet d'un type réglo. Non, en fait, il ne payait pas de loyer mais il ne manquait pas d'argent et il ramenait toujours quelque chose — de la bouffe, de l'alcool, des machins comme ça...

— D'où tirait-il cet argent?

Haussement d'épaules de Björk.

— J'en sais rien. Et puis, c'étaient pas mes oignons. Tout ce que je peux vous dire, c'est qu'il ne travaillait pas.

Le regard de Rönn se posa sur les mains de Björk. Elles étaient noires et incrustées de crasse.

— Qu'est-ce que vous faites comme boulot?

— Je gratte dans la mécanique. Les bagnoles. Dites donc, j'ai rendez-vous avec une nana et j'aimerais que vous fassiez vite. Qu'est-ce que vous voulez savoir encore?

— De quoi discutiez-vous? Vous parlait-il de lui?

L'autre se gratta le nez.

— Il m'a dit qu'il avait été marin mais j'ai l'impression que ça remontait à un bout de temps. Et puis il causait beaucoup de femmes. D'une, en particulier, qu'avait cassé sa pipe y'avait pas très longtemps. C'était comme une mère en mieux, qu'il disait.

Un silence. Puis Björk ajouta gravement :

— Sa mère, on la saute pas, pas vrai? A part ça, il n'aimait pas tellement se raconter.

— Quand a-t-il déménagé?

— Le 8 octobre. Je m'en souviens parce que c'était un dimanche et que c'est tombé le jour de sa fête. Il a embarqué toutes ses affaires sauf celles qui sont dans ce sac. Il n'avait pas grand-chose. Il m'a expliqué qu'il avait trouvé une autre crèche mais qu'il reviendrait me dire au revoir d'ici un jour ou deux.

Björk s'interrompit pour écraser son mégot dans la tasse à café posée par terre. « Mais je ne l'ai plus revu. Et maintenant, voilà qu'il est mort. C'est Sivan qui me l'a appris. C'est vrai qu'il a été tué dans l'autobus? »

Rönn confirma d'un coup de menton.

— Savez-vous où il est allé après vous avoir quitté?

— Aucune idée. Il ne m'a plus jamais donné signe de vie. Il a rencontré quelques-uns de mes copains ici mais je ne connais pas les siens. Je ne sais presque rien de lui.

Björk se leva et alla se coiffer devant la glace accrochée au mur.

— Vous savez qui c'était, le gars qui a fait le coup dans le bus? demanda-t-il.

— Non, répondit Rönn, pas encore.

Björk ôta son chandail.

— Maintenant, faut que je me change. Y'a ma petite qui m'attend.

— Vous ignorez donc ce qu'il a fait après le 8 octobre? fit Rönn en se levant et en se dirigeant vers la porte, le cabas à la main.

— Je vous l'ai déjà dit, non?

Il prit une chemise propre dans la commode.

— Je ne sais qu'une seule chose.

— Quoi?

— Il était terriblement nerveux depuis huit ou quinze jours. Comme si quelque chose lui trottait dans la tête.

— Mais vous ignorez quoi?

— Oui.

Rönn regagna son appartement vide. A peine arrivé, il alla directement dans la cuisine et vida le sac sur la table, puis passa minutieusement en revue chacun des objets qu'il contenait.

Une casquette élimée et crasseuse, une paire de caleçons qui avaient jadis été blancs, une cravate fripée à rayures rouges et vertes, une ceinture de cuir synthétique à boucle de laiton, une pipe au tuyau mâchonné, un gant de pécari dépareillé à garniture tricotée, une paire de chaussettes de nylon jaune, deux mouchoirs sales et une chemise de popeline bleu ciel chiffonnée.

Au moment où Rönn allait laisser tomber cette dernière dans le sac en compagnie des autres objets qu'il avait examinés, il remarqua un bout de papier dépassant de la poche. Il le prit et le déplia. C'était une addition d'un montant de 78,25 couronnes à l'en-tête du restaurant Pilen. Elle était datée du 7 octobre.

Il la retourna. Quelque chose avait été écrit au stylo à bille au verso :

10,8 bf	3 000
Morph	500
Doit ga	100
Doit mb	50
Dr P	650
	1 300
Solde	1 700

Rönn croyait reconnaître l'écriture de Göransson dont il avait vu plusieurs spécimens chez Malin la Blonde. Il réfléchit. Cela devait signifier que Nisse Göransson devait recevoir le 8 octobre — le jour où il avait quitté Sune Björk — 3 000 couronnes, peut-être de quelqu'un dont les initiales étaient B.F.. Là dessus, il envisageait d'acheter pour 500 couronnes de morphine, de rembourser des dettes représentant un total de 150 couronnes et de donner 650 couronnes à un certain docteur P. — pour de la drogue ou autre chose. Il lui serait resté 1 700 couronnes. Un mois plus tard, quand on avait retrouvé son cadavre dans le bus, il avait plus de 1 800 couronnes sur lui. Donc, il avait eu d'autres rentrées après le 8 octobre. Ce supplément d'argent venait-il de la même source, *bf* ou B.F.? Il ne s'agissait pas forcément d'une personne : c'était peut-être une abréviation voulant dire autre chose.

Un retrait de fonds? Göransson n'était pas le genre de type à avoir un compte en banque. En définitive, *bf* devait être un individu, c'était le plus vraisemblable. Rönn feuilleta son carnet mais aucune des personnes qu'il avait interrogées ou dont il avait entendu parler et qui avaient été en rapport avec Göransson n'avait ces initiales.

Il mit la facture dans son porte-documents qu'il alla poser en compagnie du cabas sur la table de l'entrée, puis il se coucha.

Il resta longtemps à se demander d'où provenaient les revenus de Göransson.

27

Ce matin-là, jeudi 21 décembre, ce n'était pas drôle d'être policier. La veille, en pleine hystérie d'avant Noël, une armée d'agents en tenue et d'inspecteurs en civil s'étaient trouvés aux prises dans un affrontement spectaculaire et on ne peut plus chaotique avec une foule d'ouvriers et d'intellectuels sortant de la Bourse du Travail où s'était tenu un meeting sur le Vietnam. Les opinions étaient divisées sur ce qui s'était réellement passé et elles le resteraient selon toute probabilité mais, ce matin, un matin sinistre et glacé, il n'y avait pas beaucoup de policiers qui avaient le cœur à rire.

Mansson était le seul à avoir tiré profit de l'incident. Naïvement, il avait déclaré qu'il n'avait rien de spécial à faire et on l'avait aussitôt expédié là-bas pour participer au maintien de l'ordre. Tout d'abord, il s'était dissimulé dans l'ombre de l'église Adolf Fredrik, sur Sveavägen, dans l'espoir que les désordres, s'il devait y en avoir, ne s'étendraient pas jusque-là. Mais la police attaquait de toutes parts, sans méthode, et les manifestants — il fallait bien qu'ils aillent quelque part — s'étaient frayé un chemin en direction de Sveavägen. Alors, Mansson avait battu en retraite et avait fini par se réfugier dans un restaurant, histoire de se réchauffer un peu et de procéder à quelques recherches. En sortant, il avait chipé un cure-dent sur une table. Or ce cure-dent, enfermé dans un emballage de papier, était parfumé au menthol.

De sorte que, en ce sombre matin, l'inspecteur Mansson était sans doute le seul représentant des forces de l'ordre à être heureux. Il avait déjà téléphoné au restaurant qui lui avait communiqué l'adresse de son fournisseur.

Einar Rönn, lui, n'était pas heureux. Quelque part sur Ringvägen, en plein vent, il contemplait un trou dans la chaussée. Et une bâche. Des panneaux de la voirie avaient été disposés à l'entour. Il n'y avait pas âme qui vive autour du trou. On ne pouvait en dire autant de la camionnette de service arrêtée une cinquantaine de mètres plus loin. Rönn connaissait les quatre hommes qui y étaient installés en compagnie de leurs thermos.

— Salut, les gars, se contenta-t-il de leur dire.

— Salut. Fermez la porte. Mais si c'est vous qui avez flanqué un coup de matraque sur la tête de mon fils hier soir à Barnhusgatan, je ne vous adresserai pas la parole.

— Non, ce n'était pas moi. J'étais à la maison à regarder la télé. La bourgeoise est en province.

— Bon, alors asseyez-vous. Vous voulez du café?

— Merci, ce n'est pas de refus.

Au bout d'un moment, l'un des ouvriers lui demanda :

— Vous êtes à la recherche de quelque chose de particulier?

— Oui... un certain Schwerin... il était né en Amérique. Est-ce que cela se remarquait quand il parlait?

— Et pas qu'un peu! Il avait exactement l'accent d'Anita Ekberg. Et il causait anglais quand il était saoul.

— Quand il était saoul?

— Oui. Et quand il se mettait en colère. Ou quand il ne faisait pas attention.

Pour regagner Kungsholmen, Rönn prit le 54. C'était un autobus rouge à impériale, au toit couleur crème. Marque Leyland Atlantean. En dépit des affirmations de Ek prétendant que les autobus à impériale ne prenaient que des voyageurs assis, le véhicule était bourré de gens qui s'accrochaient d'une main à quelque chose pour garder leur équilibre et se servaient de l'autre pour porter paquets et colis.

Pendant tout le trajet, Rönn réfléchit à plein régime. Une fois au bureau, il s'assit un moment devant sa table. Puis il entra dans la pièce voisine, dit : « Il ne l'a pas reconnu » et ressortit.

— Ça y est! Il a perdu les pédales, lui aussi, grommela Gunvald Larsson.

— Un instant, fit Martin Beck. J'ai l'impression qu'il a trouvé quelque chose.

Le superintendant se leva et passa dans le bureau voisin. Celui-ci était vide. Le chapeau et le pardessus de Rönn n'étaient pas là.

Une demi-heure plus tard, Rönn ouvrit de nouveau la porte de la camionnette arrêtée Ringvägen. Les anciens collègues de Schwerin n'avaient pas bougé, ils étaient toujours à la même place. Le trou béant au milieu de la chaussée était intact.

— Bon Dieu! Vous m'avez fait peur! s'écria l'un des cantonniers. J'ai cru que c'était Olsson.

— Olsson?

— Oui. Ou « Oleson » comme disait Alf.

Rönn ne fit état des résultats de ses recherches que le lendemain matin, le 22 décembre.

Martin Beck coupa le magnétophone.

— Vous croyez donc que, à votre question : « Qui a tiré? », il a répondu en anglais : « *Didn't recognize him* », c'est-à-dire : je ne l'ai pas reconnu.

— Oui.

— Et quand vous lui avez ensuite demandé à quoi il

ressemblait, la réponse a été « *Like Olsson* » — comme Olsson.

— Oui. Et puis il est mort.

— Bravo, Einar.

— Qui diable est cet Olsson? s'enquit Gunvald Larsson.

— C'est une sorte de contrôleur. Il se balade de chantier en chantier pour s'assurer que les ouvriers ne tirent pas leur flemme.

— Et à quoi ressemble-t-il, sacré nom d'une pipe?

— Il est dans mon bureau, répliqua Rönn, la mine modeste.

Beck et Larsson passèrent chez Rönn. Ils dévisagèrent Olsson. Le second ne resta que dix secondes, murmura « euh, euh » et fit demi-tour. Olsson le regarda partir bouche bée.

Martin Beck, lui, resta trente secondes.

— Je suppose que vous avez noté tous les renseignements, Einar?

— Oui, répondit Rönn.

— Eh bien, je vous remercie, M. Olsson.

Sur ce, le superintendant s'éclipsa. L'ébahissement d'Olsson ne faisait que croître.

Quand Beck revint après le déjeuner — il avait réussi à avaler un verre de lait, deux tranches de fromage et une tasse de café —, il y avait sur son bureau une feuille portant un titre laconique : Olsson. Le texte était de la main de Rönn.

Olsson, 46 ans, contrôleur des Ponts et Chaussées.

Taille : 1 m 80. Poids : 78 kg, nu.

Cheveux frisés blond cendré. Yeux gris. Osseux. Visage long et maigre, traits marqués, nez proéminent et aquilin, bouche épaisse, lèvres minces, bonne denture. Chausse du 43.

Teint hâlé en raison de son métier, dit-il, qui l'oblige à être souvent au-dehors.

Tenue soignée : costume gris, chemise et cravate blanches, chaussures noires. Quand il travaille à l'extérieur, porte un imperméable gris lui arrivant aux genoux, large et ample. Possède deux complets identiques qu'il ne quitte jamais en hiver. Coiffé d'un chapeau de cuir noir à ruban étroit. Porte d'épais brodequins à semelles de caoutchouc strié. Quand il pleut ou quand il neige, met des bottes de caoutchouc noir.

A un alibi pour la soirée du 13 novembre. De 22 heures à minuit, il était au siège du club de bridge dont il est membre. Il a pris part à la compétition. Présence confirmée par le marqueur et le témoignage des trois autres joueurs.

Interrogé sur Alfons (Alf) Schwerin, Olsson a répondu qu'il le considérait comme un homme facile à vivre mais paresseux et gros buveur.

— Vous croyez que Rönn l'a déshabillé pour le peser? demanda Gunvald Larsson.

Martin Beck ne répondit pas.

— Quelles conclusions d'une admirable logique! reprit l'inspecteur. Il avait un chapeau sur la tête et des chaussures aux pieds. Il ne porte pas toujours son imperméable. Qu'est-ce que vous allez faire de ça?

— Je ne sais pas. C'est une sorte de signalement.

— Oui. Le signalement d'Olsson.

— Où en est-on avec Assarsson?

— Je viens justement de parler avec Jacobsson. Un sale client.

— Qui? Jacobsson?

— Oh! Lui aussi. Je suppose qu'il est furieux parce qu'ils n'arrivent pas à cravater leurs camés et que nous avons fait le boulot à leur place.

— Pas nous : vous.

— Jacobsson lui-même reconnaît évidemment que l'ami Assarsson est le plus gros trafiquant de drogue sur lequel il ait jamais réussi à mettre la main. Ils devaient avoir de l'argent comme s'il en pleuvait, les deux frères.

— Et l'autre individu, l'étranger?

— Ce n'était qu'un courrier. Il est Grec. Il avait un passeport diplomatique, le salopard. Toxicomane lui-même. Assarsson est persuadé que c'est lui qui l'a donné et il n'est pas content du tout. Probablement parce qu'il regrette de ne pas avoir éliminé ce courrier depuis longtemps et en douceur.

Larsson ménagea une brève pause avant d'enchaîner : « Votre Göransson se camait, lui aussi. Je me demande... »

Il n'acheva pas sa phrase mais il avait fourni un sujet de réflexion à Martin Beck.

Kollberg travaillait sur ses listes mais il préférait ne les montrer à personne. Il comprenait de mieux en mieux ce qu'avait éprouvé Stenström en approfondissant cette vieille affaire. Comme Martin Beck l'avait souligné à juste raison, l'enquête concernant le meurtre de Teresa Camarão était inattaquable. Quelqu'un, un incorrigible rigoriste à cheval sur la forme, avait noté que « l'affaire était techniquement réglée et que l'enquête était un modèle exemplaire sur le plan de l'investigation policière ».

En conséquence, on se trouvait devant le fameux crime parfait qui a fait couler tant d'encre.

L'échenillage des listes des personnes qui avaient été en relation avec Teresa était loin d'être une entreprise aisée. Le nombre de gens qui s'étaient arrangés pour mourir, pour émigrer ou pour changer de nom en l'espace de seize ans était quelque chose de prodigieux. D'autres, atteints de folie incurable, végétaient pour le reste de leur existence dans des asiles. Certains étaient en prison ou dans des établissements pour alcooliques chroniques. Beaucoup avaient purement et simplement disparu, en mer ou autrement. Nombreux étaient ceux qui s'étaient installés à l'autre bout du pays, qui menaient une vie nouvelle en famille et que l'on pouvait dans la plupart des cas éliminer après une brève enquête de routine.

Pour le moment, Kollberg avait vingt-neuf noms. Vingt-neuf personnes en liberté qui habitaient encore Stockholm ou aux environs de la capitale. Jusque-là, il n'avait recueilli que des renseignements sommaires sur chacune d'elles : âge, profession, situation de famille. Il les avait classées par ordre alphabétique et numérotées de 1 à 29.

1. *Sven Ahlgren, 41 ans, vendeur, Stockholm NO, marié.*

2. *Karl Andersson, 63 ans, ? , Stockholm SV (Institution Högalid), célibataire.*

3. *Ingvar Bengtsson, 43 ans, journaliste, Stockholm Va, divorcé.*

4. *Rune Bengtsson, 56 ans, industriel, Stocksund, marié.*

5. *Jan Carlsson, 46 ans, brocanteur, Upplands Väzby, célibataire.*

6. *Rune Carlsson, 32 ans, ingénieur, Nacka 5, marié.*

7. *Stig Ekberg, 83 ans, ancien manœuvre, Stockholm SV (asile de vieillards de Rosenlund), veuf.*

8. *Ove Eriksson, 47 ans, mécanicien automobile, Bandhagen, marié.*

9. *Valter Eriksson, 69 ans, ancien mareyeur, Stockholm SV (Institution Högalid), veuf.*

10. *Stig Ferm, 31 ans, peintre en bâtiment, Sollentuna, marié.*

11. *Björn Forsberg, 48 ans, industriel, Stocksund, marié.*

12. *Bengt Fredriksson, 56 ans, artiste, Stockholm C, divorcé.*

13. *Bo Frostensson, 66 ans, acteur, Stockholm Ö, divorcé.*

14. *Johan Gran, 52 ans, ancien garçon de restaurant, Solna, célibataire.*

15. *Jan-Ake Karlsson, 38 ans, employé de bureau, Enköping, marié.*

16. *Kenneth Karlsson, 33 ans, chauffeur de camion, Skälby, célibataire.*

17. *Lennart Lindgren, 81 ans, ancien directeur de banque, Lidingö 1, marié.*

18. *Sven Lundström, 37 ans, magasinier, Stockholm K, divorcé.*

19. *Tage Nilsson, 61 ans, avocat, Stockholm SÖ, célibataire.*

20. *Carl-Gustav Nilsson, 51 ans, ancien mécanicien, Johanneshov, divorcé.*

21. *Heinz Ollendorf, 46 ans, artiste, Stockholm K, célibataire.*

22. *Kurt Olsson, 59 ans, fonctionnaire, Saltsjöbaden, marié.*

23. *Bernhard Peters, 39 ans, dessinateur publicitaire, Bromma, marié (Noir).*

24. *Vilhelm Rosberg, 71 ans, ?, Stockholm SV, veuf.*

25. *Bernt Turesson, 42 ans, mécanicien, Gustavsberg, divorcé.*

26. *Ragnar Viklund, 60 ans, officier, Vaxholm, marié.*

27. *Bengt Wahlberg, 68 ans, acheteur (?), Stockholm K, célibataire.*

28. *Hans Wennström, 76 ans, ancien poissonnier, Sölna, célibataire.*

29. *Lennart Oberg, 35 ans, ingénieur civil, Enskede, marié.*

Kollberg soupira. Les activités de Teresa Camarão s'étaient étendues à tous les groupes sociaux. Et elle s'était intéressée à des générations différentes. A sa mort, le plus jeune de ses amants avait quinze ans et le plus âgé soixante-sept. Rien que sur cette liste, on trouvait de tout, depuis des directeurs de banque des beaux quartiers jusqu'à de vieux voleurs alcooliques de l'asile d'Högalid.

— Qu'est-ce que vous allez faire de ça? s'enquit Martin Beck.

— Je n'en sais rien.

Kollberg avait répondu sur un ton accablé mais il était parfaitement sincère.

Il alla poser ses papiers sur le bureau de Melander.

— Vous qui vous rappelez tout, quand vous aurez un moment de libre, pouvez-vous voir si l'un ou l'autre de ces personnages éveille en vous un souvenir sortant de l'ordinaire?

Melander considéra la liste d'un regard neutre et acquiesça.

Le 23, Mansson et Nordin prirent l'avion pour rentrer chez eux. Personne ne les regrettait. Ils devaient revenir tout de suite après Noël.

Il faisait froid et le temps était atroce.

La société de consommation craquait aux coutures. Ce jour-là, on pouvait acheter n'importe quoi à n'importe quel prix, la plupart du temps au vu d'une simple carte de crédit ou avec un chèque sans provisions.

Ce n'était pas seulement le premier massacre collectif qui avait eu lieu en Suède, se disait Martin Beck en rentrant chez lui, ce soir-là : c'était aussi la première fois que l'assassinat d'un policier demeurait impuni.

L'enquête était en panne. Et, contrairement à celle de l'affaire Teresa Camarão, elle ressemblait plus à un monceau de détritus qu'à autre chose.

28

C'était la veille de Noël.

Contrairement à toutes les hypothèses, le cadeau que reçut Martin Beck ne le fit pas rire.

Et celui de Lennart Kollberg fit pleurer sa femme.

Tous deux étaient bien décidés à ne penser ni à Ake Stenström ni à Teresa Camarão mais les circonstances firent échec à leurs résolutions.

Martin Beck se réveilla tôt mais traîna au lit avec un livre sur le *Graf Spee* jusqu'à ce que le reste de la famille commençât de donner signe de vie. Alors, il se leva, rangea le costume qu'il avait la veille, mit un jean et enfila un chandail. Sa femme, qui estimait qu'il fallait s'habiller la veille de Noël, fronça les sourcils en le voyant ainsi accoutré mais, pour une fois, elle ne dit rien.

Quand elle fut sortie pour se rendre sur la tombe de ses parents comme il était de tradition, Martin Beck entreprit de décorer l'arbre avec l'aide de Rolf et d'Ingrid. Les enfants étaient bruyants et surexcités et il fit de son mieux pour ne pas doucher leur belle humeur. Quand Mme Beck revint de sa visite rituelle à ses morts, il se plia vaillamment à la coutume pour lui sans attraits consistant à manger des lichettes de pain trempées dans le bouillon du jambon.

Ses douleurs d'estomac ne tardèrent pas à se réveiller. Il en avait tellement l'habitude qu'il n'y faisait plus attention bien qu'il eût le sentiment que, depuis quelque temps, ces crises étaient plus fréquentes et plus aiguës. A présent, il ne disait plus à Inga quand il avait mal. Autrefois, il le lui racontait et c'était tout juste si elle ne l'avait pas fait passer de vie à trépas avec ses infusions et ses attentions incessantes. Pour elle, la maladie était un événement.

Le repas de Noël fut colossal compte tenu qu'il était prévu pour quatre personnes seulement dont une qui ne parvenait qu'à de rarissimes exceptions à ingurgiter une quantité normale d'aliments cuisinés, une qui était au régime et une que les préparatifs du dîner avaient trop épuisée pour qu'elle puisse manger. En revanche, le quatrième convive avala presque tout. Il s'agissait de Rolf, qui avait douze ans. Martin Beck s'émerveillait encore que ce garçon dégingandé fût capable d'absorber en un jour ce que lui-même réussissait péniblement à consommer en l'espace d'une semaine.

Tout le monde participa à la corvée de vaisselle. Cela aussi était un événement qui ne se produisait que la veille de Noël.

Puis Beck alluma les chandelles de l'arbre en songeant aux frères Assarsson qui importaient des sapins de Noël en plastique comme couverture pour se livrer au trafic de la drogue. Vint ensuite le punch brûlant accompagné de biscuits au gingembre.

— Je crois que le moment des cadeaux est venu, dit Ingrid.

Comme tous les ans, tout le monde avait promis qu'il n'y aurait qu'un seul présent pour chacun et, comme tous les ans, tout le monde en avait acheté beaucoup plus.

Martin Beck n'avait pas acheté un cheval à sa fille. A la place, il lui offrit un pantalon d'équitation et six mois de leçons dans un manège.

Il reçut entre autres choses unc maquette à construire — celle du clipper *Cutty Sark* — et une écharpe d'environ deux mètres de long tricotée par Ingrid. L'adolescente lui remit également un petit paquet plat et le surveilla d'un air impatient tandis qu'il l'ouvrait. C'était un 45 tours. Sur la pochette figurait un personnage ventripotent affublé de l'uniforme et du casque familiers des bobbies londoniens. Il arborait une grosse moustache en guidon de vélo et se tenait le ventre à pleines mains — des mains recouvertes de mitaines. Il était debout en face d'un antique microphone et, à en juger par son expression, il poussait des hurlements de rire. Apparemment, il s'appelait Charles

Penrose et le titre du disque était *The Adventures of the Laughing Policeman* [1].

Ingrid alla chercher l'électrophone et le posa par terre à côté du fauteuil de son père.

— Attends de l'entendre, l'avertit-elle. Tu vas mourir de rire.

Elle sortit le disque de la pochette et examina l'étiquette.

— La première chanson s'appelle *The Laughing Policeman.* Le policier qui rit ! C'est une situation, non?

Beck s'y connaissait fort peu en musique mais il comprit immédiatement que l'enregistrement datait des années 20, peut-être même d'avant. Chaque couplet était suivi d'interminables éclats de rire et cette hilarité était évidemment contagieuse car Inga, Rolf et Ingrid rugissaient de joie.

Martin Beck, quant à lui, demeurait tout à fait froid. Il n'arrivait même pas à se forcer à sourire. Pour ne pas trop désappointer les autres, il se leva et leur tourna le dos en feignant d'arranger les bougies. Le disque terminé, il revint s'asseoir. Ingrid essuya les larmes qui lui coulaient des yeux et s'exclama sur un ton de reproche :

— Mais tu n'as pas ri, papa!

— J'ai trouvé que c'était follement drôle, protesta-t-il en s'efforçant de paraître aussi convaincu qu'il le pouvait.

— Eh bien, écoute celle-là, fit Ingrid en retournant le disque. *Jolly Coppers on Parade* [2].

Manifestement, elle avait fait jouer bien souvent ce disque et elle chantait à l'unisson comme si elle n'avait jamais rien fait d'autre que de pousser la romance en duo avec le policier qui rit :

There's a tramp, tramp, tramp
At the end of the street.

1. Les Aventures du policier qui rit.
2. La parade des joyeux flics.

It's the jolly coppers walking on parade.
And their uniforms are blue
And the brass is shining too.
A finer lot of men were never made [1]...

Les bougies brûlaient avec une flamme immobile. Toute la pièce était imprégnée de l'arôme du sapin, les enfants chantaient et Inga, enveloppée dans sa robe de chambre toute neuve, grignotait la tête d'un cochon en pain d'épice. Martin Beck, penché en avant, les coudes sur les genoux et le menton dans les mains, contemplait fixement le policier rigolard de la pochette.

Il pensait à Stenström.

Et le téléphone sonna.

Quelque part tout au fond de lui-même, Kollberg était loin d'être satisfait et ne se sentait absolument pas en congé. Mais comme il lui était difficile de dire exactement ce qu'il avait négligé, il n'y avait aucune raison de gâcher son réveillon en se torturant la cervelle sans nécessité.

Aussi dosa-t-il le punch avec grand soin, le goûtant à plusieurs reprises avant de trouver le juste équilibre, puis s'assit devant la table et contempla la scène trompeusement idyllique qui l'entourait. La petite Bodil, couchée à plat ventre à côté de l'arbre de Noël, bavotait et gargouillait tandis qu'Asa Torell, accroupie par terre, jouait avec le bébé. Gun musait dans l'appartement, indolente et nonchalante, pieds nus, revêtue d'un curieux costume qui était une sorte de croisement entre le pyjama et le survêtement de sport.

Kollberg se servit une portion de poisson — un poisson

1. Cela fait flac, flac, flac, au bout de la rue. Ce sont les joyeux flics qui défilent. Leurs uniformes sont bleus et les cuivres étincellent aussi. De plus beaux gaillards, ça ne s'est jamais vu.

spécialement préparé pour le réveillon — et poussa un soupir de plaisir en songeant au repas plantureux et bien mérité qui l'attendait. Il glissa dans sa chemise le coin de serviette, étala celle-ci sur ses genoux, se versa une généreuse ration d'akvavit, leva son verre et regarda rêveusement le liquide transparent et glacé, la buée qui se formait. A ce moment, le téléphone sonna.

Il hésita un instant, puis vida son verre d'un trait et alla dans la chambre à coucher où se trouvait l'appareil.

— Bonsoir, dit la voix à l'autre bout du fil. Je m'appelle Fröjd. Je vous appelle de la prison de Langholmen.

— Eh bien! Voilà qui est joyeux.

Kollberg était tranquille : il n'était pas sur la liste de suppléance et il était sûr qu'il n'aurait pas à affronter la neige, même si une nouvelle hécatombe se produisait. Des gens compétents étaient prévus pour ce genre de choses, Gunvald Larsson, par exemple, qui était justement de permanence, et Martin Beck qui était bien forcé d'accepter les conséquences de sa position hiérarchique.

— Je travaille à l'infirmerie spéciale, expliqua Fröjd. Un de nos patients demande avec insistance à vous parler. Un dénommé Birgersson. Il dit qu'il vous a fait une promesse et que c'est urgent.

Kollberg plissa le front.

— Il ne peut pas venir au téléphone?

— Malheureusement pas. Le règlement s'y oppose. Il subit pour le moment...

Une expression chagrine se peignit sur les traits de l'inspecteur. Visiblement, l'équipe championne n'était pas de service le soir du réveillon.

— Bon, j'arrive.

Il raccrocha.

Gun, qui avait entendu ces derniers mots, le regardait, les yeux écarquillés.

— Il faut que j'aille à Langholmen, fit-il d'une voix lasse. Comment faire pour trouver un taxi à cette heure-là un 24 décembre?

— Je peux vous conduire, lui proposa Asa. Je n'ai pas bu une goutte.

Pendant tout le trajet, ni l'un ni l'autre ne desserra les lèvres.

A l'entrée de la prison, le garde examina Asa Torell d'un air méfiant.

— Mademoiselle est ma secrétaire, déclara Kollberg.

— Votre quoi? Une minute. Il faut que je jette encore un coup d'œil sur votre carte d'identité.

Birgersson n'avait pas changé. Il paraissait, si possible, encore plus aimable et poli que quinze jours auparavant.

— Qu'est-ce que vous avez à me dire? demanda le policier sur un ton rogue.

Birgersson sourit.

— Ça vous paraîtra peut-être idiot mais je me suis rappelé quelque chose tout à l'heure. Vous m'avez posé une question sur la voiture, ma Morris. Et...

— Et quoi?

— Un jour, pendant une pause de l'interrogatoire, j'ai raconté une histoire à l'inspecteur Stenström. C'était en cassant la croûte. Il y avait du porc en marinade et de la purée d'oignons, je m'en souviens. C'est mon plat favori. Et tout à l'heure, quand on a apporté le repas de réveillon...

Kollberg toisa le prisonnier avec un air d'intense désapprobation.

— Quelle histoire?

— Une histoire à mon sujet. Ça remontait à l'époque où l'on habitait Roslagsgatan, ma...

Il s'interrompit et dévisagea Asa Torell, la mine indécise. Le gardien qui se tenait à l'écart devant la porte bâilla.

— Allez, continuez, grogna Kollberg.

— Ma femme et moi, quoi. On n'avait qu'une seule pièce et, quand j'étais à la maison, j'étais nerveux, j'étouffais. Et je dormais mal.

— Humm... grommela Kollberg.

Il faisait chaud et la tête lui tournait un peu. Il avait soif. Et surtout, il avait faim. De plus, le décor était déprimant et il avait hâte de se retrouver chez lui. Birgersson parlait toujours, calmement mais avec prolixité :

— ...et j'ai pris l'habitude de sortir le soir, rien que pour m'échapper. Il n'y a pas loin de vingt ans de ça. Je marchais dans les rues des heures entières. Toute la nuit, des fois. Je ne parlais à personne, je faisais juste que me promener pour être en paix. Au bout d'un certain temps, je me calmais. En général, ça prenait une heure ou à peu près. Mais il fallait que j'aie l'esprit occupé pour ne pas penser à autre chose, vous comprenez? A la maison, à ma femme, à tout ça. Alors, je cherchais quelque chose à faire. Pour me distraire, si vous voulez, pour chasser les idées noires et m'empêcher de cafarder.

Kollberg consulta sa montre.

— Oui, je vois, je vois, fit-il avec impatience. Qu'est-ce que vous faisiez?

— Je regardais les autos.

— Les autos?

— Oui. Les autos rangées le long du trottoir et dans les parcs de stationnement. En fait, elles ne m'intéressaient pas du tout mais j'ai appris de cette façon à reconnaître toutes les marques, tous les modèles existant à l'époque. J'ai fini par devenir un véritable expert. Je ne sais pas, ça me faisait plaisir. J'étais capable de faire quelque chose, d'identifier n'importe quelle voiture à quarante ou cinquante mètres et sous n'importe quel angle. Si j'avais pu participer à ces jeux télévisés où l'on vous interroge sur un sujet déterminé, j'aurais gagné le premier prix. Par-devant, par-derrière ou de côté, c'était du pareil au même.

— Et par en haut? demanda Asa Torell.

Kollberg jeta un coup d'œil étonné à la jeune femme. Birgersson s'assombrit imperceptiblement.

— Là, je n'avais pas beaucoup de pratique. Je m'en serais peut-être moins bien tiré.

Il médita quelques instants et Kollberg haussa les épaules avec résignation.

— Mais une occupation aussi simple que celle-là, reprit le détenu, peut apporter beaucoup de satisfactions. C'est passionnant. Des fois, je voyais des voitures très rares, une Lagonda, une Zim ou une EMW. J'étais tout content.

— Et vous avez parlé de cela à l'inspecteur Stenström?

— Oui. C'était la première personne à qui j'en parlais.

— Que vous a-t-il répondu?

— Qu'il trouvait que c'était intéressant.

— Je vois. Et c'est pour me raconter ça que vous m'avez fait venir? A neuf heures et demie du soir, la veille de Noël?

— Oui, répondit Birgersson, l'air dépité. Vous m'aviez fait promettre que si jamais je me souvenais de quelque chose...

— Oui, oui, bien sûr! Merci.

Kollberg se leva.

— Mais je ne vous ai pas encore dit le plus important. C'est quelque chose qui a eu l'air de passionner l'inspecteur Stenström. Ça m'est revenu après qu'on a eu causé des Morris.

Kollberg se rassit.

— De quoi s'agit-il?

— Eh bien, ce passe-temps, si je peux l'appeler ainsi, avait ses problèmes. Il était très difficile de distinguer certains modèles lorsqu'il faisait noir ou que j'étais très loin. J'avais beaucoup de peine, par exemple, à faire la différence entre une Moskvitch et une Opel Kadett ou entre une DKW et une IFA. C'était très, très difficile, répéta-t-il avec force. C'est une question de petits détails.

— Quel rapport cela a-t-il avec Stenström et votre Morris 8?

— Non, il ne s'agissait pas de ma Morris. C'est quand j'ai expliqué à l'inspecteur que le plus compliqué de tout était de distinguer l'avant d'une Morris Minor de l'avant d'une 4 CV Renault. De côté ou de dos, c'était simple. Mais droit devant ou de face mais obliquement, c'était tout ce qu'il y a de coton. N'empêche que j'ai fini par apprendre et que je faisais rarement erreur. Bien que, naturellement, il m'arrivât parfois de me tromper.

— Une seconde! Vous avez bien dit la Morris Minor et la 4 CV Renault?

— Oui. Et quand je lui ai expliqué ça, je me rappelle que l'inspecteur Stenström a sursauté. Jusque-là, il se contentait de hocher la tête et je n'avais pas l'impression qu'il m'écoutait. Mais, d'un seul coup, il a paru vivement intéressé. Il m'a fait répéter plusieurs fois.

— Le devant, n'est-ce pas?

— Oui. Ça aussi, il me l'a redemandé plusieurs fois. Droit devant ou de face mais obliquement. C'est très compliqué.

— Qu'est-ce que cela signifie? demanda Asa Torell à Kollberg quand la voiture eut démarré.

— Je ne sais pas encore exactement mais cela pourrait avoir une grosse importance.

— En ce qui concerne l'homme qui a tué Ake?

— Je l'ignore. Cela explique en tout cas pourquoi Ake a noté le nom de cette voiture dans son carnet.

— Moi aussi, je me suis rappelé quelque chose. Une quinzaine de jours avant de mourir, Ake m'a dit que, dès qu'il pourrait avoir quarante-huit heures de congé, il irait dans le Smaland pour une enquête. A Eksjö, me semble-t-il. Est-ce que cela vous dit quelque chose?

— Absolument rien.

La ville était déserte. Les seuls signes de vie qu'ils rencontrèrent furent deux ambulances, un car de police et plusieurs pères Noël vacillant sur leurs jambes, retardés dans l'exercice de leur profession et handicapés par les verres beaucoup trop nombreux qui leur avaient été offerts dans beaucoup trop de familles trop hospitalières.

— Gun m'a dit que vous allez nous quitter à la fin de l'année? murmura Kollberg après un silence.

— Oui. J'ai fait un échange d'appartements. J'en ai trouvé un plus petit sur le boulevard Kungsholms. Je vais vendre tous les meubles, tout liquider et acheter des choses neuves. Et je prendrai aussi un nouveau métier.

— Dans quelle branche?

— Ce n'est pas encore tout à fait décidé mais je suis en train d'y réfléchir.

Elle se tut deux ou trois secondes, puis demanda :

— Y a-t-il des postes vacants dans la police?

— Ce n'est pas cela qui manque, répondit distraitement Kollberg.

Il tressaillit.

— Quoi? Vous parlez sérieusement?

— Oui. Tout à fait sérieusement.

Et Asa Torell, plissant les yeux pour voir la route malgré la neige qui tourbillonnait, concentra son attention sur son volant.

La petite Bodil s'était endormie et Gun lisait, pelotonnée dans un fauteuil. Elle avait les larmes aux yeux.

— Qu'est-ce qui ne va pas? s'enquit Kollberg.

— Le dîner! Il est fichu.

— Allons donc! Avec une fille balancée comme toi et

l'appétit que j'ai, un chat crevé dans mon assiette me comblerait de bonheur.

— En plus, cet incorrigible Martin a appelé. Il y a une demi-heure.

— Eh bien, je vais lui tuber pendant que tu iras chercher la graille, fit jovialement Kollberg.

Il ôta sa veste, défit sa cravate et se dirigea vers le téléphone.

— Allô! Beck. J'écoute.

— Qu'est-ce que c'est que ces hurlements? s'enquit l'inspecteur avec méfiance.

— Le policier qui rit.

— Pardon?

— C'est un disque.

— Ah bon! Oui, maintenant je reconnais. C'est un vieil air de caf'conc. Charles Penrose, n'est-ce pas? Cela date d'avant la Première Guerre mondiale.

Un rire tonitruant éclata en fond sonore.

— Ce n'est pas mieux pour ça, répliqua Martin Beck d'une voix morne. Je vous ai appelé parce que Melander m'a téléphoné.

— Qu'est-ce qu'il voulait?

— Me dire qu'il avait fini par se rappeler où il avait vu le nom de Nils Eric Göransson.

— Et où l'a-t-il vu?

— Dans le rapport de l'enquête sur l'affaire Camarão.

Kollberg dénoua ses lacets tout en réfléchissant.

— Eh bien, vous pouvez lui annoncer de ma part que, pour une fois, il se trompe. Je viens de m'envoyer toute cette littérature. De la première à la dernière ligne. Et je ne suis pas idiot au point de ne pas avoir remarqué un détail de cette importance.

— Vous avez le dossier chez vous?

— Non, il est à Västberga. Mais je suis sûr de moi. Ma tête à couper.

— Bon, je vous crois. Qu'êtes-vous allé faire à Langholmen?

— Chercher certains renseignements. C'est trop vague et trop compliqué pour que je vous explique ça maintenant mais si le tuyau s'avère exact...

— Oui?

— Eh bien, vous pourrez vous servir de chaque folio du dossier Camarão en guise de papier hygiénique. Joyeux Noël, Martin!

— Est-ce que tu ressors? demanda Gun avec inquiétude.

— Oui. Mais pas avant mercredi. Où est l'akvavit?

29

Il en fallait beaucoup pour abattre Melander mais, le 27 au matin, il avait l'air à la fois si accablé et si déconcerté que Gunvald Larsson ne put faire autrement que de lui demander ce qui ne tournait pas rond.

— C'est simplement parce que, en général, je ne fais pas d'erreur.

— Il y a un commencement à tout, rétorqua Rönn sur un ton qui se voulait réconfortant.

— Oui mais je ne comprends quand même pas.

Martin Beck avait frappé à la porte et avant que personne ait eu le temps de réagir, il était dans le bureau, la mine grave. Il toussa discrètement.

— Qu'est-ce que vous ne comprenez pas?

— Que j'aie pu me tromper. Au sujet de Göransson.

— J'arrive de Västberga. Et je suis en mesure de vous annoncer une nouvelle qui vous fera plaisir.

— Quoi donc?

— Il y a une page qui manque dans le dossier Camarão. Le folio 1244 pour être exact.

A 15 heures, Kollberg s'arrêta devant une firme d'automobiles de Södertälje. Il n'avait pas chômé depuis le matin. D'abord, il s'était assuré que les trois témoins qui, seize ans et demi plus tôt, avaient remarqué une voiture à proximité de Stadshagen, l'avaient vue de face ou, à la rigueur, obliquement. Ensuite, il avait supervisé le travail qu'il avait demandé aux photographes d'exécuter et il avait dans sa poche intérieure la reproduction légèrement retouchée et tirée plus sombre d'une Morris Minor 1950. Deux témoins sur les trois étaient morts, l'agent de police et le mécano, mais le véritable expert, le contremaître, avait toujours bon pied bon œil. Et il était employé par la firme de Södertälje. Ses fonctions étaient plus importantes que celles d'un simple chef d'atelier à présent, et il avait un bureau vitré. Il était en train de téléphoner. Quand il eut raccroché, Kollberg entra sans frapper. S'abstenant de décliner son identité, il se borna à poser le cliché sur la table, et demanda :

— Quelle est la marque de cette voiture?

— C'est une 4 CV Renault. Un vieux modèle.

— Vous êtes certain?

— Ma main au feu. Je ne me trompe jamais.

— Vous êtes formel?

L'homme jeta un nouveau coup d'œil à la photo.

— Oui. C'est une vieille 4 CV.

— Je vous remercie, fit Kollberg en faisant mine de reprendre son bien.

L'autre le regarda d'un air intrigué.

— Attendez une seconde. Vous essayez de me coincer?

Cette fois, il étudia l'image avec attention. Au bout de quinze secondes, il reprit d'une voix lente :

— Non, ce n'est pas une Renault. C'est une Morris. Une Morris Minor de 50 ou de 51. Et il y a quelque chose qui cloche dans cette photo.

— Oui. On l'a retouchée et on l'a truquée pour qu'elle ait l'air d'avoir été prise dans une mauvaise lumière et sous la pluie, un soir d'hiver, par exemple.

L'ancien contremaître écarquilla les yeux.

— Mais qui êtes-vous donc?

— Police, se contenta de répondre Kollberg.

— J'aurais dû m'en douter. L'autre automne, il y a un policier qui est venu et...

Martin Beck avait convoqué ses collaborateurs immédiats pour une conférence de travail un peu avant 17 h 30. Nordin et Mansson étaient rentrés et l'équipe était au complet à la seule exception de Hammar qui devait rester absent jusqu'à la fin des vacances : compte tenu de la minceur des résultats obtenus au bout de quarante-quatre jours de recherches intenses, il considérait comme improbable qu'un fait nouveau puisse survenir entre Noël et le Jour de l'an, période où les limiers comme leurs proies passent le plus clair de leur temps à éructer en famille tout en se demandant comment ils vont bien pouvoir se débrouiller pour tenir financièrement jusqu'à la fin du mois.

— Ainsi, il manquait une page, fit Melander avec satisfaction. Qui a bien pu la prendre?

Beck et Kollberg échangèrent un bref coup d'œil.

— Y a-t-il quelqu'un parmi vous qui se considère comme un spécialiste de la visite domiciliaire? demanda le premier.

— Je m'y entends pour les perquisitions, laissa nonchalamment tomber Mansson qui était assis près de la fenêtre.

— Parfait. J'aimerais que vous passiez au peigne fin l'appartement de Ake Stenström.

— Que dois-je chercher?

Kollberg prit le relais :

— Une page d'un rapport de police. Elle devrait porter le nº 1244 et il est possible que le nom de Nils Eric Göransson soit mentionné dans le texte.

— J'irai demain. C'est plus facile quand il fait jour.

— Parfait, dit Martin Beck.

— Je vous passerai les clés dans la matinée, ajouta Kollberg.

Il les avait déjà en poche mais il voulait faire disparaître toute trace des travaux photographiques de Stenström avant que Mansson se mette au travail.

Le lendemain, à 14 heures, le téléphone sonna dans le bureau de Martin Beck.

— Bonjour. Ici Per.

— Per qui?

— Mansson.

— Ah! C'est vous! Alors!

— Je suis chez Stenström. Votre papier ne s'y trouve pas.

— Vous en êtes sûr?

— Si j'en suis sûr?

Mansson avait l'air profondément vexé.

— Evidemment que j'en suis sûr! Mais vous, êtes-vous sûr que c'est lui qui a subtilisé la page en question?

— En tout cas, c'est ce que nous pensons.

— Ah bon! Je ferais mieux d'aller chercher ailleurs.

Martin Beck se massa le crâne.

— Qu'entendez-vous par là?

Mais Mansson avait déjà raccroché.

— Il y a certainement une copie du dossier aux archives centrales, sapristi! grommela Gunvald Larsson.

— Oui, dit Martin Beck qui appuya sur un bouton du téléphone pour appeler un service intérieur.

Kollberg et Melander discutaient de la situation dans le bureau voisin.

— J'ai examiné votre liste.

— Avez-vous trouvé quelque chose?

— Des tas de choses mais je ne crois pas que cela puisse être d'une grande utilité.

— Dites toujours.

— Plusieurs de ces bonshommes sont des récidivistes. Karl Andersson, Vilhelm Rosberg et Bengt Wahlberg, par exemple. Voleurs tous les trois, détenteurs de dizaines et de dizaines de condamnations. Maintenant, ils sont trop vieux pour travailler.

— Continuez.

— Johan Gran était receleur et il l'est encore, sans aucun doute. Cette histoire de garçon de restaurant, c'est purement et simplement du bluff. Cela ne fait qu'un an qu'il est sorti de prison. Et Valter Eriksson... Savez-vous comment il est devenu veuf?

— Non.

— Il a tué sa femme à coups de chaise au cours d'une dispute. Il était saoul. Il a récolté cinq ans pour meurtre sans préméditation.

— Mince!

— Il y a d'autres agités du même genre dans votre collection. Ove Eriksson et Bengt Fredriksson ont été tous les deux condamnés pour coups et blessures, pas moins de six fois en ce qui concerne le second. Et si vous voulez mon avis, ils auraient dû être condamnés à plusieurs reprises pour tentatives d'assassinat. Jan Carlsson, le brocanteur, est un individu louche. Il ne s'est jamais fait prendre mais deux fois, il s'en est fallu d'un cheveu. Je me souviens aussi de Björn Forsberg. A une certaine époque, il a été mêlé à quelques coups tordus et c'était un caïd du milieu entre 45 et 50. Et puis, il s'est acheté une conduite et a fait une jolie carrière : il a épousé une riche héritière et est devenu un respectable industriel. Il avait juste une vieille condamnation pour escroquerie. C'était en 1947. Hans Wennström a également un palmarès de première grandeur. Tout y est passé depuis le vol à la tire jusqu'au perçage des coffres-forts.

Kollberg vérifia sur sa liste.

— Ex-mareyeur.

— Je crois qu'il tenait un étal de poissons au marché de Sundbyberg, il y a vingt-cinq ans. Voici encore un vieux cheval de retour! Ingvar Bengtsson qui se prétend journaliste, maintenant. Il fut l'un des pionniers du lavage de chèques. En plus, il était souteneur, soit dit en passant. Bo Frostensson est un acteur de troisième ordre, toxicomane connu.

— Est-ce qu'il n'est donc jamais venu à l'idée de cette fille de coucher avec quelqu'un d'honnête? s'exclama plaintivement Kollberg.

— Mais bien sûr! Vous avez plusieurs personnes honorables sur votre liste. Par exemple Rune Bengtsson, Lennart Lindgren, Kurt Olsson et Ragnar Viklund. Rien que des gens de la haute. Absolument irréprochables.

— Pas absolument, répliqua Kollberg qui connaissait son dossier sur le bout du doigt. Tous les quatre étaient mariés. J'imagine qu'ils n'ont pas rigolé quand il a fallu qu'ils donnent des explications à mesdames leurs épouses.

— Sur ce point, la police a été extrêmement discrète. Quant aux jeunes qui avaient vingt ans ou moins, il n'y a pas grand-chose à en dire. Sur les six que vous avez recensés, un seul a fait des bêtises, Kenneth Karlsson. Il a été arrêté une ou deux fois. Maison de correction, etc. Mais cela fait déjà un bout de temps et ce n'était pas très grave. Vous voulez que je me mette sérieusement à fouiller le passé de ces messieurs?

— J'aimerais bien. Vous pouvez éliminer les plus de soixante ans et les moins de trente-huit ans.

— Huit plus sept égalent quinze. Restent quatorze. Le champ se rétrécit.

— Quel champ?

— Hemm, grommela Melander. Naturellement, tous avaient un alibi lors de l'assassinat de Teresa?

— Vous pouvez en être sûr. Au moins entre le moment où le corps a été déposé à Stavshagen et celui où on l'a retrouvé.

C'était le 28 décembre qu'on avait commencé à rechercher le double du rapport d'enquête mais, au début de l'année nouvelle, il n'y avait toujours rien.

Ce ne fut que le 5 janvier que Martin Beck trouva sur son bureau une pile de papiers poussiéreux. Point n'était besoin d'être fin limier pour voir qu'ils avaient été pêchés dans les plus profonds recoins des archives et que plusieurs années s'étaient écoulées depuis la dernière fois où ils avaient été feuilletés.

Beck compulsa rapidement le dossier jusqu'à ce qu'il arrivât à la page 1244. Le texte était bref. Kollberg se pencha par-dessus son épaule et les deux hommes lurent ce qui suit :

Déposition de Nils Erik Göransson, représentant, 7 août 1951.

L'intéressé nous a déclaré être né dans la paroisse finlandaise de Stockholm le 4 octobre 1929 et être le fils de Algot Erik Göransson, électricien, et de Benita, née Rantanen. Actuellement employé comme représentant de commerce par la société Allimport, Holländaregatan 10, Stockholm.

Göransson déclare avoir connu Teresa Camarão qui évoluait par intermittence au sein des milieux qu'il fréquentait lui-même, encore que cela remontât plusieurs mois avant la mort de celle-ci. Göransson reconnaît également avoir eu à deux reprises des rapports intimes avec la susnommée Teresa Camarão. La première fois, ce fut dans un appartement de Svartmansgatan, à Stockholm. Plusieurs autres personnes étaient présentes. Göransson affirme ne se souvenir que d'une seule, Karl Ake Birger Svensson-Rask. La seconde rencontre eut pour théâtre une cave de Holländaregatan. Svensson-Rask était également là et il eut lui aussi des rapports sexuels avec Mme Camarão. Göransson déclare ne plus se rappeler les dates exactes mais estime que ces rendez-vous se situent certainement entre la fin de novembre et (ou) le début de décembre 1950. Ils eurent lieu à quelques jours d'intervalle. Il affirme ne pas connaître autrement les relations de la dame Camarão.

Entre le 2 et le 13 juin, Göransson se trouvait à Eksjö où il s'était rendu à bord d'une automobile immatriculée A-6310 pour le compte de sa société dans le but de placer des articles d'habillement. La voiture portant le numéro A-6310, une Morris Minor de 1949, est la propriété personnelle de Göransson.

Lecture faite, persiste et signe.

(Signature.)

Il convient d'ajouter que le susdit Carl Ake Birger Svensson-Rask est la personne qui a la première signalé à la police que Göransson avait eu des rapports intimes avec Mme Camarão. Le séjour de Göransson à Eksjö est confirmé par le personnel de l'Hôtel de la Cité. Interrogé sur les allées et venues de Göransson dans la soirée du 10 juin, M. Sverker Johnsson, employé comme garçon dans cet établissement, a déclaré que Göransson est resté dans la salle à manger de l'hôtel jusqu'à 23 h 30, heure de la fermeture. Göransson était alors sérieusement éméché. On peut ajouter foi au témoignage de Sverker Johnsson, d'autant que ses dires sont confirmés par le détail de la note de l'hôtel.

— Eh bien, nous y voilà, murmura Kollberg.

— Qu'allez-vous faire?

— Ce que Stenström n'a pas eu le temps de faire lui-même : aller à Eksjö.

— Les pièces du puzzle commencent à s'emboîter, dit Martin Beck.

— Oui. A propos, où est Mansson?

— A Halstahammar, chez la mère de Stenström, en train de chercher ce morceau de papier, je suppose.

— C'est un entêté. Il ne lâche pas prise facilement! Tant pis... J'avais l'intention de lui emprunter sa voiture. J'ai des pépins avec mon allumage.

Kollberg arriva à Eksjö dans la matinée du 8 janvier. Il avait roulé toute la nuit, quelque trois cent trente kilomètres sur des routes verglacées en pleine tempête de neige mais il ne se sentait pas particulièrement fatigué.

L'Hôtel de la Cité qui se dressait sur la place principale était un édifice élégant et suranné qui s'harmonisait à merveille au décor idyllique de cette petite bourgade. Sverker Johnsson était mort depuis dix ans mais le double de la note de Nils Erik Göransson existait toujours. Il fallut plusieurs heures de recherches pour le dénicher au fond d'un carton poussiéreux dans le grenier.

Le document confirmait que Göransson était resté onze jours à l'hôtel. Il y avait pris tous ses repas et toutes ses consommations. Le total avait été reporté sur la facture définitive. Celle-ci comportait également d'autres débours, y compris plusieurs communications téléphoniques mais les numéros demandés n'avaient pas été enregistrés. Un détail attira l'attention de Kollberg.

Le 6 juin 1951, l'hôtel avait réglé pour le compte de son client une somme de 52,25 couronnes à un garage. Pour « remorquage et réparations ».

— Ce garage existe-t-il toujours? demanda Kollberg au directeur.

— Ma foi oui. Et c'est le même propriétaire depuis vingt-cinq ans. Vous n'avez qu'à prendre la route de Langanäs et...

En fait, le propriétaire du garage était là depuis vingt-sept ans. Il dévisagea Kollberg avec ébahissement :

— Seize ans et demi? Comment voulez-vous que je m'en souvienne?

— Vous ne gardez pas trace des travaux que vous effectuez?

— Bien sûr que si! répondit l'autre avec indignation. Ma maison est correctement administrée, monsieur.

Il finit par mettre la main sur le vieux registre après une heure et demie de recherches. Mais pas question de laisser l'inspecteur y toucher! Il tourna les pages lentement avec un soin méticuleux.

— Voilà! Le 6 juin. On a effectivement été prendre la voiture à l'hôtel. Le câble du démarreur avait cassé. On lui a facturé 52,25 couronnes. Le remorquage et les travaux.

Kollberg ne broncha pas.

— L'imbécile! grommela le garagiste. Est-ce qu'il avait besoin de se faire remorquer? Il n'avait qu'à faire un bricolage de fortune sur son câble et amener sa voiture lui-même.

— Avez-vous des précisions sur cette voiture?

— Oui. Elle était immatriculée A... A quelque chose. Je n'arrive pas à lire le numéro. Quelqu'un a posé un doigt plein de cambouis sur les chiffres. En tout cas, c'était évidemment un Stockholmois.

— Vous ne savez pas de quel type de voiture il s'agissait?

— Bien sûr que si! Une Ford Vedette.

— Ce n'était pas une Morris Minor?

— S'il y a marqué que c'était une Ford Vedette, c'est

que c'était une Ford Vedette, répliqua le garagiste d'une voix acide. Une Morris Minor? Il y a quand même une petite différence entre une Morris Minor et une Ford Vedette!

Il fallut que Kollberg argumentât pendant une demi-heure, faisant alterner la persuasion et la menace, pour que l'autre se résignât à lui confier le registre. Quand finalement l'inspecteur prit congé, son interlocuteur murmura :

— En tout cas, cela explique pourquoi il a dépensé de l'argent pour se faire remorquer.

— Vraiment? Comment cela?

— C'était un type de Stockholm, non?

La nuit était déjà tombée quand Kollberg rentra à l'hôtel. Il avait faim, il avait froid et il était fatigué. Aussi, au lieu de reprendre la route, il décida de rester. Il prit un bain et descendit dîner. En attendant que le repas fût prêt, il passa deux coups de téléphone.

Le premier à Melander.

— Je voudrais que vous recherchiez lesquels des bonshommes de la liste avait une voiture en juin 1951. Et de quelle marque.

— Vu. J'aurai cela demain matin.

— Je voudrais aussi savoir quelle était la couleur de la Morris de Göransson.

— Entendu.

Le second coup de téléphone fut pour Martin Beck.

— Göransson n'est pas venu ici avec sa Morris. Il avait une autre voiture.

— Stenström avait donc vu juste.

— Pouvez-vous charger quelqu'un de trouver à qui appartenait la firme d'Holländaregatan où travaillait Göransson et quelles étaient ses activités?

— Comptez sur moi.

— Je pense être de retour demain vers midi.

Kollberg raccrocha et passa à table. Au moment où il s'asseyait, il se rappela brusquement s'être trouvé dans ce même hôtel seize ans plus tôt exactement. Il enquêtait alors sur l'assassinat d'un chauffeur de taxi. L'affaire avait été réglée en trois ou quatre jours. Si, à l'époque, il avait su ce qu'il savait maintenant, il aurait sans doute pu résoudre l'énigme Camarão en dix minutes.

Rönn pensait à Olsson et à la note de restaurant qu'il avait trouvée dans les affaires de Göransson. Ce mardi matin, il eut une idée et, comme il le faisait d'habitude quand quelque chose lui trottait dans la tête, il alla voir Gunvald Larsson. Bien que, pendant le travail, leurs rapports fussent loin d'être cordiaux, les deux hommes étaient une paire d'amis. Bien peu de gens le savaient et les étrangers auraient été encore plus surpris d'apprendre que Rönn et Larsson avaient passé ensemble le réveillon de Noël et celui du Jour de l'An.

— J'ai réfléchi à ce bout de papier portant les initiales B.F. Elles correspondent aux noms de trois types figurant sur la liste que Melander et Kollberg sont en train d'éplucher : Bo Frostensson, Bengt Fredriksson et Björn Forsberg.

— Et alors?

— On pourrait peut-être jeter un coup d'œil discret sur eux pour voir s'il y en a un qui ressemble à Olsson.

— Vous pouvez les dénicher?

— Je compte sur Melander pour cela.

La confiance de Rönn était bien placée. Il ne fallut que vingt minutes à Melander pour découvrir que Forsberg était chez lui et qu'il serait à son bureau après déjeuner : à midi, il avait un repas d'affaires avec un client à l'Ambassadör. Frostensson était dans un studio de cinéma de Sölna où il jouait un petit rôle dans un film d'Arne Mattsson.

— Et Fredriksson est sûrement en train de boire une bière au Ten Spot. En général, c'est là qu'on peut le trouver à cette heure de la journée.

— Je vous accompagne, dit Martin Beck à la grande surprise de tout le monde. On va prendre la voiture de Mansson. Je lui laisserai une des nôtres à la place.

Effectivement, Bengt Fredriksson, artiste et mauvais coucheur, s'imbibait de bière dans le bistrot de la vieille ville. Il était très gros, avait une barbe rousse en bataille et des cheveux gris qui pendaient dans tous les sens. Il était déjà ivre.

Aux studios de Sölna, le directeur de production pilota les policiers à travers d'interminables et tortueux couloirs jusqu'à un coin du grand plateau.

— Frostensson doit apparaître dans cinq minutes, annonça-t-il. C'est la seule réplique qu'il a à dire dans le film.

Martin Beck et les deux inspecteurs restèrent à distance respectueuse mais derrière un fouillis de câbles et de décors, ils distinguaient clairement le plateau que baignait l'éclat impitoyable des projecteurs. De toute évidence, l'action était censée se passer dans une petite épicerie.

— Attention! hurla le metteur en scène. Silence! On tourne!

Un homme vêtu d'un pardessus blanc et coiffé d'une casquette également blanche entra dans la lumière et dit : « Bonsoir, madame. Est-ce que je peux vous donner un coup de main?

— Coupez. »

On fit une seconde prise. Puis une troisième. Frostensson dut répéter cinq fois sa réplique. C'était un petit bonhomme maigre et chauve qui bégayait. Un tic nerveux lui tordait la bouche et plissait ses yeux.

Une demi-heure plus tard, Larsson freina à vingt-cinq

mètres de l'entrée de la demeure de Björn Forsberg à Stocksund. Martin Beck et Rönn se recroquevillèrent à l'arrière de la voiture. Par la porte ouverte du garage, on apercevait une Mercedes noire. Le modèle le plus gros.

— S'il ne veut pas arriver en retard à son rendez-vous, il ne devrait pas tarder.

Un quart d'heure s'écoula avant que la porte s'ouvrît. Un homme apparut en haut du perron en compagnie d'une femme blonde, d'une petite fille d'environ sept ans et d'un chien. Il embrassa la femme sur la joue, souleva l'enfant et l'embrassa aussi, puis se dirigea vers le garage, s'installa au volant et démarra. La petite fille lui envoya un baiser du bout des doigts, éclata de rire et cria quelque chose.

Björn Forsberg était grand et svelte. Les traits réguliers, l'expression franche, il était remarquablement beau. Il aurait pu servir pour illustrer une nouvelle dans un magazine féminin. Il était bronzé, sa démarche était souple et sportive. Tête nue, il portait un ample pardessus gris. Ses cheveux ondulés étaient coiffés en arrière. Il ne paraissait pas ses quarante-huit ans.

— Comme Olsson, murmura Rönn. La même carrure et les mêmes vêtements. Enfin, le même pardessus.

— Ouais, grogna Larsson. A la différence près qu'Olsson a payé le sien trois cents couronnes en solde il y a trois ans. Celui de ce type en a probablement coûté cinq mille. Mais c'est un détail qui échappe aux Schwerin.

— Pour être franc, cela m'échappe aussi, fit Rönn.

— Moi, je remarque ça. Heureusement qu'il y a des gens qui sont capables d'apprécier la qualité. Sinon, il n'y aurait plus qu'à construire des claques d'un bout à l'autre de Savile Row.

— Où ça? demanda Rönn avec stupéfaction.

Rien ne se passa comme Kollberg l'avait prévu. D'abord il se réveilla trop tard. Ensuite, le temps était encore pire que la veille. A 13 h 30, il était encore à Linköping. Il s'arrêta dans un motel pour boire un café et appela Stockholm.

— Alors?

— Ils étaient seulement neuf à avoir une voiture en juin 1951, répondit Melander. Ingvar Bengtsson avait une Volkswagen neuve, Rune Bengtsson une Packard de 49, Kent Karlsson une DKW de 38, Ove Eriksson une vieille Opel Kapitan d'avant-guerre, Björn Forsberg une Ford Vedette de 49 et...

— Stop! Est-ce que quelqu'un en avait une autre?

— Une Vedette? Non.

— Cela me suffit.

— La couleur d'origine de la Morris de Göransson était vert clair. Bien sûr, il a pu la faire repeindre.

— Parfait. Pouvez-vous me passer Martin?

— Encore un détail. Göransson a vendu sa Morris à la casse au cours de l'été 51. Elle a été officiellement retirée de la circulation le 15 août, une semaine seulement après que Göransson eut été entendu par la police.

Kollberg mit une autre pièce dans la fente en songeant avec irritation aux deux cents kilomètres qui lui restaient encore à faire. Avec ce temps-là, il ne serait pas à Stockholm avant plusieurs heures. Il regrettait de ne pas avoir expédié le registre du garage par la poste.

— Allô! le superintendant Beck à l'appareil.

— Bonjour. De quoi s'occupait cette société?

— De vendre des marchandises volées, si vous voulez mon avis. Mais on n'a jamais pu le prouver. Ils employaient deux démarcheurs qui faisaient la province pour placer des vêtements et des choses du même genre.

— Qui était le propriétaire?

— Björn Forsberg.

Kollberg réfléchit quelques instants. « Dites à Melander de se polariser sur ce Forsberg. Et demandez à Hjelm si lui ou quelqu'un d'autre peut rester au labo jusqu'à ce que j'arrive. J'ai quelque chose à faire analyser. »

A 17 heures, Kollberg n'était toujours pas rentré.

Melander frappa et entra dans le bureau de Martin Beck, sa pipe dans une main, des papiers dans l'autre.

— Björn Forsberg a épousé le 17 juin 1951 Elsa Beatrice Hakansson, commença-t-il sans autre préambule. Elsa était la fille unique d'un industriel, Magnus Hakansson, fabricant de matériaux de construction et seul propriétaire de l'usine. C'était un homme extrêmement riche. Forsberg liquida immédiatement toutes ses activités antérieures, y compris la firme qu'il dirigeait, celle d'Holländaregatan. Il travailla d'arrache-pied, étudia l'économie et devint un homme d'affaires dynamique. Quand Hakansson mourut neuf ans plus tard, sa fille hérita sa fortune et l'usine. Mais Forsberg avait déjà été nommé directeur de cette dernière. Il a acheté la maison de Stocksund en 59. A l'époque, elle devait probablement valoir un demi-million de couronnes.

Beck se moucha.

— Depuis combien de temps connaissait-il la fille avant de l'épouser?

— Il semble qu'il l'ait rencontrée en mars 1951. C'était un adepte enthousiaste des sports d'hiver, et il l'est toujours. Sa femme également. Apparemment, ça a été le coup de foudre, comme l'on dit. Ils n'ont pas cessé de se revoir jusqu'à leurs fiançailles et il était souvent invité chez les parents. Il avait alors trente-deux ans et Elsa Hakansson vingt-cinq.

Melander passa à un autre document.

— Tout laisse à penser que c'est une union heureuse. Ils ont trois enfants, deux garçons de treize et douze ans et une petite fille de sept ans. Il a vendu sa Ford Vedette peu après son mariage et a acheté une Lincoln. Depuis, il a eu des douzaines d'autres voitures.

Melander se tut pour allumer sa pipe.

— C'est tout ce que vous avez découvert?

— Il y a encore autre chose. Une chose importante, je crois. Björn Forsberg s'est engagé comme volontaire dans l'armée finlandaise en 1940. Il avait vingt et un ans. Il a rejoint le front aussitôt après avoir terminé son service militaire en Suède. Son père était sous-officier d'artillerie, dans le régiment de Wende, à Kristianstad. Il était issu d'une honorable famille bourgeoise et l'on s'accordait à reconnaître que c'était un garçon plein de promesses jusqu'au moment où les choses ont commencé à mal tourner pour lui après la guerre.

— Eh bien, on dirait que c'est notre homme.

— On dirait.

— Qu'y a-t-il encore au bureau?

— Gunvald, Rönn, Nordin et Ek. On vérifie ses alibis?

— Et comment!

Kollberg n'arriva à Stockholm qu'à 19 heures. Sa première visite fut pour le laboratoire. Il avait le registre du garagiste d'Eksjö sous le bras.

— Nous avons des heures de travail régulières, lui fit observer Hjelm d'une voix acide. On termine à 17 heures.

— Je vous serais infiniment reconnaissant si vous aviez l'extrême obligeance de...

— Bon, ça va, ça va! Je vous appellerai avant longtemps. C'est seulement le numéro de la voiture que vous voulez?

— Oui. Je serai à Kungsholmsgatan.

Kollberg et Beck avaient à peine eu le temps de commencer à discuter que le téléphone sonna :

— A-6708, annonça laconiquement Hjelm.

— Vous êtes un type merveilleux.

— C'était facile. Vous auriez presque pu le déchiffrer vous-même.

Kollberg raccrocha. Beck lui lança un coup d'œil interrogateur.

— Eh oui! C'est avec la voiture de Forsberg que Göransson est allé à Eksjö, ça ne fait pas un pli. Que donnent ses alibis?

— Ils sont faiblards. En juin 1951, il habitait un studio de célibataire sur Holländaregatan. Dans le même immeuble que cette mystérieuse société. Au cours de son interrogatoire, il a déclaré que, dans la soirée du 10, il était à Norrtälje. Et il y était. Il a rencontré quelqu'un là-bas à 19 heures. Ensuite, toujours selon son témoignage, il a pris le dernier train pour Stockholm, lequel entrait en gare à 23 h 30. Il a également dit qu'il avait prêté sa voiture à l'un de ses démarcheurs. Celui-ci l'a confirmé.

— Mais il s'est bien gardé de préciser que Göransson et lui avaient échangé leurs véhicules.

— Absolument. Il était donc en possession de la Morris de Göransson et cela éclaire la situation d'un jour nouveau. Il est tranquillement rentré à Stockholm en voiture ce qui lui a pris une heure et demie. La cour de l'immeuble d'Holländaregatan servait de parking et elle est invisible de la rue. Il y avait une chambre froide qui donnait sur cette cour. Officiellement, elle servait d'entrepôt de fourrures pendant l'été mais, selon toute probabilité, les fourrures qu'elle abritait étaient volées. Pourquoi cet échange de voitures selon vous?

— Il me semble que l'explication est très simple, répondit Kollberg. Göransson faisait du porte à porte. Il avait une quantité de vêtements et de rossignols à transporter. Il pouvait mettre trois fois plus de camelote dans la Vedette de Forsberg que dans sa Morris.

Kollberg se tut. Son silence dura une demi-minute.

— A mon avis, Göransson n'a compris que plus tard. A son retour, il a réalisé ce qui s'était passé et s'est rendu compte du danger que représentait son auto. C'est pourquoi il l'a envoyée à la casse après avoir témoigné.

— Qu'a dit Forsberg de ses relations avec Teresa?

— Qu'il l'avait rencontrée dans un bal dans le courant de l'automne 1950 et qu'il avait couché plusieurs fois avec elle. Il ne se rappelait pas combien de fois. Puis il a fait connaissance de sa future femme au cours de l'hiver et il a alors cessé de s'intéresser aux nymphomanes.

— Il a dit cela?

— A peu près textuellement. Pourquoi l'a-t-il tuée, à votre avis? Pour se débarrasser de la victime comme Stenström l'a noté sur le traité de Wendel?

— On peut le présumer. Ils racontaient tous qu'ils ne pouvaient pas se décramponner d'elle. Et, naturellement, il ne s'agissait aucunement d'un meurtre de sadique.

— Non mais il voulait que cela ressemblât à un crime sexuel. Et il a eu ce coup de chance incroyable : les témoins se sont trompés sur la marque de la voiture. Il devait boire du petit lait! Dès lors, il n'avait plus rien à craindre. Le seul problème pour lui, c'était Göransson.

— Ils étaient copains, tous les deux.

— Rien ne s'est produit jusqu'à ce que Stenström commence à mettre son nez dans l'affaire Teresa Camarão et que Birgersson lui donne ce curieux tuyau. Il s'aperçut alors que Göransson était le seul à avoir eu une Morris Minor. Et, qui plus est, la couleur collait. Il a interrogé des tas de gens de son propre chef et a entrepris de filer Göransson. Bien entendu, il a bientôt remarqué que celui-ci recevait de l'argent de quelqu'un et a présumé que ce quelqu'un était l'assassin de Teresa Camarão. Göransson était de plus en plus nerveux. A propos, sait-on où il était entre le 8 octobre et le 13 novembre?

— Oui, dans un bateau amarré Klara Strand. Nordin l'a identifié ce matin.

Kollberg opina du bonnet.

— Stenström pensait que, tôt ou tard, Göransson le conduirait au meurtrier. Aussi s'est-il attaché à le surveiller sans discontinuer et probablement sans se cacher. En définitive, il ne s'était pas trompé encore que le résultat n'ait pas été celui qu'il escomptait. Si, au lieu de cela, il s'était dépêché d'aller à Eksjö...

Kollberg laissa sa phrase en suspens. Martin Beck, l'air songeur, se frottait la racine du nez.

— Oui, ça a l'air de cadrer, fit-il. Sur le plan psychologique aussi. Encore neuf ans, et c'était la prescription. Et un assassinat est le seul crime qui soit assez grave pour qu'un être plus ou moins normal se décide à avoir recours à des moyens aussi extrêmes pour ne pas se faire découvrir. De plus, Forsberg a énormément à perdre.

— Connaît-on son emploi du temps pour la soirée du 13 novembre?

— Oui. Il a massacré tout un autobus, y compris Stenström et Göransson qui constituaient tous les deux un très grave danger pour lui. Mais la seule chose que nous sachions à l'heure actuelle, c'est qu'il a eu la possibilité matérielle de commettre ce meurtre collectif.

— Comment cela?

— Gunvald s'est débrouillé pour kidnapper sa bonne, une Allemande. Le lundi est son jour de congé. Selon le carnet retrouvé dans son sac et où elle tenait son journal, elle a passé la nuit du 13 au 14 avec son galant. Nous savons aussi, toujours par la même source, que Mme Forsberg n'était pas chez elle ce soir-là : elle assistait à un dîner de femmes. En conséquence, Forsberg était censé être à la maison. En principe, on ne laissait jamais les enfants seuls.

— Où est-elle? Je parle de la bonne.

— Ici. Et nous la garderons jusqu'à demain.

— Que pensez-vous de l'état d'esprit de Forsberg?

— Il est probablement sur le point de craquer.

— La question est de savoir si nous avons suffisamment d'éléments pour l'appréhender?

— Pour ce qui est de l'affaire de l'autobus, pas question. Ce serait une bévue. Mais nous pouvons l'arrêter en tant que suspect de l'assassinat de Teresa Camarão. Nous avons un témoin clé qui a révisé son jugement et pas mal de faits nouveaux.

— Quand?

— Demain matin.

— Où?

— A son bureau. A l'instant où il arrivera. Inutile de mêler sa femme et ses enfants à cela, surtout s'il est désespéré.

— Comment?

— Aussi discrètement que possible. Pas de coups de feu, pas de portes défoncées.

Kollberg réfléchit quelques secondes avant de poser sa dernière question :

— Qui?

— Melander et moi.

30

La blonde standardiste posa sa lime à ongles sur le comptoir de marbre à l'entrée de Beck et de Melander.

Le bureau de Björn Forsberg était installé au sixième étage d'un immeuble de Kungsgatan. Le quatrième et le cinquième étaient également occupés par la firme.

Il n'était que 9 h 5 et les policiers savaient que Forsberg n'arrivait généralement pas avant 9 h ½.

— Mais sa secrétaire ne tardera pas, dit la standardiste. Si vous voulez patienter un moment...

Quelques fauteuils entouraient une petite table de verre à l'autre bout de la salle d'attente, hors de la vue de la jeune fille. Beck et Melander se défirent de leurs pardessus et s'assirent.

Chacune des six portes portait une plaque avec un nom. L'une d'elles était entrouverte. Beck se leva, jeta un coup d'œil par l'entrebâillement et disparut. Melander entreprit de bourrer sa pipe. Il craqua une allumette. Le superintendant revint et prit à nouveau place dans le fauteuil.

Ils attendirent en silence. De temps en temps, ils entendaient la voix de la téléphoniste, les grésillements du standard mais, en dehors de cela, il n'y avait d'autre bruit que la rumeur assourdie de la circulation. Martin Beck feuilletait les pages d'un vieux numéro d'*Industria*. Melander, la pipe au bec, avait les yeux à moitié fermés.

A 9 h 20, une femme vêtue d'un manteau de fourrure entra. Elle avait de hautes bottes de cuir et un sac volumineux se balançait à son bras. Elle adressa un signe de tête à la réceptionniste et s'avança d'un pas vif vers la porte entrebâillée. Sans ralentir l'allure, elle jeta un regard dépourvu d'expression aux deux visiteurs. Puis la porte se referma derrière elle.

Vingt minutes s'écoulèrent encore avant que Forsberg ne fît son entrée.

Il était habillé comme la veille, ses gestes étaient vifs et énergiques. Au moment où il allait accrocher son pardessus au portemanteau, il aperçut Beck et Melander, et s'immobilisa une fraction de seconde. Se ressaisissant rapidement, il acheva son geste interrompu et s'approcha d'eux.

Le superintendant et l'inspecteur se levèrent comme un seul homme. Björn Forsberg haussa un sourcil interrogateur et ouvrit la bouche. Martin Beck lui tendit la main.

— Superintendant Beck. Et voici l'inspecteur Melander. Nous souhaiterions vous dire un mot.

— Bien sûr, répondit Forsberg en secouant la main qui lui était offerte. Donnez-vous donc la peine d'entrer.

Il s'effaça pour les laisser passer. Il était très calme, il paraissait presque gai.

— Bonjour, Mlle Sköld, dit-il à sa secrétaire. Je vous verrai tout à l'heure. Je serai occupé un moment avec ces messieurs.

La pièce, grande et lumineuse, était décorée avec goût. Le sol était recouvert d'une épaisse moquette gris bleu et il n'y avait rien sur le plateau luisant de l'impressionnant bureau. A côté du fauteuil de cuir noir se trouvait une petite table supportant deux téléphones, un dictaphone et un interphone. Sur l'appui de la fenêtre trônaient quatre photos dans des cadres d'étain : celles de Mme Forsberg et des trois enfants. Un portrait était fixé au mur entre les deux baies, sans doute le beau-père. Le reste du mobilier se composait d'un petit bar, d'une table de conférence avec carafe et verres d'eau, d'un divan, de deux fauteuils, d'une vitrine contenant des porcelaines et d'un coffre-fort discrètement encastré dans le mur.

Tout cela, Martin Beck l'enregistra tandis qu'il refermait la porte et que Björn se dirigeait sans hâte vers son bureau.

La main gauche posée sur le meuble, il se pencha en avant et tira un tiroir au fond duquel sa main droite disparut. Quand il l'en ressortit, elle étreignait un pistolet. Sans changer de position, il enfonça le canon de l'arme au fond de sa bouche et appuya sur la détente. Pas un seul instant son regard n'avait quitté Martin Beck. Un regard qui paraissait toujours presque joyeux.

Les choses s'étaient passées si vite que Beck et Melander étaient encore au milieu de la pièce quand Forsberg s'affaissa sur le bureau.

Le pistolet était armé et un déclic sec avait retenti au moment où le percuteur s'était rabattu. Mais la balle qui aurait dû lui fracasser le palais et lui réduire la cervelle en bouillie ne s'était pas éjectée. Elle était toujours sertie dans la cartouche de cuivre qui se trouvait dans la poche de Martin Beck avec les cinq autres projectiles qu'avait contenus le barillet. Beck prit l'un d'eux, le fit rouler entre ses doigts et lut l'estampille gravée sur la capsule : METALLVERKEN 38 SPL. Une cartouche suédoise. Mais le pistolet était américain. C'était un Smith et Wesson 38 Special fabriqué à Springfield, Massachusetts.

Björn Forsberg était prostré, la figure sur le dessus poli du bureau. Il tremblait de tout son corps. Enfin, il glissa à terre et se mit à pleurer.

— On ferait mieux d'appeler l'ambulance, dit Melander.

Rönn était de nouveau avec son magnétophone dans une chambre de l'hôpital Karolinska. Mais au service psychiatrique, cette fois, pas en chirurgie et il faisait équipe, non point avec le détestable Hullholm, mais avec Gunvald Larsson.

Björn Forsberg avait été bourré de tranquillisants et on lui avait administré pas mal d'autres choses. Il y avait plusieurs heures que le médecin chargé de veiller sur sa raison montait la garde. Mais le patient ne semblait pas être capable de dire autre chose que : « Pourquoi ne m'avez-vous pas laissé mourir? »

Il ne cessait de répéter la même phrase.

— Pourquoi ne m'avez-vous pas laissé mourir? demanda-t-il une fois encore.

— C'est vrai! Pourquoi? murmura Larsson.

Le médecin le regarda sévèrement.

Les deux policiers n'auraient pas été là si les docteurs n'avaient déclaré qu'il y avait un risque certain que Forsberg meure réellement. Ils avaient expliqué qu'il avait subi un choc d'une extrême violence, qu'il avait une faiblesse cardiaque et que ses nerfs l'avaient lâché. Pour conclure, ils avaient adouci leur diagnostic : après tout, l'état général du malade n'était pas tellement mauvais. Sauf qu'une crise cardiaque pouvait le terrasser à tout instant.

Rönn songeait à cette remarque sur l'état général de Forsberg.

— Pourquoi ne m'avez-vous pas laissé mourir?

— Pourquoi n'avez-vous pas laissé Teresa Camarão vivre? rétorqua Gunvald Larsson.

— Parce que je ne pouvais pas. Il fallait que je me débarrasse d'elle.

— Ah! fit Rönn avec patience. Pourquoi cela?

— Je n'avais pas le choix. Elle aurait brisé ma vie.

— J'ai l'impression que, n'importe comment, elle est déjà bel et bien brisée, laissa tomber Larsson, ce qui lui valut un nouveau regard glacé du médecin.

— Vous ne comprenez pas, fit plaintivement Forsberg. Je lui avais dit que je ne voulais plus jamais la revoir. Je lui avais même donné de l'argent bien que les fonds fussent bas. N'empêche qu'elle...

— Continuez, l'encouragea Rönn.

— N'empêche qu'elle s'obstinait à me poursuivre. Ce soir-là, quand je suis rentré, je l'ai trouvée dans mon lit. Nue. Elle savait où je rangeais le deuxième jeu de clés. Elle était rentrée. Et ma femme... ma fiancée allait arriver un quart d'heure plus tard. Il n'y avait pas d'autre moyen.

— Et ensuite?

— Je l'ai transportée dans la chambre froide où l'on entreposait des fourrures.

— Vous n'aviez pas peur que quelqu'un la trouve là?

— Il n'y avait que deux clés. J'en avais une et Nisse Göransson avait l'autre. Or, Nisse était en province.

— Combien de temps l'avez-vous laissée dans la chambre froide?

— Cinq jours. J'attendais qu'il pleuve.

Larsson mit son grain de sel :

— Oui, on sait que vous aimez la pluie.

— Mais vous ne comprenez pas? Elle était folle. En l'espace d'une minute, elle aurait détruit toute mon existence. Tous mes plans.

Rönn secoua la tête avec satisfaction. Cela se présentait bien.

— Comment vous êtes-vous procuré la mitraillette? s'enquit Gunvald Larsson à brûle-pourpoint.

— Je l'avais ramenée de la guerre.

Forsberg se tut quelques instants avant d'ajouter avec fierté :

— J'ai tué trois bolcheviks avec.

— Était-ce une arme suédoise?

— Non, finlandaise. Une Suomi 37.

— Où est-elle?

— Là où personne ne la trouvera jamais.

— Au fond de l'eau?

Forsberg acquiesça. Il paraissait plongé dans ses pensées.

— Aviez-vous de la sympathie pour Nils Erik Göransson? demanda Rönn.

— C'était un bon gosse, Nisse. J'étais comme un père pour lui.

— Pourtant, vous l'avez tué?

— Il mettait mon existence en danger. Ma famille, tout ce qui est ma raison d'être. Ce n'était pas de sa faute. Mais sa mort a été rapide et sans douleur. Je ne l'ai pas torturé comme vous me torturez.

— Göransson savait-il que c'était vous qui aviez tué Teresa?

Rönn parlait d'une voix douce et bienveillante.

— Il l'avait deviné. Il n'était pas bête, Nisse. Et c'était un bon copain. Je lui ai donné 10 000 couronnes et une nouvelle voiture après mon mariage. Et puis, nous nous sommes définitivement séparés.

— Définitivement?

— Oui. Il ne m'a plus jamais donné signe de vie jusqu'à l'automne dernier. Là, il m'a téléphoné pour me dire que quelqu'un le suivait jour et nuit. Il avait peur. Et besoin d'argent. Je lui ai remis des fonds. J'ai essayé de le convaincre de partir pour l'étranger.

— Mais il n'est pas parti?

— Non. Il était trop démoralisé. Il mourait de peur. Il pensait que cela aurait paru suspect.

— Vous l'avez donc tué?

— J'étais forcé. Dans la situation où je me trouvais, je n'avais pas le choix. Sinon, il aurait brisé ma vie, l'avenir de mes enfants, l'affaire, tout. Pas volontairement mais c'était un faible. Un homme affolé et on ne pouvait pas compter sur lui. Je savais qu'il viendrait tôt ou tard chercher protection près de moi et ç'aurait été le désastre. Ou alors la police l'aurait arrêté et elle l'aurait fait parler. Il se droguait. Oui, c'était un faible. On ne pouvait pas compter sur lui. La police l'aurait torturé jusqu'à ce qu'il raconte tout ce qu'il savait.

— La police n'a pas pour habitude de torturer les gens, dit doucement Rönn.

Pour la première fois, Forsberg tourna la tête. Ses poignets et ses chevilles étaient entravés. Il dévisagea Rönn :

— Vous n'appelez pas ça de la torture?

Rönn baissa les yeux.

— Où avez-vous pris l'autobus? s'enquit Gunvald Larsson.

— Devant les magasins Ahléns, à Klarabergsgatan.

— Comment vous étiez-vous rendu là-bas?

— En voiture.

— Comment saviez-vous que Göransson serait dans cet autobus?

— Il m'avait téléphoné et avait reçu mes instructions.

— En d'autres termes, vous lui avez dit ce qu'il fallait qu'il fasse pour être assassiné?

— Ne comprenez-vous donc pas qu'il ne me laissait pas d'autre solution? D'ailleurs, j'ai agi humainement. Il ne s'est rendu compte de rien.

— Humainement? J'aimerais que vous m'expliquiez cela!

— Ne pouvez-vous pas me laisser en paix, maintenant?

— Pas encore. Parlez-nous de cet autobus.

— Bon. Mais vous me promettez que vous partirez après?

— C'est promis, répondit Rönn après avoir échangé un regard avec Larsson.

— Nisse m'a appelé le lundi dans la matinée au bureau. Il était terrorisé. Partout où il allait, cet homme était sur ses talons. J'ai compris qu'il ne tiendrait plus longtemps. Ce soir-là, ma femme devait s'absenter. C'était le jour de congé de la bonne. Et le temps était propice. Mes enfants s'endorment toujours tôt. Alors...

— Alors?

— Alors, j'ai dit à Nisse que je voulais voir l'homme qui le suivait. Je lui ai donné pour instructions de l'attirer à Djurgarden, d'attendre qu'un autobus à impériale arrive, de sauter dedans vers 22 heures et d'aller jusqu'au terminus. Il était entendu qu'il me rappellerait sur ma ligne personnelle au bureau un quart d'heure avant de partir. J'ai quitté la maison un peu après vingt et une heures, j'ai garé ma voiture et je suis revenu au bureau. J'ai attendu dans le noir. Il m'a téléphoné comme convenu et j'ai été prendre le bus.

— Vous aviez déjà choisi l'endroit?

— Oui, dans la journée. J'avais fait toute la ligne. C'était un coin favorable. Je ne pensais pas qu'il y aurait beaucoup de monde dans les environs, surtout s'il continuait de pleuvoir. Et, selon toute vraisemblance, très peu de voyageurs allaient jusqu'au terminus. L'idéal aurait été qu'il n'y eût que Nisse, son suiveur, le chauffeur et un autre passager.

— Un autre passager? répéta Gunvald Larsson. Qui ça?

— N'importe qui. Juste pour brouiller les pistes.

Rönn dévisagea son collègue, hocha la tête, puis se tourna vers le patient :

— Quelle impression cela fait-il?

— Prendre une décision difficile est toujours pénible. Mais une fois que j'ai décidé de faire une chose...

Il n'alla pas plus loin.

— Vous m'avez promis que vous partiriez.

— Entre ce qu'on promet et ce qu'on fait, il y a une marge, laissa tomber Larsson.

— Tout ce que vous faites, c'est de me torturer et de raconter des mensonges, fit Forsberg avec amertume.

— Je ne suis pas le seul ici à mentir, rétorqua Larsson. Il y avait plusieurs semaines que vous aviez décidé de tuer Göransson et l'inspecteur Stenström, n'est-ce pas?

— Oui.

— Comment saviez-vous que Stenström était de la police?

— Je l'avais observé. A l'insu de Nisse.

— Et comment saviez-vous qu'il travaillait en solitaire?

— Parce qu'il n'était jamais relevé. J'en ai conclu qu'il effectuait cette filature pour son propre compte. En pensant à sa carrière.

Trente secondes s'écoulèrent avant la question suivante :

— Aviez-vous recommandé à Göransson de ne pas prendre ses papiers d'identité?

— Oui. Je lui avais donné mes directives lors de son premier coup de téléphone.

— Comment avez-vous appris à faire fonctionner les portes du bus?

— J'avais observé attentivement les chauffeurs. Malgré tout, ça a failli rater. Ce véhicule était d'un autre modèle.

— Où aviez-vous pris place? En haut ou en bas?

— En haut. Je me suis très vite retrouvé seul.

— Et vous avez descendu l'escalier avec la mitraillette toute prête?

— Oui. Je la tenais derrière le dos pour que Nisse et les gens qui étaient assis à l'arrière ne la voient pas. Néanmoins, un voyageur s'est quand même levé. Ce sont là des imprévus auxquels il faut se préparer.

— Et si elle s'était enrayée? De mon temps, ces instruments avaient souvent des ratés.

— Elle était en ordre de marche. C'était une arme que je connaissais et je l'avais vérifiée avec soin avant de l'emmener au bureau.

— Et quand l'aviez-vous emmenée au bureau?

— Une semaine auparavant.

— Vous n'aviez pas peur que quelqu'un la trouve?

— Personne n'aurait l'audace de fouiller dans mes tiroirs, répondit Forsberg avec hauteur. D'ailleurs, le tiroir était fermé à clé.

— Où la conserviez-vous, avant?

— Avec mes autres trophées militaires. Au fond d'une valise dans le grenier.

— Par où êtes-vous parti après avoir tiré sur ces gens?

— J'ai suivi Norra Stationsgatan en direction de l'est, j'ai pris un taxi à la gare aérienne de Haga pour revenir au bureau où ma voiture m'attendait et je suis rentré à Stocksund.

— Et vous avez flanqué votre mitraillette à l'eau en cours de route. Vous en faites pas, nous la retrouverons.

Forsberg garda le silence.

Rönn répéta sa question d'une voix douce :

— Quelle impression cela fait-il? Qu'avez-vous ressenti quand vous avez tiré?

— Je me défendais. Je défendais ma famille, mon foyer, mon travail. Vous est-il arrivé d'attendre, un fusil dans les mains, sachant que, dans quinze secondes, vous allez vous ruer sur une tranchée pleine de soldats ennemis?

— Non, répondit Rönn. Cela ne m'est jamais arrivé.

— Eh bien, vous ne connaissez rien à rien! hurla Forsberg. Vous n'avez pas le droit de parler. Comment un imbécile comme vous pourrait-il me comprendre!

Le médecin intervint :

— Cela suffit. Il faut qu'on s'occupe de lui.

Il sonna. Deux infirmières entrèrent et évacuèrent Forsberg qui continuait de délirer.

Rönn referma son magnétophone.

— Ce que cette ordure peut me répugner! s'exclama soudain Larsson.

— Pardon?

— Je vais vous dire quelque chose que je n'ai encore jamais confié à personne. J'éprouve de la pitié pour presque tous les types auxquels le métier veut que nous ayons affaire. Ce ne sont que des paumés qui maudissent le jour où ils sont venus au monde, des épaves. Est-ce de leur faute si tout est en dépit du bon sens et s'ils ne comprennent pas pourquoi? Ce sont les Forsberg qui brisent leur vie. Des pourceaux tout farauds qui ne pensent qu'à leur argent, qu'à leur maison, qu'à leur famille, qu'à leur situation comme ils disent. Qui se figurent qu'ils peuvent donner des ordres à tout le monde sous prétexte qu'ils ont la chance d'avoir davantage de moyens. Ces gens-là, il en existe des milliers et il est rare qu'ils soient assez stupides pour étrangler des putains portugaises. Voilà pourquoi nous ne les cravatons jamais. Nous ne voyons que leurs victimes. Forsberg est l'exception qui confirme la règle.

— Oui, vous avez peut-être raison.

Rönn et Larsson quittèrent la chambre. Un peu plus loin, dans le couloir, deux agents patrouilleurs montaient la garde devant une porte, les jambes écartées, les bras croisés sur la poitrine.

— Tiens, vous revoilà, s'étonna Larsson d'une voix morose. Oui, bien sûr! L'hôpital dépend de Sölna.

— Vous avez quand même fini par l'agrafer, dit Kvant.

— Oui, fit Kristiansson en écho.

— Pas nous, répondit Larsson. En fait, c'est Stenström lui-même qui l'a coincé.

Une heure plus tard, Martin Beck et Kollberg étaient en train de boire un café dans un bureau de Kungsholmsgatan.

— En réalité, c'est Stenström qui a élucidé l'affaire Camarão, dit le premier.

— Oui. N'empêche qu'il a employé une méthode stupide. Travailler en faisant cavalier seul comme ça! Sans laisser la moindre note. C'est drôle... Ce garçon n'a jamais réussi à mûrir.

Le téléphone sonna. Beck décrocha.

— Allô! Ici Mansson.

— Où êtes-vous?

— Pour le moment, je suis à Västberga. Je l'ai trouvé, votre papier.

— Où ça?

— Dans le bureau de Stenström. Sous le buvard.

Martin Beck ne fit pas de commentaire et Mansson poursuivit d'une voix chargée de reproches :

— Pourtant, vous m'avez dit que vous aviez regardé. Et...

— Oui?

— Il a marqué quelque chose au crayon dessus. En haut à droite : « A joindre au dossier Teresa Camarão. » Et, au bas de la page, il y a un nom : Björn Forsberg. Suivi d'un point d'interrogation. Est-ce que cela vous dit quelque chose?

Martin Beck ne répondit pas. Le récepteur à la main, il demeura immobile. Puis il se mit à rire.

ACHEVÉ D'IMPRIMER SUR LES PRESSES
DE COX & WYMAN LTD (GRANDE-BRETAGNE)

N° d'édition : 1576
Dépôt légal : juin 1985
Nouveau tirage : juillet 1990